心一堂彭措佛緣叢書・索達吉堪布仁波切譯著文集

龍樹菩薩親友書講記

索達吉堪布仁波切　著

書名：龍樹菩薩親友書講記
系列：心一堂彭措佛緣叢書・索達吉堪布仁波切譯著文集
講解：索達吉堪布仁波切
責任編輯：陳劍聰

出版：心一堂有限公司
地址/門市：香港九龍尖沙咀東麼地道六十三號好時中心LG六十一室
電話號碼：+852-6715-0840　+852-3466-1112
網址：www.sunyata.cc　publish.sunyata.cc
電郵：sunyatabook@gmail.com
心一堂　彭措佛緣叢書論壇：　http://bbs.sunyata.cc
心一堂　彭措佛緣閣：　　　http://buddhism.sunyata.cc
網上書店：　　　　　　　　http://book.sunyata.cc

香港及海外發行：香港聯合書刊物流有限公司
地址：香港新界大埔汀麗路三十六號中華商務印刷大廈三樓
電話號碼：+852-2150-2100
傳真號碼：+852-2407-3062
電郵：info@suplogistics.com.hk

台灣發行：秀威資訊科技股份有限公司
地址：台灣台北市內湖區瑞光路七十六巷六十五號一樓
電話號碼：+886-2-2796-3638
傳真號碼：+886-2-2796-1377
網絡書店：www.bodbooks.com.tw
台灣讀者服務中心：國家書店
地址：台灣台北市中山區松江路二〇九號一樓
電話號碼：+886-2-2518-0207
傳真號碼：+886-2-2518-0778
網絡網址：http://www.govbooks.com.tw/

中國大陸發行・零售：心一堂・彭措佛緣閣
深圳地址：中國深圳羅湖立新路六號東門博雅負一層零零八號
電話號碼：+86-755-8222-4934
北京流通處：中國北京東城區雍和宮大街四十號
心一店淘寶網：http://sunyatacc.taobao.com/

版次：二零一五年十月初版，平裝

定價：　港幣　　　一百四十八元正
　　　　新台幣　　五百九十八元正

國際書號 ISBN 978-988-8316-47-2

目錄

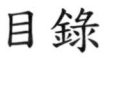

龍樹菩薩親友書講記

目
錄

《親友書》講記

龍樹菩薩　造頌

索達吉堪布　譯講

頂禮本師釋迦牟尼佛！

頂禮文殊智慧勇識！

頂禮傳承大恩上師！

無上甚深微妙法　　百千萬劫難遭遇

我今見聞得受持　　願解如來真實義

為度化一切眾生，請大家發無上殊勝的菩提心！

第一節課

今天開始學習「第二大佛陀」龍猛菩薩①撰著的《親友書》。

這部論典，1999年我在學院傳過一次；後來又於2005年，翻譯了麥彭仁波切的《親友書釋·白蓮鬘》；學院的各班法師也給大家傳講過。對於這個法，大多數道友都非常熟悉，也明白它的殊勝性，因此，這次應當

①龍猛菩薩，又名龍樹菩薩。

以歡喜心來聽受。

　　短暫的人生中，遇到摩尼寶般的佛法相當難得，我們應該有一種歡喜心、清淨心、恭敬心，若能如此，佛法的加持不可思議，得到的利益會無法估量。所以在學習之前，每個人要立下堅定誓言，依靠這樣的殊勝妙語，通達如來教法的真正含義，並根除貪嗔癡為主的一切煩惱。

　　這次學習《親友書》，我準備從頌詞上作字面解釋，在這個過程中，希望大家不要斷傳承，不要聽了一半就半途而廢，否則，生生世世會在相續中種下不好的種子。以前上師如意寶經常強調，就算你有特殊情況，回來後也應該到上師那裡補傳承，或者我也特殊開許，通過光碟把傳承接上。剛開始學一部法，務必要發願善始善終。我也在諸佛菩薩前立誓，若沒有現前一些無常，一定要把這部法傳講圓滿。我們剛講完的《入菩薩行論》，大概有兩百多堂課，這個都能圓滿的話，相信在三寶加持和大家發願的因緣聚合下，這次也一定能圓滿成功！

　　下面開始正式宣講：

解釋題目：《親友書》

　　「親友」，是指釋迦教法弘揚者龍猛菩薩的親密摯友——樂行國王。當時他們沒有見面，龍猛菩薩以書信的方式為其宣說解脫道，這些竅訣集成一部論典，就取

第
一
課

名為「親友書」。

印度佛教史記載：為了利益更多所化眾生，龍猛菩薩曾前往北俱盧洲，路上遇到一個孩童，尊者憑手紋而授記他將來會成為大國王。當北俱盧洲調化眾生的事業圓滿，尊者重返故土時，這名孩童已當上了國王，即是樂行國王。樂行國王迎請尊者到皇宮中受供，尊者在那裡住了三年，盡心盡力地廣弘佛法，饒益無量有情。離開樂行國王的皇宮後，龍猛菩薩長期住在印度南方，之後他通過書信的方式，給樂行國王傳授了兩大教言：一是《中觀寶鬘論》，二就是這部《親友書》。

介紹作者：龍猛菩薩

佛教歷史上，龍猛菩薩是公認的登地菩薩，佛陀在《楞伽經》中親自授記：「南方碑達國，有吉祥比丘，其名呼曰龍，能破有無邊。」意即南方碑達國②有一位吉祥比丘，名叫龍猛，在佛陀涅槃之後，佛教內部產生爭論時，他站出來弘揚大乘中觀，破除有邊與無邊，詮釋般若波羅蜜多法門。在《大鼓經》、《大雲經》、《文殊根本續》等大乘經續中，對龍猛菩薩也有明顯的授記，有些說他是一地菩薩，有些說是七地菩薩，有些甚至說獲得了佛果。藏傳佛教中他被喻為「二勝六莊嚴③」

龍樹菩薩親友書講記

---

②南方碑達國，即現在的印度南方，1990年法王一行去印度時曾朝拜過。
③二勝六莊嚴：二勝謂精通佛教最勝根本，即戒律學的兩大論師釋迦光和功德光。六莊嚴謂裝飾南贍部洲的六莊嚴：精通中觀學的龍樹和聖天；精通對法學的無著和世親；精通因明學的陳那和法稱。

之一，漢傳佛教中他被八大宗派④奉為開山始祖，這樣的大菩薩、大聖者，佛教徒沒有一個不承認。

《大唐西域記》中說，當時龍猛菩薩令佛法越來越興盛，魔王波旬極度不安，投生為樂行王的兒子——具力太子，為了獲得王位，跟母親商量要害死龍猛菩薩。他來到菩薩前面，說自己不幸得了一種病，非人腦不能醫治，求菩薩布施自己的頭顱。龍猛菩薩心想：「往昔佛陀無數次布施自己的身體，如今我遇到這樣的對境，也應當滿足他的心願。」於是隨手取一根吉祥草，吹口氣化作利劍，把頭割了下來，以此而示現圓寂。

《前行》裡面也說，樂行王子向龍猛菩薩索要頭顱，菩薩爽快地答應了。太子奮力揮起寶劍，可好像斬虛空一樣，根本無法傷害菩薩。菩薩告訴他：「我五百世前就徹底清淨了兵器砍割的異熟果報，所以用兵器無法砍斷我的頭。但我曾經割吉祥草時殺害小蟲的宿業沒有償還，你用吉祥草可以割斷我的頭。」太子依言照辦，頭顱當下落地，菩薩趣入寂滅，往生極樂世界。

王子擔心頭顱會重新復原，便將其扔到了一由旬以外的地方。由於菩薩對地水火風已獲自在，所以身體與頭部變成兩座大山（我去印度南方時，看到並朝拜過）。不過更奇妙的是，隨著歲月的遞增，二者之間的

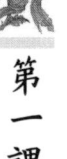

第一課

---

④禪宗、淨土宗、密宗、唯識（法相）宗、天台宗、華嚴宗、三論宗、成實宗。

距離一步步縮短，等到將來兩山接觸之時，龍猛菩薩將重入此身體，再次弘揚大乘般若法門。

龍猛菩薩的殊勝教言，大家有機會學習，確確實實非常有福報。現在邪說層出不窮，邪惡勢力也十分強大，在暗無天日的世間上，我們得到人身、值遇佛法，並能聽聞佛陀親自授記的龍猛菩薩之教言，是多生累劫的善根福德，理應值得珍惜。

《親友書》是龍猛菩薩給樂行王的教言。漢傳佛教的經典中，樂行王又名禪陀迦王、乘土王。早在唐朝，《親友書》就被義淨法師翻譯出來了，義淨在翻譯之前曾說：「這些竅訣十分殊勝，可惜漢地多不了解，故將之翻譯出來，希望能順利流通。」1999年我依他的譯本給大家作過解釋，但以藏文來對照，許多詞句比較難懂，不太容易直接了解。後來宋朝譯師也翻譯了兩個譯本，現收錄於《大藏經·論集部》中，因而在漢傳佛教中，《親友書》有三個不同的版本⑤。然自唐朝到現在，從漢地歷史上看，人們對這部論典並沒有予以足夠重視，不像《阿彌陀經》、《金剛經》那樣人盡皆知。

如今依靠大家的信心和發願力，弘揚《親友書》的因緣已經成熟，希望你們一定要好好學習，今後若有機緣，也應全力以赴在不同層次的佛教團體中弘揚。本論

⑤《龍樹菩薩勸誡王頌》，大唐三藏法師義淨譯；《勸發諸王要偈》，宋天竺三藏僧伽跋摩譯；《龍樹菩薩為禪陀迦王說法要偈》，宋罽賓三藏求那跋摩譯。

龍樹菩薩親友書講記

所宣講的教言，只要是大乘根基、對佛教有信心，百分之百有非常大的利益。世間亂七八糟的學問，並沒有什麼價值，最有價值的就是聖者的金剛妙語，它可讓眾生根深蒂固的煩惱逐漸瓦解，有殊勝威力和不共加持！

聖者龍樹菩薩所著的《親友書》分四：一、名義；二、譯禮；三、論義；四、尾義。

甲一、名義：

梵語：色哲達累卡

藏語：西波張耶

漢語：親友書

《親友書》是未直接會面而以書信方式對國王的教誡。類似的傳法方式，在佛教歷史上也有很多，例如《教王經》、《妙臂請問經》、《龍王請問經》等經典，以及《致弟子書》等論典，都是對佛教有不共誠信的印度國王，通過不同因緣所獲得的佛陀教言。

表面上《親友書》是作者對樂行王的教言，但實際上，也是我們後學者要學習的內容。在藏傳佛教中，寧瑪派、格魯派、噶舉派、覺囊派、薩迦派等各教各派對此相當重視，希望通過這次講解，漢傳佛教中淨土宗、禪宗、華嚴宗、天台宗等教派的佛教徒，也能認識到它的殊勝性，認認真真地學習。

大聖者的教言，如果一直失傳下去，真的特別可

惜。世間的高樓大廈倒塌了，並沒有什麼遺憾，名人、明星離開人間，也不一定有很大損失，但非常殊勝的論典，若沒有把它的傳承繼續下去，這才是最最可惜的。以前藏傳佛教中，就有個別珍貴教法斷了傳承，所以後來沒辦法弘揚。

這一部《親友書》，對眾生肯定有利，能否真正得以弘揚，關鍵看我們的發心、我們的能力。弘揚它的責任，不僅在出家人身上，包括在家人也有。有些人認為，弘法利生是大法師、大住持的事情，對我一個小小的僧人或小小的居士來講，簡直是望塵莫及。這種想法不對。大家一定要想到：「我在有生之年，乃至生生世世，都要弘揚真正的教法，令眾生的相續得以轉變，趨向善法。」應該有這樣的發心！

甲二、譯禮：

頂禮文殊童子！

按藏文字面解釋，遠離一切過患稱之為「文」；具足自他二利功德叫做「殊」；形象恆常穩固、永不衰老，始終是16歲的妙齡童子，即為「童子」；在文殊師利童子前，上等者以見解頂禮，中等者以修行頂禮，下等者以三門恭敬頂禮，這就是「頂禮」。譯師為使翻譯善始善終，不遇到違緣、具足一切順緣，從而安立這個頂禮句，依此也可了知《親友書》屬於對法藏（論

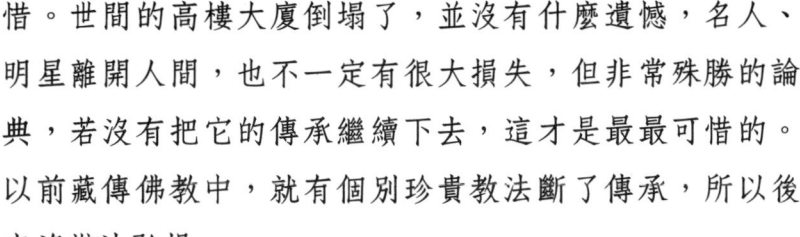

典），這是遵循王敕欽定⑥。

　　之所以頂禮文殊菩薩，因為他是諸佛菩薩的智慧總集。《中觀莊嚴論釋》說過，哪怕一瞬間憶念文殊教言，也能遣除相續中的無明黑暗。文殊菩薩的功德不可思議，我們平時應該多祈禱，念誦他的咒語和儀軌。經典中說，念文殊菩薩的名號或心咒，超過持誦十方三世諸佛的名號。

　　《未生怨王除罪經》⑦中專門講過，釋迦牟尼佛最初也得受過文殊菩薩的法恩。有一次佛陀在靈鷲山說法，文殊菩薩攜二十五位菩薩從須彌山來到佛陀跟前。當時兩百天子對大乘退失信心，準備發小乘聲聞緣覺之心，佛陀為了救護他們，化現出一位施主，對佛陀供養一缽齋飯。這個時候，文殊菩薩忽然說：「你缽盂裡的飯分我一點吧，不給的話，說明你不報故恩。」

　　舍利子覺得很奇怪，為什麼佛陀還要對文殊菩薩報恩。佛陀為了遣除舍利子等聲聞羅漢的懷疑，也為了使兩百天子對大乘重生正信，於是示現神通，將那缽飯扔到地下，沒入地後越過恆河沙數世界，到了光明王如來

第
一
課

---

⑥金剛手化身的藏王赤熱巴巾，對經、律、論三藏制定了三種譯作頂禮句：翻譯經藏應「頂禮諸佛菩薩」，因為大多數經藏是佛和菩薩以問答方式而形成的；翻譯律藏應「頂禮一切智智佛陀」，因為戒律的因果取捨非常細微，唯有佛陀的盡所有智、如所有智才能完了通達，菩薩和聲緣也無法通徹；翻譯論藏則應「頂禮文殊師利菩薩」，因為諸法體相森羅萬象、千差萬別，唯有依智慧方能辨別了悟，而文殊菩薩乃三世諸佛的智慧總集，故為求得智慧的加持而如是作禮。
⑦《未生怨王除罪經》，又名《文殊支利普超三昧經》，西晉月氏三藏竺法護譯。

的剎土，缽懸浮在虛空中。佛陀讓舍利子去撿缽，舍利子依靠羅漢的神變，經過一萬個剎土也沒發現缽的蹤影，於是無功而返。佛陀又派其他羅漢去找缽，結果他們用盡了神通仍徒勞無獲。

須菩提對彌勒菩薩說：「您是十地菩薩、佛之補處，您屈尊去找，應該找得到吧？」彌勒菩薩說：「我也有困難。要找此缽，須入不共的三摩地，而這種三摩地，只有文殊菩薩才有，你去求求他吧！」須菩提又跑去求文殊菩薩：「您可不可以去找佛陀的缽盂？」於是文殊菩薩示現微妙神通，右手一直伸出去，一邊發光一邊越過下方無量世界……依靠佛陀和文殊菩薩的加持，在場眷屬皆看得清清楚楚。最後到了光明王如來的剎土，大放光明，現出千百瑞象。

此剎土的菩薩均感希有，紛紛到光明王如來前詢問。如來說：「此乃娑婆世界釋迦牟尼佛為了利益眾生，讓他的眷屬文殊菩薩所示現的神變。」這個時候很多眷屬祈求：「我們也想看一看娑婆世界！」光明王如來就加持他們，如願看到了娑婆世界。有一個叫光吉祥的菩薩（光英菩薩），看到娑婆世界的污濁情景後，忍不住哭了起來，覺得釋迦牟尼佛和眾菩薩就像如意寶落進泥坑裡一樣可惜。光明王如來說：「你不要這樣認為！我們佛土十劫中精進修禪的善根，不如娑婆世界一晌午修慈心的功德大。」（娑婆世界表面上看來，人人長得難

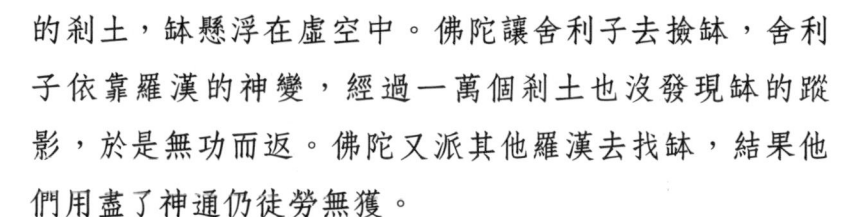

龍樹菩薩親友書講記

看、穿得不好，煩惱也特別多，到處充斥的都是五欲六塵，骯髒不堪。然而這裡可以修厭離心、菩提心，其功德遠遠超過清淨剎土。上師如意寶講《八大菩薩傳》時也說過，娑婆世界還是有一些優越性的。）

　　下面的過程，我就簡單地講吧：文殊菩薩把缽盂拿回來之後，大家都歎為希有，認為文殊菩薩很了不起。這時舍利子的懷疑還沒有遣除，佛陀就告訴他：「我之所以有這樣的神通功德力，離不開文殊菩薩過去所賜的法恩。久遠以前，無敵幢如來（莫能勝幢如來）出世轉法輪，有位比丘叫智幢（慧王），他到城市裡化緣時，得到一些飲食。有一個商主之子叫無垢軍（離垢臂），他看見智幢比丘缽盂裡的齋飯，特別想吃，就跑過來要。智幢比丘給了他，但他一直不肯走，跟著比丘來到如來面前。比丘又給他一些齋飯，讓他供養如來，以他的善根力，如來及眷屬們享用後，七天內飯食如故毫無損減，無垢軍踴躍歡喜，遂生起善心。當時的智幢比丘，即是文殊菩薩；當時的無垢軍，即是現在的我。」

　　釋迦牟尼佛通過文殊菩薩的因緣，遇到了無敵幢如來，然後開始發願，現在已經成佛，所以文殊菩薩很有恩德。佛陀接受供養時，文殊菩薩跟佛陀要一點，就是因為他前世當比丘時，不但給那個小孩吃的，還讓他發願，以至於現在有這麼大的「官」。開玩笑，不能這麼說吧！總之，祈禱文殊菩薩的功德不可思議，大家要時常念誦文殊心咒。

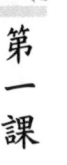

第一課

甲三（論義）分三：一、初善首義；二、中善論義；三、末善尾義。

乙一（初善首義）分二：一、以立誓句勸勉聞者；二、以謙虛方式教誡理當聽受。

丙一、以立誓句勸勉聞者：

> 為令堪德善妙者，希福我依佛尊說，
>
> 稍許集成聖梵音，汝當恭敬而諦聽！

龍猛菩薩對樂行王以呼喚的語氣說：被人稱為堪當聽聞甚深佛法的法器呀，你善妙的心希求解脫、福德、智慧、悲心、信心等功德，為了使你的發願圓滿成功，我將具有六十種梵音、超越外道乃至十地菩薩的佛陀所演說的善妙經典，結集成這些偈頌，你理當洗耳恭聽。（不要認為是大國王就了不起，聽受佛法還擺架子，一定要恭恭敬敬，以非常清淨的心來恭敬諦聽。）

雖然從世間的角度講，國王是人中之王，高高在上，但從佛法的角度講，龍猛菩薩傳授教言時，國王應畢恭畢敬地聽受，不要有傲慢心，否則，就得不到佛法的真實利益。同樣，你們知識分子、有地位的人在聽受佛法時，也一定要遣除傲慢心。為什麼傳法者有一個高高的法座？並不是他這個人很了不起，而是他所傳授的法至高無上，我們對法義要有尊敬心、恭敬心。

有些人不管有什麼樣的地位財富，遇到佛法時相當恭敬，看起來都不可思議；有些人稍微有一點名氣或成

龍樹菩薩親友書講記

就，在很多上師面前非常傲慢，這是不合理的。前段時間，我去了一個寺院，那裡的僧眾、住持、活佛對我比較恭敬。傳授佛法的時候，我的法座稍微高一點，但兩位活佛在我兩邊也有高高的法座，聽法時他們在法座上面對僧眾。這個法傳圓滿之後，有位跟我去的法師說：「他們倆的態度不符合佛法教義，坐在那裡就像你的兩個『耳環』一樣。」的確，想聽法的話，就應該坐在聽法的行列中，在那裡像「擺佛像」一樣，也不是特別莊嚴。

無論漢地還是藏地，這種現象都比較常見。有些人在寺院裡位置比較高，如果當著別人的面對傳法者特別恭敬，好像失去了自己的尊嚴。雖然我也能理解，但在上師面前聽法，最好還是恭恭敬敬，不要帶很多很多的弟子，拿很高很高的法座，又要聽法又要擺架子，這種行為沒有必要。不管你是什麼身分，聞法時都要懂規矩。有些教授在聽法時，雖然很想聽，但對最基本的恭敬心不太懂，一定要坐在比傳法者還高的沙發上，讓傳法者趴在底下給他傳佛法，這種規矩有史以來沒有。所以聽法者一定要注意，不能有這種傲慢心！

真正的求法者，應像《中觀四百論》所講的「質直慧求義，說為聞法器」一樣，必須具備三個條件：第一、心要正直，不能貪執自方、嗔恨他方，要有公平正直的心態；第二、具足一定的智慧，能分析辨別善說惡

說，不被他人所轉；第三、對真義有希求之心，對真理有嚮往之心，若沒有這樣的意樂，不可能無緣無故去聞受正法。這三條是聞法者的基本素質。除此之外，很多高僧大德又補充了兩條：第一、對佛法和上師必須有恭敬；第二、聽受佛法時一定要專心致志。聞法者理應具足這些條件，否則，如來的教言雖然很殊勝，可是你的行為不如法，再殊勝的教言也不能接受。

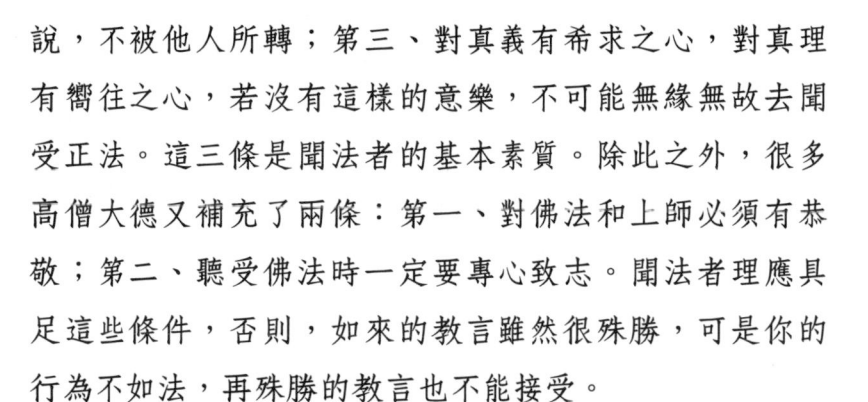

對於傳法者，同樣也有一些要求。古大德云：「離經一字。允為魔說。依文解義。三世佛冤。」傳法者若對佛經望文生義、依文錯解，實則冤枉了三世諸佛，因此，傳法需要有傳承，懂得一些佛經。很多大德對傳法者有幾點要求：第一、正直無倒，心要公正，不能貪執自宗、嗔恨他宗，以不平等的眼光毀謗別人；第二、說法明了，無論是佛經的內容還是論典的意義，一定要吐字清晰，表達恰當；第三、不錯亂法義，比如了義、不了義，你想當然地理解為：了義是我了解的意義，不了義是我不能了解的意義，這樣意思就已經錯亂了；第四、不求名聞利養，傳法的目的就是利益眾生，讓他們盡量有一點受益，而不是通過講法獲得收入和名聲；第五、善解意樂，能夠了解聞法者的興趣，如果他們想聽中觀，你卻滔滔不絕講小乘經典，就算講了半天，別人也不願意接受。因此，作為一個善知識，對聽受者的意樂要基本了解。在弘法利生的時候，這些教言是離不開的。

龍樹菩薩親友書講記

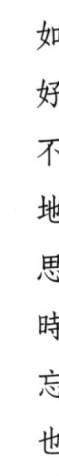

龍猛菩薩給樂行王的教言中，首先讓他知道自己堪為法器。當然，樂行王那麼有福報的人，與龍猛菩薩又是好朋友，肯定堪為大乘法器。在座很多人也認為自己是大乘法器，但你有沒有剛才所講的那些條件呢？作為修行人，智慧很重要，但最根本的還是有信心，信心是一切功德之母，如果沒有信心，學佛不一定深入。以前德格有一個上師，他80多歲還在講經說法，他經常教誡大家：「所謂的佛法並不在口頭上，而是在內心中。內心中最重要的，就是信心。」這樣的教言非常非常難得，希望大家對聽法一定要有信心。

佛陀在《涅槃經》中講了獲得涅槃的四個近取因：「一者親近善友，二者專心聽法，三者繫念思惟，四者如法修行。」裡面包括了所有的道次第：首先要依止很好的上師或者道友，否則根本沒辦法趨入佛教；然後，不聽法肯定不行，聽一兩部就滿足了也不行，應該長期地聽受佛法；光是聽聞還不夠，所聽的法義要反反覆覆思維，前兩天我給大家念《入行論釋‧善說海》傳承時，始終覺得雖然已經講完了，但很多人可能都忘了，忘了就太可惜了，大家應該再三去思維，不要學完就再也不看了，裡面的珍貴教言你聽的時候可能擦肩而過，沒有領會，現在如果再看，必定有另一番體會。所以對法義一定要思維，思維之後，還應該在實際中修行，不然的話，遇到生老病死或者煩惱湧現時，不一定有力量

對治。大家對修行次第大致都明白，但只是明白還不行，一定要念念不忘，精進修持！

丙二（以謙虛方式教誡理當聽受）分二：一、以詞句而謙虛；二、以意義而謙虛。

丁一、以詞句而謙虛：

佛像縱然以木雕，無論如何智者供，

如是我詩雖拙劣，依妙法說勿輕蔑。

龍猛菩薩以比喻說：縱然是木頭雕刻的佛像（大乘經典說第一尊佛像就是木雕的），無論檀香木、沉香木，還是爛木、朽木，甚至泥巴做的、紙上畫的、石頭刻的，不管它的質量如何、造型是否標準，只要是佛像，智者都會恭敬頂戴、頂禮膜拜。

作為一個佛教徒，哪怕在瓦片上、白紙上、泥土上看到佛像，也會馬上去頂禮，把它放到乾淨地方。不僅是佛教徒，有智慧的世間人看到佛像也不敢踩，因為它畢竟是佛的代表身像。供養佛陀的身像，這個功德不可思議，《圓覺經》云：「若佛滅後，施設形像，心存目想，生正憶念，還同如來常住之日。」佛陀滅度之後，人們若造佛像，對其存有感恩心或信心，經常去憶念，跟佛陀在世沒什麼差別。

所以我平時與別人結緣時，經常送一些釋迦牟尼佛像，因為這樣的殊勝身像很難遇到，哪怕以邪見看一

眼，也有無上的功德。經中云：「若以一華，散虛空中，供十方佛，乃至畢苦，其福無盡。」有人若以恭敬心，在十方諸佛前撒一朵花供養，此功德乃至輪迴未空之前也不會窮盡。《華嚴經》亦云：「見聞供養佛善根，無量福德遞相增。」因此對於佛陀的身像，智者一定會恭敬的。這是龍猛菩薩的比喻。

同樣的道理，龍猛菩薩謙虛地說：我所造的《親友書》，詞句上雖然拙劣晦澀，沒有華麗的辭藻，不像馬鳴論師讚佛功德的《三十四本生傳》、善自在王闡述佛陀因地的《如意藤樹》，在印度詩學中那麼出名。但依靠佛陀所宣說的妙法，樂行國王你也不要認為它一無是處，隨隨便便毀謗、放棄。

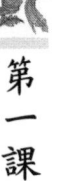

這種謙虛的美德，許多聖者都具備，寂天菩薩在《入行論》中也說：「詩韻吾亦不善巧，是故未敢言利他。」其實，如果聖者的詞句不美，我們凡夫人的詞句就更不用說了。各位一定要明白，即便一個法師講法時用詞不太優美，但只要以善妙的心、沒有名聞利養的心宣說妙法，我們就應該以恭敬心、歡喜心來欣然接受。因為他依靠的是佛法，是佛陀所宣講的教言，不管從誰的口中講出，都是無價之寶。麥彭仁波切的教言中有一個《老狗吐金》，他謙虛地將自己喻為老狗，說他口裡吐出的是黃金般的佛法。

其實我的漢語水平也不高，表達得也不好，有時候

說出的道理，實在讓大家笑話。但我所講的法全是佛陀傳下來的殊勝教言，通過不通順、層次不分明的語言來跟大家交流，倘若你們能對佛法生起正知正見，那也是有意義的，對我的評價和看法倒不重要。我之所以給別人大膽地開示，並不是因為自己如何了不起，這種念頭連夢中也沒有產生過，別人不了解尚且情有可原，自己是最了解自己的。

你們很多人聽聞佛法，不要因為聽了多少時日，就已經滿足了，同時也不能隨意輕毀，一定要有恭敬心。印光大師說：「欲得佛法實益，需向恭敬中求，有一分恭敬，則消一分罪業，增一分福慧。」沒有恭敬心，佛法是得不到的。在聽聞佛法的行列中，一個人是否能得到利益，從他的行為和神情也看得出來。假如他的行為非常如法，上課時恭敬諦聽，那麼佛法對他肯定有利；如果擺出傲慢的樣子，講最殊勝的法時，他也覺得索然無味，那傲慢的鐵球上不可能住留功德的水珠。（對特別傲慢的人，我平時喜歡點名考他，有些人連最簡單的東西都不懂，行為卻「超過」了所有的人。）一個人聽法和不聽法，從行為上可以一目了然。且不說長達幾十年，僅僅是一兩個月聽聞佛法，他的相續和行為也會有明顯轉變。

因此，聽受佛法的過程中，要對上師三寶有一種景仰心、恭敬心，內心中深深地明白：我們水泡般的不淨

身體，能遇到如意寶般的正法，這個機會極其難得，千萬不能錯過，一定要得到解脫竅訣而離開醜惡的輪迴，利益無量無邊的眾生！

第一課

第二節課

下面繼續學習全知龍猛菩薩所造的殊勝教言——《親友書》。

「初善首義」分為兩方面，第一個已經講完了，今天開始講第二個。

丁二、以意義而謙虛：

> 於大能仁之眾教，王汝雖先已精通，
>
> 猶如石灰依月光，豈非較前更美妙？

龍猛菩薩是佛陀親自授記的大德，他的智慧遠遠超過樂行國王，但為了提醒後學者擁有超群智慧也要謙虛，同時以善巧方便攝受國王，他在這裡說：對大能仁佛陀調伏一切煩惱的三藏教言，樂行國王你雖已通達無礙，（我沒有找到樂行國王的具體簡介，但據有關史料記載，他是非常虔誠善良的君主，也是一位佛教徒。他曾依止過龍猛菩薩為主的諸多上師，對佛法的教義相當精通，不像現在的個別君主一樣，只會抽煙、喝酒、貪污、做非法事，不要說對佛教一無所知，就連世間高尚道德也不了解。）可是我通過書信方式給你傳講《親友書》，並不是沒有必要的。

佛陀的教誨具備初善、中善、後善，就像《隨念三寶經》中所說：不管是哪一個眾生，最初如理聽聞佛

19

法，就能斷除相續中的煩惱，種下殊勝善根，這是一切功德的源泉，此為「初善」；對所聽聞的法義抉擇思維，將自心的染污和煩惱予以遣除，並直接享受法樂，此為「中善」；最後依靠修慧來行持，徹底遠離三有，獲得殊勝果位，此為「後善」。所以，我對國王你再次宣講如此善妙的如來教法，這是非常有必要的。

用一個簡單的比喻說，猶如白色石灰或白漆所塗抹的牆壁，本來就很光亮了，如果再映上十五的皎潔月光，就會顯得更潔白、更好看。也可以喻為，金山上映上金色的陽光，或者雪山上映上白色的月光，都會顯得比以前更莊嚴。同樣，國王你原本對佛法十分精通，我再拋磚引玉地為你傳授《親友書》，那麼你的慈悲、智慧、信心等功德會蒸蒸日上，不了解的知識可以了解，已了解的知識得以穩固，因而有極大的必要。

通過此處的教言可知，我們不能因為聽過一個法，或者對佛法教義略有了解，就得少為足。作為智者，對如來教法不能有滿足感。薩迦班智達說過：「大海不厭河水多，國庫不厭珠寶多，欲者不厭受用多，學者不厭格言多。」很多上師白髮蒼蒼時，仍堅持不斷地聞法。我們也看過很多大德的傳記，他們對一部法要聽多少次？大家應該非常清楚。而個別人聽了一部法、學了幾堂課，或者以前聽過《親友書》，現在就不想聽了，這是不合理的。

當然，剛開始的時候，不要說顯密的甚深法，就連最簡單的法，有些人也不一定精通。包括德巴堪布[8]，最初在格確堪布面前聽《佛子行》時，當時輪到他考試，他根本講不來，一直坐在那裡，頭不敢抬起來。堪布慈悲地說：「你如果實在講不來，就給我大聲讀一遍吧。」他就大聲讀了一遍……後來我對此反思過，確實，很多高僧大德剛學佛時，也是對佛教一無所知。包括學院講五部大論的一些法師，剛開始對很多法義都不了解，但隨著善根的逐漸成熟，再加上自己不斷聽聞，現在已經對佛法精通無礙。

因此，你們不要聽一個法就滿足了。《大智度論》云：「菩薩唯以三事無厭：一供養佛無厭，二聞法無厭，三供給僧無厭。」我曾看過《大乘悲分陀利經》，裡面也講了四種無厭：「施無厭、聞法無厭、攝眾生無厭、願無厭。」一個大乘菩薩，首先聞法最關鍵，假如對聞法生厭倦心，不願意聽受，外面的世界那麼複雜，你不可能不受影響，所作所為很容易與正法南轅北轍、背道而馳，最終沒有辦法挽救。

因此，大家不要有一點基礎，就認為不用再學習了。聞法的功德不可思議，只要一歷耳根，就會永為道種。曾經我看過一本書，說是印度僧護法師傳法時，旁邊有一個婆羅門在偷聽，想知道他在說什麼，結果聽了

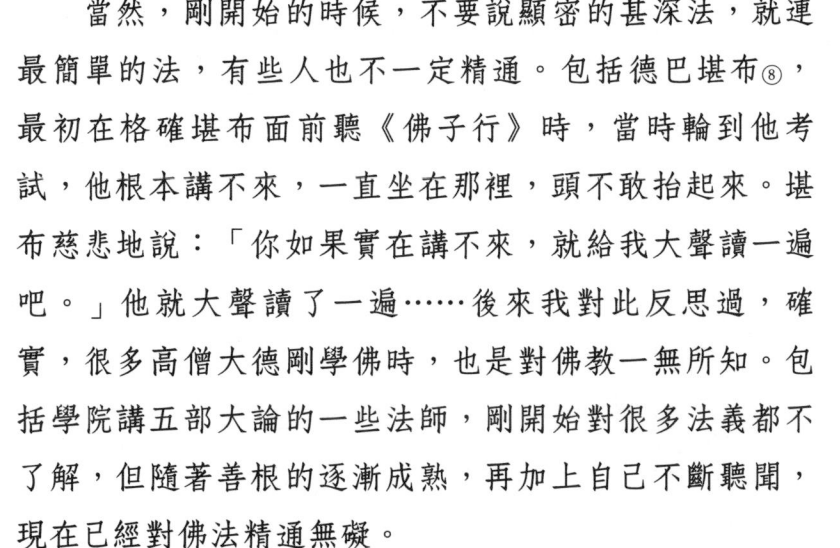

龍樹菩薩親友書講記

---

⑧索達吉堪布仁波切的上師。

半天也聽不懂，但由於他聽到了法音，死後就得到了聖果。有時候我去一個地方，幾個便衣警察混在人群中聽法，我心裡也很高興，他們雖然沒有聞法的意樂，但只要耳邊聽到了，對今生來世都有大利益。

我們在法王身邊待過的人很清楚，法王一生中把講經說法擺在首位。上師經常引用世親論師的一個教證說：「聞慧有利於來世，布施亦無如是益。」雖然布施是最好的親友、最主要的夥伴，功德非常大，但聞法可遣除生生世世的無明煩惱，徹底斷除輪迴的根本，布施不可能有這種利益。

在座很多大法師、大和尚曾聽過很多佛法，但不能就此有傲慢心，還是要聽聞其他法師的課，這對自相續會有幫助，自己不了解的東西可以了解。學習《入行論》的時候，有些人聽完之後確實有這種感覺，這次學《親友書》也是同樣，樂行王已經很了不起了，但龍猛菩薩仍讓他好好聽法，此舉可以說是錦上添花，所以大家也應該堅持聞法。

當然，在聞法的過程中，首先要了知它的功德，不能把它看成是一種形式、一種傳統。譬如買一件珠寶，你先要知道它的價值，否則什麼都不懂，就算給你如意寶，你也會不屑一顧。這方面大家要記住！

乙二（中善論義）分二：一、宣說增上生與決定勝

道之基礎——信心；二、道之本體。

丙一（宣說增上生與決定勝道之基礎——信心）分二：一、略說隨念所信之對境——佛陀等六者；二、廣述後三隨念。

丁一、略說隨念所信之對境——佛陀等六者：

如來殷切而告言：佛陀妙法與僧眾，

施戒天尊六隨念，各功德資常憶念。

這裡講了六種隨念，為大小乘之共同修法。

佛陀又名勝者，原因是他可以力勝四魔。所謂四魔，一為煩惱魔，即對五蘊執著而產生貪嗔癡煩惱；二為蘊魔，即輪迴的一切痛苦是由五蘊所生；三為死魔，即五蘊剎那變遷、無常壞滅；四為天子魔，即對證得無生無死的果位從中作梗，令人散亂放逸的天魔（如魔王波旬及其眷屬）。

超勝四魔的佛陀，在《涅槃經》、《雜阿含經》等經典中講了六種隨念——隨念佛、隨念法、隨念僧、隨念布施、隨念戒律、隨念天尊。作為一個修行人，無論出家還是在家，始終都不能忘記，要常常隨念。

當然，這並不容易做得到，包括我們披著袈裟的出家人，一旦反觀自心，確實也很慚愧，雖然沒有像世間人一樣，天天想發財、想出名，但包括我自己在內，也經常處於無記狀態中，善法也不念、惡法也不念。世間人就更不用說了，他們要麼想自己的事業，要麼想自己

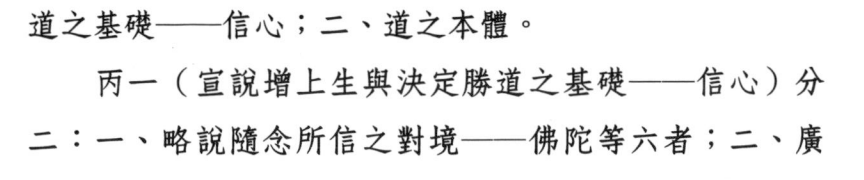

龍樹菩薩親友書講記

的工作，要麼想自己的家庭，學生對自己的成績特別重視，年輕人簡直把感情當作生命，開口閉口就是「不願與君長相思，但願與君長相守」，把所有的時間和精力用於這方面，各種煩惱非常可怕。如果他們把這些時間都用來隨念佛、法、僧、布施、持戒、天尊，誠如華智仁波切所說，可能早就成就了。

此處龍猛菩薩明確地說了，無論是出家人、在家人，時時不能忘的有六點：

第一、佛陀：大慈大悲的佛陀圓滿自他二利，具足一切功德。我們有時觀想他的悲心、有時憶念他的智慧、有時思維他轉法輪的無量利益……應當力所能及地去供養、祈禱。

第二、佛法：佛陀宣講的妙法無非是滅諦和道諦，滅諦是諸法的空性，要通過道諦而證悟。對這樣的正法要念念不忘、盡量行持，常觀察自心與法是否相融。

第三、僧眾：佛陀的追隨者——大乘菩薩和小乘僧眾，是我們乃至菩提果之間的助伴，也是我們的榜樣，應該要向他們學習。

以上三者，即是隨念三寶。我們平時念《隨念三寶經》，目的也是如此。說簡單一點，皈依佛就是皈依覺悟者，因為世間的大徹大悟者唯有佛陀；皈依法就是皈依佛陀所說的萬法真理，對此應該通達並行持；皈依僧就是希求真理的過程中，加入希求者的團體中去。我們

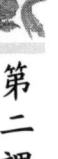

作為佛教徒，理應始終不離皈依三寶的心念，就像世間人執著感情、事業、錢財一樣，不論吃飯還是睡覺、白天還是晚上，都要想到三寶，這樣才能變成很好的修行人。

第四、布施：在有能力的情況下，盡量作法布施和財布施，這是一切福德的來源。

第五、持戒：出家人有出家戒，在家人有在家戒，受戒之後，要經常提醒自己：「我是守戒者，我是三寶弟子，我是出家人！」

第六、天尊：此隨念有兩種解釋方法，一種是憶念行持善法，可獲得三十三天等天尊乃至佛陀的果位；另一種是四大天王等世間天尊，及文殊菩薩、觀世音菩薩等出世間天尊，他們的慧眼一直在看著我，是我們修道的見證者，對此應當不斷憶念。

倘若修持這六種隨念，則可往生極樂世界。佛在《觀無量壽經》中說：「修行六念，迴向發願，生彼佛國。」如果我們修行不用功，有些境界退失了，什麼感應都沒有，也可通過六種隨念將其恢復，猶如飢餓的人獲得了美味佳餚，可令身體慢慢強壯。如《雜阿含經》云：「若比丘在於學地，求所未得……當修六念，乃至進得涅槃。譬如飢人身體羸瘦，得美味食，身體肥澤。」有些人修很長時間，但一點感覺都沒有，這是為什麼呢？就是因為他在根本上出了問題——沒有六種隨念，只想自己得一點受益，這樣的話，你的目標也不一定能實現。

六種隨念法，在《現觀莊嚴論》、《智者入門》等論典中都有提及，我在這裡不廣說。總而言之，希望修行人的心經常依於這六種對境！

丁二（廣述後三隨念）分三：一、隨念天尊；二、隨念布施；三、隨念持戒。

隨念佛、法、僧三寶，此處沒有廣講，主要是講後三種隨念。

戊一、隨念天尊：

　　身語意門當常依，奉行十種善業道，

　　杜絕一切醇美酒，歡喜賢妙之維生。

從頌詞字面意思看，似乎沒有講「隨念天尊」。但實際上，行持十善、斷絕美酒能轉生天界，通過「因」來思維「果」，由此側面來講隨念天尊。

所謂十善，即身體遠離殺生、不與取、邪淫三種罪業，而奉行愛護生命、慷慨布施、守持戒律三種善法；語言斷絕妄語、兩舌、粗語、綺語，而盡量說諦實語、化解怨恨、說悅耳語、精進念誦；內心斷除貪心、害心、邪見，而滿懷捨心、修饒益心、依止正見。身體和語言的七種善法叫做「業」，三種意善業叫做「道」，共稱為「十善業道」。七種身語「業」依靠心的「道」來運作，沒有心的攝受，身語之業不一定完全成熟。

關於十善業道，《前行》、《俱舍論》中有詳細解

說。但大家一定要注意：不要說出家人，在家人也要斷絕十種不善業。往昔藏王松贊干布、赤松德贊時代，在家人務必要守三皈五戒，遠離十種不善業。現在的居士也應做到這一點，否則，不要說大成就，連一個善良的人也當不了。有些學佛的人殺生特別嚴重，偷盜、邪淫、綺語、惡語也相當厲害，雖然斷除內心的貪嗔癡有一定困難，但身體和語言的惡業若明顯造作，絕對不是一個居士所為。如今有些人口頭上吹得天花亂墜，說自己見到本尊如何如何，但連十善法也行持不了，這是非常可怕的！

當然，身為佛教徒，還要斷絕一切美酒。前面講過飲酒的過失，好酒者無法利益他眾，也無法利益自己。《難提迦請問經》等經典中，都描述了飲酒者愚癡、醜陋等很多過患。所以要想解脫的話，就要把這種罪業一併鏟除。前段時間我也翻譯過華智仁波切《飲酒之過失》，裡面從五個方面來闡述：一、總說酒的過失；二、分說與別解脫戒相違；三、分說與菩薩學處相違；四、分說與密宗誓言相違；五、宣說戒酒的功德利益。這部論典，我覺得非常珍貴。飲酒的過失特別大，歷史上有很多君王因美酒而毀壞了國政，喪失了江山。現在也有很多領導，整天喝酒來虛度人生。佛經中說：「莫喜樂飲酒，酒為毒中毒。」因此，作為一個佛教徒，除了遠離十種不善業外，還要斷除飲酒、抽煙等惡習。

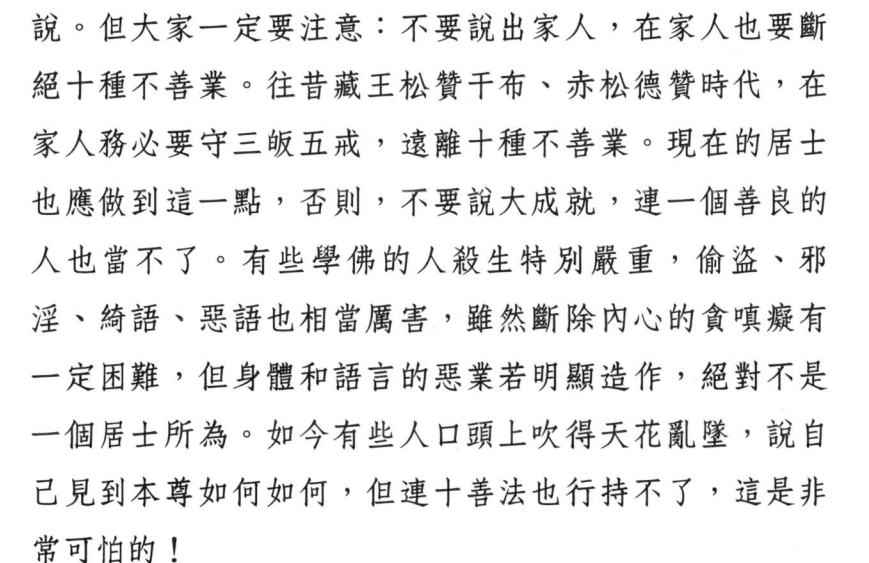

龍樹菩薩親友書講記

在這個基礎上，龍猛菩薩說應當過一個善妙的生活，衣食住行不要染上十種惡業。在家人雖不可能全部剃度出家，佛陀時代出家人比例也很少，但即便你在家，生活也應該維持清淨。現在很多人一說學佛就想出家，其實只要符合居士的要求，盡量不造十惡業，不喝酒、不抽煙，通過正當的經商務農來過活，這也是開許的。就算你在做生意或者耕耘的過程中，犯下一些罪業，也可以通過念咒語來懺悔。藏地大多數都是佛化家庭，平時不殺生，依靠自己的能力享用清淨飲食，這是非常有必要的。

作為在家人，不能過於貪戀五欲、無惡不作，天天喝酒、殺生，瘋狂般地摧毀因果，在短暫的人生中，自己應該守持清淨的戒律，過一個善妙的生活。《正法念處經・十善業道品》中說：「若不壞法意，常於法中住，則不行生死，彼白法具足。」假如沒有毀壞正法，長期住於如理如法的行為中，那你不會墮入生死輪迴，完全具足各種善法。

所以，在家人應生活清淨，不要花天酒地，每天都造惡業，畢竟俗世享樂都是虛假的。但是，若把孩子、家庭統統拋棄，一個人躲到山頂上，這也不太現實。原來我讀甘孜師範學校時，有一個同學叫云中益西，我們兩個很想出家，但他父母不同意，把他囚禁起來。後來他只好結婚生子，有了兩個孩子，但前兩年還是出家

了。他的決心非常大，許多人也很隨喜，但在這個過程中，由於他有家庭，遇到了各種各樣的違緣。所以，剛開始若沒有因緣，事後也有一定的麻煩。當然，倘若你發心很堅定，最後也有成功的希望。

總之，有些人不要太極端了，如果像唐朝的漢地和我們藏地一樣，在家人守在家人的淨戒，出家人守出家人的淨戒，在各自的位置上行持善法，對弘揚佛法和利益眾生也會有非常大的利益！

戊二、隨念布施：

> 知財動搖無實質，如理施比丘梵志，
>
> 親朋貧者為他世，施外無餘勝親友。

我們要認識到，有漏財物如同水泡一樣，現而不實、剎那毀滅，無有可信賴的實質。有些人無論多麼富足，仍然貪得無厭，明白這個道理之後，理當如理如實地布施。（如果布施是為了自己的名聲或來世的財富，這種發心非常不清淨，我們理應杜絕。）

至於布施的對境，應是具足功德的比丘、沙彌等功德田，因為他們相續中有戒體；或者是印度的梵志（婆羅門），他們一輩子行持善法，最終獲得五通；唐譯《親友書》中說還有「仙師」⑨，即仙人，是在寂靜地方有超越功德的一些修行者；以及恩德非常大的父母等恩

---

⑨唐譯：「知財體非固，如法施比丘，仙師及貧賤，來世為親友。」

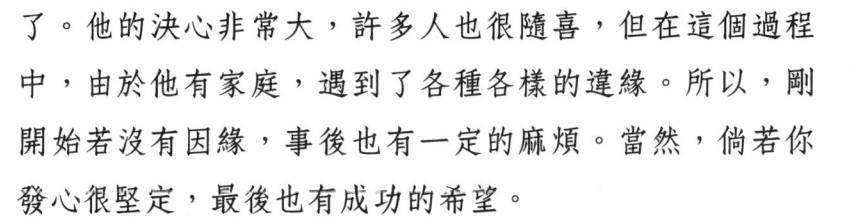

田，或者修行過程中饒益自己的好友；還有貧困者、弱小者、脆弱者等等。對這些對境應該盡量作布施。

布施對來世的利益相當大，為了來世，再沒有比布施更殊勝的親友了。世間親友在你離開人間時，一個也帶不走，但如果盡心盡力地布施，來世定有福報和功德伴隨著你，即使轉生為餓鬼，也會變成守財餓鬼⑩。

其實世間財物虛幻不實，今天你是億萬富翁，明天也許會一貧如洗。10多年前有一個人叫邢詒前，他擁有億萬資產，是遠近聞名的香港富豪，但後來因為種種原因，家財散盡、身無分文。很多人都有這樣的故事。因此，當你擁有財富時，理應「知財動搖無實質」，廣作布施、造福眾生。

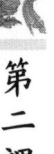

2006年，「股神」巴菲特宣布，他將陸續把85%的個人股份，捐贈給比爾‧蓋茨夫婦慈善基金會，價值高達370億美元。

2008年6月，比爾‧蓋茨對全世界宣布退休，這條消息本是財經界轟動一時的大事，但他的退休「宣言」卻比這更令人震驚。他宣布：將把自己580億美元財產全數捐給名下的慈善基金，一分一毫也不會留給自己的子女。

這些人有沒有大乘或來世的概念，我也不太清楚，

---

⑩生前經常布施，但由於戒律不清淨，死後淪為餓鬼。不過以布施的果報，做餓鬼時仍擁有大量的財富。

但這樣主動散盡家財，的確不失為明智之舉。因此，有條件的話，應該盡量布施。但如果沒有條件，也可以像《賢愚經》中所說：有一個窮人沒有錢，撿幾塊乾淨石頭供僧，因為有誠心，後於91劫中隨意享受安樂。

這方面的公案比較多。有一次，嘎達亞那尊者去舍衛國的途中，見到一位女人手持水瓶，坐在河邊大哭。尊者問她為何如此傷心，她說：「我是一個苦命的窮人，每天都感受著餓鬼般的痛苦，實在是不想活了！」尊者開導她說：「不要傷心，你可以把貧窮賣給別人。」女人驚叫起來：「你不要亂說，有什麼人肯買貧窮？」尊者回答：「賣給我，我肯買！」「那怎麼賣呢？」尊者開示道：「要布施！窮人之所以貧窮，是前生沒有布施；富人之所以富貴，是前生肯布施。因此，布施是賣貧買富的最好方法。」

女人聽後道：「你說得不錯。不過我一無所有，手中的水瓶也是主人的，你叫我怎麼布施呢？」尊者把缽遞給女人說：「布施不一定要錢，見別人布施，自己隨喜也可以。現在你持此缽盛水給我，作為你對我的布施。」女人此刻才真正明白布施的意義，當即依教奉行。後來她以供水功德，死後轉生為天界具福報者。

如今很多唯物論者的因果觀念比較差，不明白自己為什麼貧窮。其實就如同一個父母所生的兩個孩子，一個好好讀書，成長之後有智慧；一個不願意讀書，長大

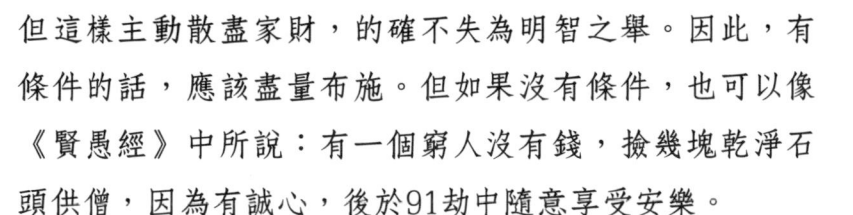

龍樹菩薩親友書講記

後就找不到工作，二者命運有天壤之別。同樣，我們即生中若勤於布施，來世就會有財富，但如果特別吝嗇，理所應當變得貧窮。所以，我們希求「因」比希求「果」更重要。有一個人總抱著黃財神像說：「黃財神，我很想發財，你快給我財富！快給我財富！」聽說她在佛堂裡天天磕頭，一直把頭貼在黃財神身上。其實就算黃財神的威力不可思議，但你若沒有種布施之因，也不能得到財富之果。所以，布施對今生來世的功德非常大。

戊三、隨念持戒：

第二課

　　　汝戒未失無缺憾，未混未染當依之，
　　　戒如動靜之大地，一切功德之根本。

　　一般來講，當時的印度國王都受三皈五戒，故作者對樂行國王說：具足清淨戒律的四種功德，大王你理當繼續依止、受持，若能如此，一切功德皆依戒律而生。

　　哪四種功德呢？所持之戒遠離一切破戒的過患，清淨無損，這叫做「未失」；在這個過程中，具足強有力的對治，未被違品的煩惱所沾染，這叫做「無缺憾」；勤於追求寂滅之果，未混雜希求小乘寂滅的發心，這叫做「未混」；也沒有染上破戒之因的煩惱和惡心，這叫做「未染」。概而言之，遠離一切破戒過患之未失，圓滿一切對治智慧之無缺憾，遠離希求世間果報之未混，

斷除一切破戒因之未染，具足這四種條件的戒體，誠如《普賢行願品》所言：「無垢無破無穿漏。」樂行國王你應該受持。

樂行王守持的是居士戒，需要具備以上功德。當然，作為出家人，按《毗奈耶經》要求，也要守持清淨戒律，這對今生來世的利益無法言說。藏地很多高僧大德，常引用本頌的「戒如動靜之大地，一切功德之根本」作為教證，以強調戒律的重要性。意思是說，大地是萬物賴以生存的根本，飛禽走獸、地水火風、房屋草木的依處就是大地，同樣，增上生與決定勝一切功德的根本，即是別解脫戒、菩薩戒、密乘戒等戒律，有了清淨戒律，一切功德才有產生的可能。《遺教經》中說：「當知戒為德所依。」與此處所講的不謀而合。

這方面，在「文革」期間，法王如意寶給我們做出了很好的典範。上師說：「在文化大革命那樣厄難的時期，守戒隨時都有生命危險，但我們這些老比丘經過艱難險阻，始終能護持清淨戒體。你們現在持戒的環境如此優越，為什麼不珍惜寶貴的戒體呢？」

雖然每個人的煩惱和對治力不同，持戒的情況也各種各樣，但大多數人依靠對治力，應該能守護清淨的戒律。我們學院就有些出家人，在家時行為很不如法，每天待在不清淨的場合中，但出家受戒之後完全變了，三門護持得非常清淨，這樣的修行人也相當多。所以，戒

龍樹菩薩親友書講記

是一切功德的來源，能見到佛陀並不重要，見到上師也不重要，守護自己的根門才最重要。如佛陀在經典中所說：「在吾左右，雖常見吾，不順吾戒，終不得道。」

為了守護清淨的戒律，有些人犧牲性命也在所不惜。記得《賢愚因緣經》有一則公案說：有位沙彌到一個施主家化緣，當時施主全家外出，只留一個女兒看家。她見沙彌長得莊嚴，欲火中燒，就在他面前擺出各種媚態，強迫沙彌與她行淫。沙彌無法脫身，暗想：「我有什麼罪業，碰到這樣的惡緣？我寧捨身命，絕不可毀犯三世諸佛所制禁戒，絕不可玷污佛法僧三寶！」乘女人閉門之時，沙彌拾起一把剃刀，合掌發願：「我今為護禁戒，捨此身命，願投生之後，出家學道，修清淨梵行，漏盡成道。」發願畢，自刎而死。國王聽說後深生敬仰，前往禮拜供養，並廣為讚歎，將他的事蹟傳遍全國。

現在末法時代，像這樣的修行人非常罕見，但一般來講，出家人當護戒如目，在家人也應守持三皈五戒。如果沒有以戒律為基礎，任何功德皆無法產生，哪怕想轉生於善趣，也不可能有這個機會。因此，我們受了戒以後，一定要以正知正念來守護，永遠不要毀壞。

希望所有的人都有清淨戒律作為所依，有了清淨的戒律，一切功德自然而然可以增長。如《讚戒論》所言：「無論何人受持清淨戒，雖無一分聞思修功德，死

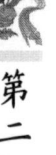

第二課

時必定往生清淨剎，行善無欺緣起之特法。」《讚戒論》的作者格蒙旺波・丹增諾吾[11]，一輩子守持清淨戒律，圓寂時是站著往生的，他口中念誦：「我是鄔金蓮花生，無生無死之佛陀，菩提心體無偏袒，沙門八果離虛名。」邊念邊示現圓寂了。

因此，清淨戒律對每個修行人都非常重要，它是一切功德的來源、一切功德的依處。《教比丘經》中說，有些人的戒律是痛苦之源，有些人的戒律是快樂之源，破戒者墮入惡趣飽受無量痛苦，而守戒者暫時轉生到善趣中，究竟則獲得無上涅槃。

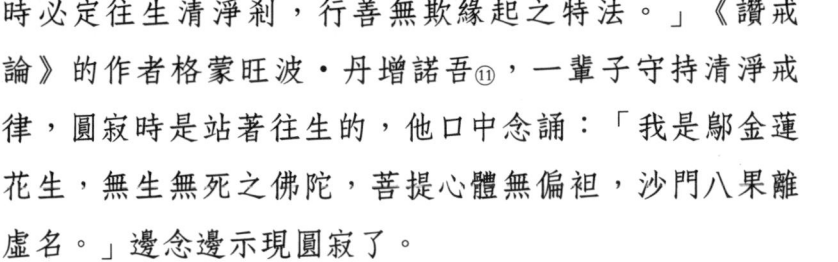

龍樹菩薩親友書講記

---

[11]詳見《顯密寶庫15—戒律輯要》之《鄔金丹增諾吾略傳》。

第三節課

丙二（道之本體）分三：一、略說；二、廣說；三、教誡實行彼等之義。

丁一、略說：

> 施戒安忍精進禪，如是無量智慧度，
>
> 圓滿趣向有海岸，成就如來正等覺。

此頌歸納六波羅蜜多（六度）略義，要求凡是學道者行持六度萬行。

六波羅蜜多涵攝一切大乘道，除此以外，別無其他可行持的。漢傳佛教中，將六波羅蜜多結集成論典的比較多；藏傳佛教中，麥彭仁波切的《釋迦牟尼佛廣傳·白蓮花論》，也是配合六波羅蜜多次第，宣講佛陀因地時的公案。

作為凡夫人，真正圓滿六波羅蜜多不太可能。就像《十地經》和《入中論》中所說，布施度圓滿是一地菩薩，以此類推，直至智慧度圓滿的六地菩薩，才算是圓滿六波羅蜜多。我們很難領悟那種境界，儘管如此，在因地時也可以盡力效仿，隨行修學。

下面闡述六度的各自法相：（大家雖然聽過很多次，但佛法並不是聽過就可以了，應該從不同的方面來了解，然後對照自己的行持，這方面值得善加觀察。行持六度時，皆要以菩提心攝持，最後迴向給一切眾生，否則，就成了世間善根或者隨解脫分的

小乘善根。）

一、布施度：所謂布施，是指將擁有的一切給眾生，以斬斷對我所的貪執。它分為財施、法施、無畏施，財施又包括普通布施、廣大布施、極大布施三種。自己的身體、受用、財產甚至家人，都應該布施給眾生，不過這是很難做到的。有些人認為布施很簡單，但實際上，你對財富有我所執，對家人也特別執著，不要說布施，別人看一眼也不高興，像佛陀因地時那樣割捨一切，我們凡夫人是望塵莫及的。

二、持戒度：指制止惡行、行持善法的一種心，包括禁惡行戒、攝善法戒、饒益有情戒。其宗旨是「諸惡莫作、眾善奉行」，行持一切善法，制止一切惡行，尤其從大乘的角度來講，還要加上「利益一切眾生」。真正的持戒度，是通過守持淨戒來利益眾生、幫助眾生，而不擾亂任何一個眾生。

三、安忍度：在各種違緣面前，心不脆弱，不容易畏縮。它分為安受苦忍、耐怨害忍、諦察法忍。

安受苦忍：為了成就正法，不顧一切艱難困苦。比如在修行過程中，不管自己身體不好，還是聽法天氣不好，面對種種違緣時，內心堅強不屈，一點也不退縮。

耐怨害忍：怨敵當面或暗中傷害你，你不會對他們滿懷嗔怒，隨忿恨的心態所轉。包括有些道友在發心過程中，他人經常無理取鬧、無端挑釁，你也能完全接受。

諦察法忍：聽聞甚深的空性實相或者廣大的大乘行為時，自己不生絲毫邪見。

這幾種安忍，若沒有殊勝的善根和緣分，自己很容易退失。

按照有關經典和論典的說法，布施度、持戒度、安忍度這三者，可以攝於有緣福德資糧中。

四、精進度：對行持善法極其歡喜，即精進的本體。它可分為盔甲精進、加行精進、不退轉精進（不滿精進）。無論積累有緣福德資糧還是無緣智慧資糧，都離不開精進，否則一切功德無法增上。月稱論師也說：「功德皆隨精進行，福慧二種資糧因。」

且不說成就菩提，僅僅是世間的事情，沒有精進也辦不成。有些人渾渾噩噩、懶惰昏沉，一天到晚消磨時光，連自己的吃住都難解決，什麼實義都沒有。因此，大家不要懶惰，早上起早一點，晚上睡晚一點，平時不要特別散亂，一定要做對自他解脫有意義的事情。

五、禪定度：心一直專注於善法，就是禪定的本體。它分為世間靜慮、出世間靜慮兩種。世間靜慮包括四禪定、四無色定，這些禪定是輪迴之因；出世間靜慮，指聲聞、緣覺、菩薩、佛陀的禪定，這些禪定是解脫之因。禪定是增長善根的根本因，如果心不靜下來，一切善法不可能成就。大家有時間的話，也應該將心安住下來，無始以來一直隨分別妄念而流轉輪迴，飽受痛

苦，如果現在還不停止，何時才能脫離生死大海呢？

六、智慧度：能辨別萬法的真相，就是智慧的本體。它分為聞所生慧、思所生慧、修所生慧，或者勝義與世俗兩大智慧。

佛陀在因地修行時發現，只行持這六度已經足夠了，多則不必，缺則不可。作為修行人，這六度必須要圓滿，如此方能離開三有大海，到達解脫彼岸。因此，我們發大乘菩提心的人，應該在力所能及的範圍內，行持布施、持戒、安忍、精進、禪定、智慧，若能如此，終有一天會抵達彼岸，獲得如來如海圓滿的妙相和功德。

六度所感的果報，《善戒經》說：「一施感富，二戒感具色，三忍感力，四進感壽，五禪感安，六智感辯。」其中智慧度最為重要，三世諸佛皆依此而獲菩提果，《心經》云：「三世諸佛依般若波羅蜜多故，得阿耨多羅三藐三菩提。」

《華嚴經》中還以比喻來形容六度，如云：「般若波羅蜜為母，方便善巧為父，檀那波羅蜜為乳母，尸羅波羅蜜為養母，忍辱波羅蜜為莊嚴具，精進波羅蜜為養育者，禪那波羅蜜為浣濯人……菩提心為家。」對於這些比喻，大家應該要了解，在菩提道中成長、成熟，最後圓滿利益眾生的事業，所有環節都要靠這六度來成就。

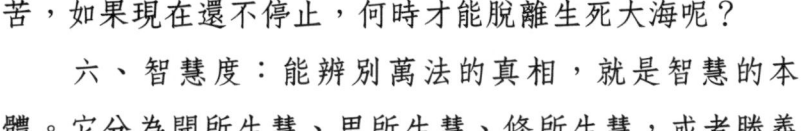

我們行持善法的過程中，需要明白六度的重要性。平時持戒也好、布施也好，一定要以菩提心攝持，哪怕布施一塊錢給可憐的乞丐，前面也要有發心，中間有個好心好意的心態，不要侮辱他或蔑視他，最後以大乘迴向來攝持，這樣一來，依靠六度之因，將來可成就二身（色身和法身）之果。龍猛菩薩在《寶鬘論》中也說：「諸佛之色身，由福資所成；法身若攝略，由慧資所生。」每一個眾生將來都會圓滿色身和法身，但二身之因，現在就要準備，就像學生必須經過讀書才能進入大學校門一樣。我們在因地的時候，不要認為：「六度只不過是一種說法，與我無關！」前輩高僧大德和諸佛菩薩如何行持六度萬行，我們也應該盡心盡力去做，這樣一來，心力才會逐漸提升，煩惱障礙才會慢慢消除，最後現前如來身相，利益天下無邊的眾生。

丁二（廣說）分六：一、布施；二、持戒；三、安忍；四、精進；五、禪定；六、智慧。

戊一、布施：

這裡只象徵性地講了一些布施，至於具體內容，可從其他論典中了知。

> 何者孝敬父母親，彼族具梵阿闍黎，
>
> 供養彼等今名揚，他世亦轉善趣中。

此處布施的主要對境，是恩重如山的父母。作為大

乘修行人，要對一切眾生作父母想，但是首先，應該對今生的父母孝順恭敬，否則，想把其他眾生視為父母是不現實的。

大小乘的佛經中，非常強調對雙親的孝敬。一個人若能做到這一點，那在他的家族中、在他的命運中，會得到梵天、帝釋、四大天王為主的白法天尊之護佑和加持。同時，諸佛菩薩化現的善知識也非常喜歡這種人，對他進行加持之後，他的家族中會不離堪為世間應供的阿闍黎。

《親友書》的字面意思，雖然看似好懂，但對於有些頌詞，希望你們不要解釋錯了。現場聽聞的人也好，以後通過光盤學習的人也罷，一定要認認真真思維，看你的理解是怎麼樣的，再對照講義裡的解釋，看一看有什麼出入。不要憑自己的妄想分別念，把這個頌詞解釋成：如果孝順父母、供養上師阿闍黎、供養梵天等，那麼今生感得妙色，來世轉生善趣。如果這樣理解，簡直與法義差十萬八千里。因此，大家平時學習經論時，千萬不能改變聖者的本來意圖。

恭敬父母的人，其家族中不離護法天尊的加持，以及善知識的轉世。同時，今生會以感恩圖報等功德而美名遠揚，處處得到人們的交口稱讚，來世也將轉生到善趣中。由此，假如一個人忤逆不孝，他的下場也可想而知。

龍樹菩薩親友書講記

不管在佛教中，還是傳統文化中，孝敬父母都是最重要的，依此可看出一個人的人格和德行。無論你是出家人還是在家人，父母如果仍健在，自己應盡心盡力地照顧，倘若實在照顧不上，也要經常安慰他們、問候他們。從佛教的角度來講是這樣，從世間的角度來講也是這樣。若沒有父母的生育、養育之恩，我們根本不會懂文化知識、取捨智慧。阿瓊堪布在《大圓滿前行筆記⑫》中專門講了父母對孩子的恩德，包括世間智慧的恩德、出世間智慧的恩德，以及一些做人的道理。如果沒有父母的教導，你從小在牛群中長大，現在吃飯可能連筷子都不會拿。所以，有報恩之心非常重要，這種人即生中名聲遠播，他世能轉生到人天善趣中享受快樂。

　　不過，現在社會變得比較可怕，古人對父母尊重是理所當然的事情，而如今這個社會，孩子只學習文化知識，從來不懂孝養父母，這也跟教育脫不了干係。其實中國文化是建立在孝道基礎上的，「孝」字上面是一個「老」字，下面是一個「子」字，意謂兒女把父母頂戴在頭上。可是現在的人若孝順父母，大家都覺得特別希有，紛紛歌功頌德，這是極其顛倒的。

　　現今這個時代跟以前不同，以前每一家有三四個孩子比較正常，但現在因為種種因緣，父母生的孩子比較少，如果這個孩子不孝順，那父母一輩子就沒有指望和

第三課

⑫即《顯密寶庫26—前行備忘錄》。

依靠了。有些人說：「我已經出了家，沒辦法報答父母的恩德。」這種說法不對。華智仁波切在《前行》中引用佛經的教證說：「兒子將父母扛在左右雙肩上轉繞大地承侍，也難以報答父母之恩，若使父母趨入正法，則能回報恩德。」蓮池大師也在教言中說：「大孝之中的大孝，就是引導父母念佛，最終往生淨土。⑬」

然而現在有些父母，子女如果出家了，就覺得一切都完了，讓他永遠不要回來，不然，附近的人會指指點點，自己也抬不起頭來。但我們藏地有些地方恰恰相反，一家如果沒有出家人，就覺得這家跟屠夫家一樣，特別不光彩，所以到了一定的時候，父母會千方百計讓孩子出家，並且把這作為炫耀的資本，到處去宣傳。

你們如果有出家的緣分，當然非常好，但若沒有這種緣分，不管怎麼樣，父母健在時，自己也應該供養承侍。《大集經》中說：「世若無佛，善事父母，事父母即是事佛也。」世間上若無佛出世，善於承侍父母，即是承侍佛陀。縱然父母已離開人間，我們在開法會、朝聖地時，提一提他們的名字，或者交錢請僧眾加持，也是一種孝順的表現。已故的父母為了養育你造過很多惡業，如今可能墮在地獄、餓鬼、旁生中，若依靠僧眾的威力念經超度，他們也有擺脫的機會。《大乘本生心地

⑬蓮池大師有言：「人子於父母，服勞奉養以安之，孝也；立身行道以顯之，大孝也；勸以念佛法門，俾得生淨土，大孝之大孝也。」

觀經》中還說：「孝養父母，若人供佛，福等無異。」
《六祖壇經》也說：「恩則孝養父母。」因此，我們應
當報答父母的恩德。如果實在不能報恩，也不要天天讓
他們生氣，畢竟老年人很快會離開人間，在短暫的歲月
裡，你沒有能力讓他快樂，也不要讓他大動肝火。有些
父母脾氣不太好，假如給氣死了，你過失也比較大，已
經造「無間罪」了。

　　子女對父母孝順，就會得到護法神的幫助，很多上
師也喜歡他，寺院的大和尚、住持肯定會加持，賜予他
悉地。否則，對父母都不孝順，有些上師有點害怕：
「他對生身父母尚且如此狠，會不會有一天對我也是這
樣？」所以不敢接近他。

　　現在的教育體系，我始終認為，缺少感恩或者孝順
的理念，這樣一來，孩子長大之後，對父母漠不關心、
置之度外。我看到一本書裡說，人們把該恭敬的父母扔
出門外，不該恭敬的寵物迎到家裡，而且「娶了媳婦拋
棄娘」，種種行為非常過分。父母一輩子嘔心瀝血撫育
他，結果他長大之後，把父母像仇人一樣對待。米拉日
巴的道歌中，這方面的教言比較多⑭，我們講《前行》時

---

⑭米拉日巴尊者說：「子初悅意如天子，慈愍之心難形容，中間過分催索
債，雖施一切無悅時。別人之女迎入內，大恩父母逐出外，父親呼喚不答
覆，母親呼喚不應聲，後成冷淡之鄰居。勾結狡者造惡業，自生怨敵刺痛
心，應斷輪迴之靶繩，世間子孫我不求。」又說：「女初笑顏如仙童，掠奪
財寶具大力，中間討債無盡頭，父前公開索要走，母前暗地偷偷帶，施給不
知報恩德，嗔恨大恩之父母，後成紅面羅剎女。若善他人之榮耀，若惡自己
禍害源，禍害魔女刺痛心，斷除無覺之憂愁，禍根之女我不求。」

也描述過。

　　你們已經出家的人，父母雖然不一定同意，但你平時積累的善根，應該迴向給今世父母為主的有情眾生，以報答他們的恩德。假如父母已然辭世，有機會要給他們多作迴向。我母親現在77歲了，每次一開法會，都寫她父母的名字請僧眾念經，這種傳統很值得學習。我們這裡極個別道友，一年也不給父母去一個電話，父母的心情如何，你們也應該清楚。有些人的父母去世了，但他遇到殊勝的對境時，從來不提他們名字，也不作一點善根迴向，這是不孝順的表現，以後應該學會關心父母為主的眾生，這是很重要的！

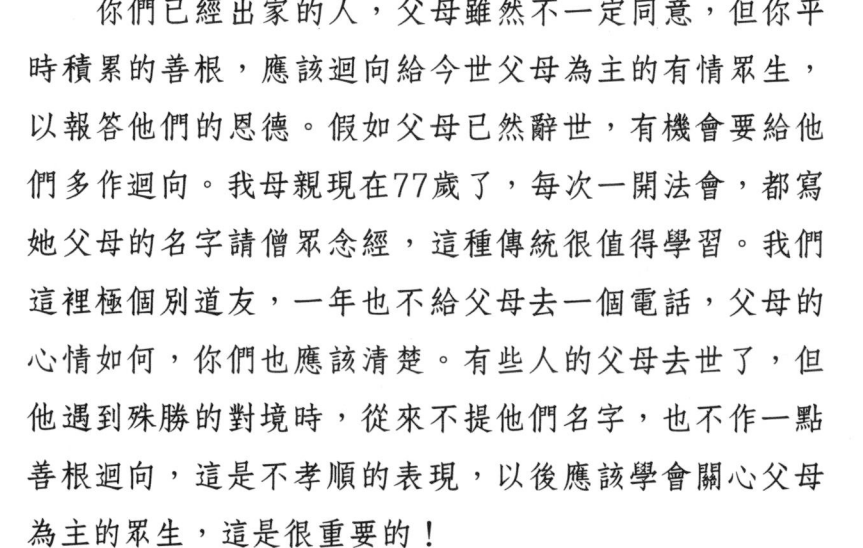

　　戊二（持戒）分四：一、所護之戒；二、斷除彼之違品；三、行持同品不放逸；四、以比喻說明不放逸之利益。

　　己一、所護之戒：

　　下面講八關齋戒。樂行王是在家居士，所守的居士戒有長期與短期兩種，八關齋戒是短期的，即一日之戒。作為守八關齋戒的人，首先應該把戒條搞清楚，否則到底守什麼戒也不懂。當然，小乘八關齋戒，出家人沒有必要受⑮，但是大乘八關齋戒，在家人、出家人均可受持。

---

⑮因為出家戒律中已經包括，不必重新受持在家戒律。

八關齋戒共有八條戒律：

> 損害盜奪與淫行，妄語貪酒非時餐，
>
> 喜高廣床與歌唱，舞蹈花鬘皆當斷。
>
> 隨行羅漢之戒律，若具此等八齋戒，
>
> 持長淨轉欲天身，當賜善男善女人。

作為在家人，誠如《三戒論》中所言，能長期守持三皈五戒是最好的，若不能這樣堅持，在吉祥的日子裡、特殊的節日中受八關齋戒，功德也非常大。

八關齋戒的分支是：一、該日不殺害一切有生命的眾生；二、不通過各種方式不與取；三、斷除一切不淨行；四、不說妄語；五、不喝酒；六、不非時食，要過午不食；七、不喜愛高廣大床；八、不唱歌，不跳舞，不佩帶裝飾、打扮化妝（這三者合為一戒）。前四條根本戒屬於戒律支，戒酒為不放逸支，後三條是禁行支，以上八種要一概行持。追隨往昔目犍連、舍利子等聖者如何受戒而成就，我們也應當如是受持，這樣觀想之後，在善知識面前接受八關齋戒。持此長淨將來可投生為欲天的悅意身體，根本不會轉為劣身。因此，龍猛菩薩要求樂行王自己好好地受持，因緣具足、條件成熟的情況下，理應給有緣的善男善女傳授。（一般來講，齋戒應由出家人傳授，倘若條件不具足，也特殊開許由具別解脫戒的居士傳授，此處講得比較明確。）

漢地的居士經常守八關齋戒，這種現象很普遍。首

第三課

先，最好在一個上師那裡接受戒律，後於一年不同的日子裡，早上天還沒有亮時，可以在佛像面前自己受。這對不能長期守戒的在家人來講，非常非常的重要。畢竟有家庭的人持戒有一定困難，有時候需要喝酒，很多行為也不方便，甚至不能睡高廣大床，（很多人買了大房子之後，可能要犯戒律吧，第一個就買特別大的床，古代可不是這樣，但現在人連受八關齋戒的條件也難以具足。）唱歌跳舞不允許，包括看電視也屬於犯戒，這樣的話，城市裡的在家人長期守戒有點困難，但守一天應該可以。

很多居士守八關齋戒時，自己閉著眼睛，讓家人把電視關了；有些人在車上放音樂，突然想起今天守八關齋戒，趕緊把音樂關掉……由於平時約束自己的善根十分微薄，哪怕守一天的戒律，有些人也非常非常困難。雖然平時得到灌頂也有意義，但最重要的就是守持清淨戒律。能長期守持當然好，如果實在不行，也應盡量守一天之戒。

以前我翻譯過八關齋戒的功德[16]，裡面有很多精彩的公案。記得有一次，月幢師徒到一個地方去，看見有一個重病纏身的女人，痛得輾轉反側，頭髮一根根豎立著，眼睛無法睜開，躺在地上。月幢上師慈憫地作加持後，對她說：「你的痛苦肯定是往昔造不善業的果報，

---

[16]上師翻譯過阿旺彭措尊者的《大乘齋戒功德》、湊哲揚珠尊者的《齋戒功德相關公案》，現收錄於《顯密寶庫15—戒律輯要》。

一定要安忍。」女人哭著說：「不僅僅是往昔，就是現世，我也造了無量重罪。」於是一五一十地講述起來：她原本是一個商主的妻子，有一個7歲的兒子。商主到尼泊爾做生意，三年未歸，她經不住外緣的誘惑，與另一個男人同居，生了一個兒子，後將孩子殺了。當時受用已是精光，依此因緣，又殺了一位上師。聽說商主要回來，商主的兒子對她說：「我的父親就要回來了，母親，你該怎麼辦呢？」她聽後特別生氣，用腳使勁一踢，沒想到正中兒子的肝臟，這個兒子也死了。商主到家後，一個僕女將事情經過原原本本告訴他，他怒不可遏地說：「明早我要將這個惡毒女人的眼睛挖出來！」聽到這話，她十分害怕，於是當晚在酒中下毒，商人主僕十一人、鄰居的男女與一位上師都被毒死了。她驚惶地逃走，然後就開始生病……於是月幢上師為她傳八關齋戒，她受了幾次之後，命終沒有墮入惡趣，而轉生於印度的一個富貴之家。

　　可見，守持八關齋戒的功德極大。尤其是作為在家人，三昄五戒非常重要，自己一定要有戒律的約束，否則連善趣人身也得不到。正如《俱舍論》所說，持戒才有轉生善趣的福分，其他善根則無法獲得。所以，人生很短暫，自己一定要護持清淨戒律，這樣才有解脫的希望。

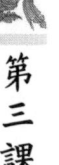

已二、斷除彼之違品：

> 慳吝諂誑貪懈怠，貪欲嗔恨增上慢，
>
> 及以種貌聞韶華，權勢而驕視如敵。

守持淨戒的違品，作者講了十三種煩惱，這在修行中很容易出現，我們一定要斷除。

一、慳吝：擁有的財物不願意布施給眾生，不願意上供下施，連自己享用也捨不得，一直緊抓不放，即所謂的「愛財如命」、「一毛不拔」。這種煩惱是菩提道的大障，我們擁有財富時，要盡量用它做一點有意義的事，否則，死後一分錢也帶不走，只能留給親友或者怨敵享用。因此，應該斷除吝嗇之心。

二、諂：《俱舍論》中說，這種煩惱是心不正直，將自己的過失覆藏起來。《法華經》云：「我慢自矜高，諂曲心不實。」按理來講，自己的過失理應在諸佛菩薩或聖者道友面前發露懺悔，但他不願意表露出來，心不實在。

三、誑：本來自己沒有任何功德，卻裝模作樣顯出一副有功德的模樣，說自己見到本尊、夢中得到授記，在眾人面前虛偽誑行。

四、貪：有關講義中說，指對受用財物十分耽著。《瑜伽師地論》云：「諸煩惱中，貪為最勝。」對我們欲界眾生來講，貪心不容易斷除，若能做到這一點，行持有意義的事情輕而易舉。

龍樹菩薩親友書講記

五、懈怠：是精進的違品。《瑜伽師地論》中說：「云何懈怠？謂執睡眠偃臥為樂，晝夜唐捐。」有些人把睡覺當作一種快樂，不看書也不背書，整天吃飽就睡，把寶貴時光都荒廢了，這是非常可惜的。對欲界眾生來講，每天稍微休息一下是有必要，但有些人可能煩惱現前，睡一天都沒有問題，如此懶惰是不行的，對眾生和佛法有利益的事情，該做的一定要做。我們有時候看別人特別精進，自己就不敢懈怠了。但有些人表面上很能幹，實際上特別懈怠，跟豬八戒沒什麼差別。（豬「八戒」，是不是守八關齋戒啊？下午他吃飯嗎？）

六、貪欲：對與異性淫行的欲樂非常貪著。

七、嗔恨：忿怒為體，是一切煩惱的根本。《華嚴經》說：「一念嗔心起，百萬障門開。」嗔恨可以摧毀無量善根。

八、增上慢：自己本來沒有功德，但自以為具有，以至於目中無人、傲氣沖天。

除了這八種煩惱，還要加上五種驕傲：種姓驕、相貌驕、廣聞驕、韶華驕、權勢驕。這些在《入行論》中也講過，此處只是大概介紹一下。其實慢與驕有很大差別，慢是身語中出現的，驕則是心裡想的。

一、種姓驕：是國王、婆羅門等高貴種姓，就有一種優越感，或者是富貴家、領導家的子女，始終覺得自己超人一等。

二、相貌驕：長得漂亮就沾沾自喜、自以為是，認為自己跟天子、天女沒有差別。

三、廣聞驕：稍微聽過一點法或者世間知識淵博，就覺得很了不起。

四、韶華驕：把青春年少當作炫耀的資本，蔑視那些老態龍鍾的人，不知道他們閱歷豐富。

五、權勢驕：有顯赫權勢、高官爵位，就高高在上、自我陶醉。如果是一個副局長，局長沒來之前，他在下屬前趾高氣揚，假如局長來了，他的頭就低下來了；局長上面的副縣長來了，局長的頭也低下來了；副縣長上面的正縣長來了，副縣長的表情又完全不同……這些領導有時候看來很可笑。

我們不要有這些驕傲，其實地位也好、相貌也好、種姓也好，只不過是一個假象。在輪迴的漫長歲月裡，如今特別低劣的人，前世也曾當過一國之君；現在相貌端嚴的人，往昔也淪為醜陋之人，倘若今世傲慢，來世會變得特別卑賤。所以，應該像如來芽尊者所講的那樣，無論你有財富、種姓、智慧哪方面的功德，都不要生起傲慢心。其實你的智慧、相貌再怎麼樣，也沒有什麼了不起，人間若無人比得上你，但天人肯定比你強。我們應效仿前輩大德的謙虛，不要驕傲自滿。有些年輕人長得不錯，身體沒有病，看到老弱病殘就生傲慢心，卻沒有想到，再過幾十年，自己也照樣會變成這樣，衰

老無常是自然規律，任何人皆無法阻擋。所以，大家要經常憶念無常，擁有幻化般、水泡般的錢財、相貌、青春時，應該依靠它來利益眾生，這才是最有意義的事情。

總之，上述這十三種煩惱，我們要視如怨敵盡力斷除，就算不能完全斷除，也要了知它的過患，畢竟煩惱是有為法，認識其本來面目之後，它就會銷聲匿跡。對此，還要經常祈禱三世諸佛、傳承上師，使他們的加持融入自心。法沒有融入心，什麼煩惱都無法對治；法如果融入心，表面上你的行為不如法，實際上你的境界始終處於佛法氛圍中，白法天神也會時時加持，傳承上師也會賜予安慰，最終你的修行定可善始善終！

第三課

第四節課

現在是講六度中的持戒，它分四個方面，昨天講了持戒的十三種違品，下面開始講持戒的同品——不放逸。

已三、行持同品不放逸：

> 佛說不放逸甘露，放逸乃為死亡處，
>
> 是故汝為增善法，當恆敬具不放逸。

佛陀在了義經典中教誡我們：作為一個行持大乘佛法的人，言行舉止必須做到不放逸，不放逸是甘露之處⑰。佛陀在菩提伽耶的金剛座成佛時說：「深寂離戲光明無為法，猶如甘露之法我已得。」由此也可以看出，佛陀所獲得的涅槃境界，猶如甘露一般。因此，在修學佛道的過程中，一定要具足不放逸，不放逸是成就佛果的根本因。如果我們放逸無度、放任自流，沒有一點約束和對治，想做什麼就隨心所欲，那下場是死亡之處的輪迴。有些人每天喝酒抽煙，做各種非法事，這就是放逸的行為。現在的世間人無惡不作，每天都在造惡業，沒有任何對治法，此舉完全是生死輪迴之因。因此，龍猛菩薩對樂行王說：大王你為了使善法日益增上，身口意務必要如理行持，對善法具有恭敬心、恆常心、精進心，對惡法則嚴厲制止，必須具足不放逸。佛經中也

---

⑰甘露，即無生無死的妙藥或境界。

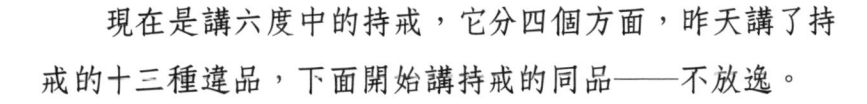

說：「不放逸為甘露處，放逸則是死亡處，不放逸者不死亡，放逸之人恆死殆。」

《入行論》有一品專門講不放逸，要求三門如理如法行持，依靠佛法來對治自己的煩惱。如果沒有不放逸的理念，不要說大乘的果位，連小乘阿羅漢果也得不到。《文殊國土莊嚴經》云：「放逸者，聲聞之道亦不能成就，更況無上菩提正道？」因此，不放逸在修學過程中不可缺少。

按照《俱舍論》的觀點，所謂不放逸，即制止不善，行持善法。大家平時要有「我應該注意」這種念頭，否則，即使具足持戒、廣聞博學等種種功德，但就像沒有牆基的牆壁一樣，善法功德遲早會毀於一旦。正因為如此，大慈大悲的佛陀在《三摩地王經》中說：「如我所說諸善法，謂戒聞捨及忍辱，以不放逸為根本，是名善逝最勝財。」佛陀所說的大乘善法當中，持戒、廣聞、布施、安忍等，皆以不放逸為根本，它被稱為佛陀最殊勝的財富。誰若具足不放逸，此人即是具福報的大富翁，反之，假如不具足不放逸，整天都是行持惡法，就算他物質上很富足，實際上也是窮光蛋。

不放逸，其實是非常大的善法。以前也講過，兩個比丘行路時，魔鬼準備害他們，它倆私下商量：如果這兩個比丘說善法，就不害他們；如果不說善法，就把他們殺掉。那兩位比丘很散亂，一路上都在談論世事，沒

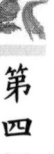

第四課

談一句善法，到了分手時才互相祝願：

「慎勿放逸！」一個魔鬼說：「他們一句善法都沒有說，可以吃掉他們了。」另一個魔鬼說：「他們講了甚深的善法，只是你不懂而已。」接著他講述何為不放逸；大小乘中不放逸具足什麼功德；所有的佛法中，不放逸是非常殊勝的善法……

因此，我們平時與他人道別時，也應該說：「你要注意啊！你要小心啊！」這一句話用佛法來解釋，意思就是讓他不放逸，時時提醒自己：「我是一個佛教徒，是皈依佛門的人，不能這樣做，否則，即生中會導致不好的果報，來世就更不用說了。」對自己的言行舉止要有拘束、有控制。

可是很多人根本不具足這種對治法，行為經常表現得不如法。所以我們應像《入行論》中所說：「若身欲移動，或口欲出言，應先觀自心，安穩如理行。」不管身體要做什麼、口裡要說什麼，首先應當觀察自己的心，看動機善不善，是否違越佛教的教規、世間的世規，始終有一種小心翼翼的感覺。現在很多人從小沒有好好修行，所作所為根本沒有約束，這是非常可怕的。你做什麼事、說什麼話，一定要有種對治心：「我作為大乘佛教徒，能不能這樣做？不能的話，萬萬不可逾矩。」自己提醒自己，自己檢點自己，一定要制止煩惱，這就是不放逸。

龍樹菩薩親友書講記

己四、以比喻說明不放逸之利益：

有些人可能認為：「我現在不放逸倒可以，然而我業力深重，沒有遇到佛法之前，曾造的罪業數不勝數，如今這麼大年齡了，後悔也來不及了吧？」為了遣除這種懷疑，作者用比喻說明不放逸的利益：

何者昔日極放逸，爾後行為倍謹慎，

如月離雲極絢麗，難陀指鬘見樂同。

有些人往昔煩惱深重，沒有遇到善知識和佛法時，放逸無度，造了很多彌天大罪。但後來遇到上師善知識，明白善惡取捨之後，自己改邪歸正、重新做人，從此小心翼翼地護持戒律、修持善法，通過懺悔消除以前的罪業，如此一來，依靠善法不可思議的威力，將來也有解脫的機會。就如同月亮先被烏雲遮住，見不到月光，但風吹過後月亮撥雲而出，放出皎潔的光明。同樣，有些人以前要麼貪心比較重，要麼嗔恨心很厲害，要麼癡心妄想極大，肆無忌憚地造了很多惡業，但後來依靠不放逸，都有解脫的機會，就像難陀、指鬘、具見、能樂一樣。

此處用了四個人的公案說明這個道理：

一、難陀的公案[18]：難陀是釋迦牟尼佛同父異母的弟弟，他娶白蓮花（班扎日嘎）為妻，兩人感情非常好。有一次佛陀入城乞食，來到難陀家中，正好遇到他給妻

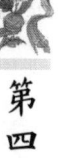

[18]見《雜寶藏經》之「佛弟難陀為佛所逼出家得道緣」。

子化妝。難陀想出去拜見佛陀，白蓮花說：「你快去快回，我的妝還沒有乾之前，你必須給我回來。」難陀非常聽話，規規矩矩地出去了，接過佛陀的缽盂，回家盛滿食物端給佛陀。但佛陀不接缽盂，轉身走了。難陀又把缽盂給阿難，阿難也不接受，說：「你從誰那兒拿來的，就還給誰。」難陀無奈，只好端著缽盂，跟隨佛陀去了精舍。

到精舍之後，佛陀安排一個剃度師給難陀剃髮。難陀不肯，憤怒揮拳要打人，並對剃度師說：「你憑什麼剃我的頭髮？要剃我的頭髮，全國所有人的頭髮，你要統統剃光才行！」剃度師去佛陀面前說：「我不敢剃，他特別凶。」佛陀聽說後，同阿難一起來到難陀身邊。難陀因害怕佛陀，不得不讓剃度師剃髮，只好披上三衣出家了。

難陀雖然剃髮出家，但常思念家中的嬌妻，因佛陀總帶著他一起出行，他無法脫身回家。後來有一天，輪到難陀看守房子，他暗自高興：「今天終於可以回家了。等佛陀與僧眾都外出化緣，我就立即回家！」佛陀和眷屬離開之後，他想：「我應當為佛陀和僧眾打好洗澡水，把澡瓶都盛滿，然後再回家。」（那個時候洗澡，每個僧人用一個瓶子。）難陀這樣一想，立時動手打水。誰知剛把一瓶盛滿，另一瓶又打翻了，一直耽誤了很長時間，總不能把澡瓶的水盛滿。難陀想：「算了，就讓

龍樹菩薩親友書講記

他們回來後，自己打水吧。但我離開之前，要把僧房的門窗關上。」可他剛關好這一扇窗戶，那一扇窗戶又開了；剛關好這一間的門，那一間的門又開了……因為佛陀的加持，讓他耽誤了很長時間。後來他想：「既然關不了，那就不關了。即使僧眾的東西丟了，我也有很多錢，我來賠吧！」

難陀想好後，立即走出僧房，準備回家。但他轉念一想：「佛陀必定從這條路上來，我就從另一條路回家。」佛陀知道難陀的心意，也從這條路上回來。難陀從遠處看到佛陀，急忙躲在一棵大樹後面。誰知樹神把樹舉起來，難陀露地而立。佛陀見到難陀後，又把他帶回精舍。

佛陀問：「你想念家中的嬌妻吧？」難陀回答：「實在想念。」佛陀就把他帶到山上，指著一隻又老又瞎的母猴問：「你妻子與此母猴相比如何？」難陀十分惱怒地說：「我的妻子貌美無雙，這隻母猴怎能與她相提並論？」

佛陀又把他帶到天界，觀看一個個天宮。後見一天宮有五百天女，卻無一天子。難陀感到奇怪，前去詢問，天女答言：「佛陀的弟弟難陀，被逼出家，以出家學道的因緣，將來命終轉生於此，會成為我們的天子。」他特別高興，忙對天女說：「我就是難陀啊！既然已經來了，我就不走了。」說完想進入天宮。天女們說：「你的戒律還沒有圓滿，不能待在這裡，你先回人

間，命終後才可以來。」難陀只好回到佛陀身邊，佛陀問：「你妻子美麗，還是天女美麗？」難陀說：「我妻子同天女相比，就如瞎眼母猴一樣。」

難陀回到人間，為了轉生天上，特別精進地守戒。阿難看後，給他贈言一首：「譬如羝羊鬥，將前而更卻，汝為欲持戒，其事亦如是。」嘲笑他表面上守持清淨的戒律，內心卻被欲望所牽，發心不清淨。

佛陀為了教導難陀，又把他帶到地獄去。見到各個油鍋沸滾，都在煮人，只有一口大鍋空著。難陀感到奇怪，就問佛陀。佛陀說：「你自己去問吧。」難陀便去問獄卒，獄卒回答：「佛陀的弟弟難陀，生天命終後，就會墮入地獄。我們現在燒油鍋，便是為他準備的。」難陀聽後，驚恐萬分，拔腿就往回跑。但獄卒把他攔下：「你已經來了，就留下吧。」他立即高聲叫道：「南無佛陀，請您把我帶回人間！」

依靠佛陀加持，他回到了人間，由此真正生起了超離三界的出離心。佛陀為他講說聖法，他隨即遠離一切貪欲，獲得阿羅漢果位，在佛弟子中，被譽為「調和諸根第一」。原來他是「貪心第一」，後來不貪著任何人了，守護根門非常清淨。這是難陀的故事，從他前後的差別也可看出，一個人的煩惱是可以改變的。

二、指鬘王的公案⑲：指鬘王曾跟隨一個婆羅門學

⑲詳見《賢愚因緣經》。

龍樹菩薩親友書講記

法，婆羅門的妻子勾引他，遭他拒絕後惱羞成怒，告訴婆羅門指鬘王侮辱她。婆羅門知道指鬘王不容易對付，於是故意欺騙他：「你若能在七天中殺一千個人，把一千個人的手指串成指鬘，裝飾在脖子或手腕上，就可以獲得梵天果位。」說完，婆羅門把刀插在地上，念了一遍咒語。咒語念完，指鬘王就起了惡心，婆羅門把刀交給他，他拿著刀，發狂一樣見人就殺，見指就砍。

到了第七天早上，手指已有九百九十九隻，差一隻就滿千數。可是大街小巷見不到一個人影，人們早就藏起來了。此時指鬘王的母親憐憫他，因為他七天只顧著殺人，沒有吃東西，想派人給他送飯，但是僕人們都害怕，沒有人敢去，母親就親自送去。指鬘王見母親從遠處走來，準備要殺掉她，母親罵道：「你這個不孝的東西，連母親都想殺。你實在要湊數的話，那就砍去我的手指，不要殺死我。」

這時，佛陀以神通觀察到指鬘王可以度化，就化成一個比丘，走到他的對面。指鬘王一見，當即捨棄母親，飛速向比丘奔來。比丘緩緩地行走，但指鬘王用盡氣力也追不上，他就喊道：「比丘，你給我停住！」比丘說：「我一直安住，沒有動過，只有你自己停不住。」指鬘王覺得奇怪，就問：「怎麼說你安住、我停不住呢？」比丘答：「我的六根都很寂靜，所以一直安住，而你被邪師引誘，內心迷亂，不斷地奔馳，所以才

日夜殺害眾生，造下無邊的罪業。」

指鬘王聽後幡然醒悟，把刀扔在一邊，遠遠地伏地磕頭。佛陀也恢復本來身相，如太陽般相好圓滿、無與倫比。指鬘王見到佛的威儀，不由得五體投地，要求隨佛出家。以佛的神通力，他的鬚髮自然脫落，身上衣服也變成三衣。佛又為他說法，他聞法之後，心垢盡除，得阿羅漢果位。當時他殺了九百九十九個人，也有機會獲得聖果。記得《百業經》中有一個人殺了五千人，後依靠自己的發心、佛的加持而證阿羅漢果[20]。

三、具見的公案：具見，又名未生怨王、阿闍世王。關於他，《觀無量壽經》中有較廣的公案，我在這裡不廣說。他的瞋恨心非常重，受惡友提婆達多挑唆，把父王幽閉於七重室內，想讓他活活餓死。他的母親恭敬大王，偷偷在身上塗上蜂蜜，瓔珞中盛滿葡萄漿，探望時讓大王享用。未生怨王的父親是虔誠的佛教徒，他享用完後，合掌恭敬，遙禮世尊，說：「目犍連是我的好友，願興慈悲，授我八關齋戒。」頓時，目犍連以神通來到他面前，日日如是，為他授八關齋戒。佛陀還派「說法第一」的富樓那尊者，為他說法。

經過21天，他還沒有死，因常聞法，顏色和悅。未生怨王質問守門人，守門人說：「你母親經常到這裡，給他送一些飲食。佛弟子也從空而來，為他說法。」未

[20]詳見《百業經》之「王布果——殺五千人，今得聖果」。

生怨王特別生氣，提劍要殺母親，一個大臣勸阻說：
「自古以來，貪執王位而殺父親的比比皆是，但殺母親
的一個也沒有，你最好不要成為無道昏君。」於是他把
母親關起來，他父親就餓死了。

後來他生起極大悔心，依靠佛陀的威力和自己的懺
悔，有些經典說他獲得了菩薩果位，有些經典說再過八
萬劫他將成佛[21]，有種種不同的說法。但不管怎麼樣，造
無間罪的未生怨王，最後也獲得了成就。

四、能樂的公案[22]：他的貪心和嗔心都很重，他貪
著一個女人，母親覺得不如法，一直勸他，但他根本不
聽。母親只好晚上睡在門檻上，不讓他出去約會。他特
別生氣，用寶劍砍斷了母親的頭。他跑到那個女人家
裡，身體不停發抖，女人說：「這裡只我一個，沒有別
人，你不用怕。」他想：「如果告訴她實情，她可能更
喜歡我。」他就說：「我為了你，剛殺了母親。」那個
女人非常聰明，心想：「這人連母親都能殺害，終有
一天對我也會不客氣。」於是騙他說：「你真是了不
起，這種行為我很高興，你稍微等一下，我出去馬上回
來。」她一口氣跑上樓頂，大聲地喊：「救命啊！來壞
人啦！」能樂聽到之後，趕緊跑回自己的家，把寶劍扔
在母親的屍體上，也高聲叫道：「救命啊！我的母親被

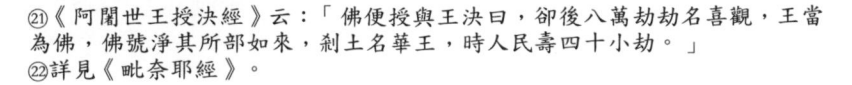

[21]《阿闍世王授決經》云：「佛便授與王決曰，卻後八萬劫劫名喜觀，王當
為佛，佛號淨其所部如來，剎土名華王，時人民壽四十小劫。」
[22]詳見《毗奈耶經》。

殺了！」通過如此蒙混，人們沒有發現他是凶手。

　　他造下極大逆罪，內心十分不安，到處尋找滅重罪的方法。後來他到一個寺院裡出家，精進修行，於很短的時間內，對三藏通達無礙。別人問他為何如此精進，他說想懺悔殺母的罪業。大家就把這件事告訴佛陀，佛陀說殺母者不可出家，僧團中必須立即開除㉓。

　　他被開除以後，穿著出家衣服，跑到一個邊地去了。那裡佛法不興盛，他建了一個經堂，開始講經說法，集聚了很多很多人來此聽聞，有些人聽法後，甚至證得阿羅漢果。由於他為眾生說法、培養僧眾的功德很大，死後彈指般的時間墮入無間地獄，馬上即得解脫，轉生天界。之後，他以天子形象來到人間，於佛前聽聞妙法，終證預流果，獲得見諦。

　　可見，縱然以前造下滔天大罪，只要有後悔心，不放逸地行持善法，最後也可以解脫。我們學了這個頌詞之後，應該明白就算自己以前造的業非常可怕，現在通過念金剛薩埵心咒，好好地聞思修行，發誓從此不再造，來世也不一定墮入惡趣，且有可能獲得解脫。

　　昨天有一個人跟我說，他學習《入行論》等論典之後，感悟到以前的所作所為都錯了，甚至以一片好心引導別人學佛的手段也不對，他非常慚愧，現在遇到這樣

㉓《毗奈耶經》云：「爾時世尊告諸苾芻曰：若人殺母，便求出家，與出家者，當壞我法，即須擯棄。」

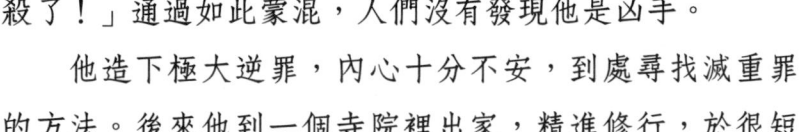

龍樹菩薩親友書講記

的佛法，今後一定要好好行持。所以，每個人首先要懂得佛法，不然的話，對如何行持、怎樣有罪過一無所知。當然，懂得後也不要停留在文字上、口頭上，一定要在心裡思維：「我以前是什麼樣的人，從現在開始，短暫的人生中，我要盡心盡力地懺悔，盡心盡力地做善事，不能變成業際顛倒者。」什麼叫業際顛倒呢？今天剛出家，明天就還俗；今天是一個居士，明天就不學這一套了，改行加入外道，或者不學任何宗教，這種人最可憐、最可怕。我們不能變成這樣，只要有後悔心、懺悔心，再深重的罪業也可以清淨。頗瓦法中還說，一個人在臨死之前，只要強烈地觀想：「我的罪業已徹底清淨，我的善法非常非常多！」有這樣一種念頭，也能往生極樂世界㉔。

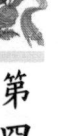

第四課

　　大家在有生之年，修行的方向不要改變，在此基礎上，應當竭力懺悔。學院很多人行持佛法，雖然跟聖者相比，還是比較差，經常產生煩惱，善法也不能圓滿所有支分，有很多慚愧之處。但跟不學佛的人比起來，還是值得榮幸的，至少每天拿轉經輪念一點經，觀想一點，做一點善事，這個功德不可思議。所以，即使你造了重罪，也不可放棄自己，一定要依靠佛法改邪歸正，精進懺悔！

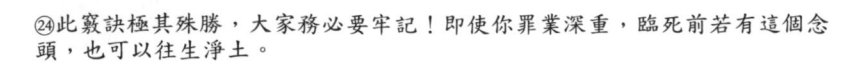

㉔此竅訣極其殊勝，大家務必要牢記！即使你罪業深重，臨死前若有這個念頭，也可以往生淨土。

戊三（安忍）分四：一、教誡斷除瞋恨之因；二、斷除懷恨之果；三、旁述心之特點；四、斷除瞋恨之緣——粗語。

己一、教誡斷除瞋恨之因：

> 如是無等忍苦行，汝莫令瞋有機乘，
> 斷瞋獲得不退果，此乃佛陀親口說。

世上有各種各樣的苦行，有些外道以五火焚身，有些整天在恆河中沐浴，有些頂著烈日折磨自己，有些行持旁生的行為，有些不說話，有些不吃飯……但在所有的苦行中，修安忍最難做到。若沒有一定的境界，別人惡口相罵，數落你的過失，你根本忍受不了。所以，《入行論》也說：「罪惡莫過瞋，難行莫勝忍。」但我們不能讓瞋恨有機可乘，應始終以正知正念進行攝持，一旦生起瞋恨心，馬上想到佛陀的教言，千方百計斷除瞋恨。佛陀曾親口說：「諸比丘，斷除瞋恨，汝將成不退果。」《俱舍論》中也講過，欲界之因就是瞋恨和欲貪㉕。倘若斷了瞋恨，欲貪也可斷除，這樣一來，便不用再流轉欲界，因為「因」沒有了，「果」不可能出現。所以，斷除瞋恨非常重要。

《佛遺教經》云：「瞋恚之害，則破諸善法。」瞋恚的害處，可將持戒、布施、供佛等善根全部毀壞。漢

㉕《俱舍論》云：「以二令不離欲界。」以欲貪與瞋恨的作用而無法離開欲界。

龍樹菩薩親友書講記

地大德說：「嗔恨心，乃行人失壞佛法之根本。」《三摩地王經》也說：「互相若生嗔恨者，淨戒廣聞不能救，參禪住靜不能救，布施供佛亦無救。」假如產生嗔恨心，那麼戒律清淨、廣聞多學、上供下施、住於寂靜處等善根，都不能救護你。

　　所以，嗔恨心嚴重的人，一定要想方設法對治，對治方法在《入行論・安忍品》中有許多竅訣。我去年到漢地時，一個人跟我說：「我過去的嗔恨心非常可怕，但學了《安忍品》以後，現在怎麼樣也不容易生嗔恨心。」我聽了之後很高興。其實達到這種境界也並不難，關鍵看你肯不肯行持，不肯行持的話，再殊勝的妙法也無濟於事。

　　《本事經》（唐玄奘譯）中說：「我觀諸有情，由嗔之所染，永斷此嗔者，定得不還果。」眾生的染污皆由嗔恨心而來，若能斷除，則可永斷輪迴之根。因此，我們要想盡辦法對治嗔恨心。

　　這是從因的角度而言，下面從果的角度分析。

　　已二、斷除懷恨之果：

　　　　我為此人相責罵，毆打擊敗奪吾財，

　　　　耿耿於懷起衝突，斷除懷恨即安眠。

　　當我遭受別人當面的侮辱謾，或者暗中的誹謗毆打，他不擇手段讓我一敗塗地，還搶奪我的財產、霸占

我的房屋、搶奪我的銀行卡，如果我一直懷恨在心，勢必會引起身語衝突。其實很多衝突都與「我」有關，若沒有「我」，國家與國家、人與人、家庭與家庭的矛盾也不會挑起。有了對「我」的執著，才會產生瞋恨之因，進而引發懷恨之果，心裡一直耿耿於懷，身體的衝突、語言的爭吵就會紛至沓來。如果對「我」無有執著，把別人的加害視為如幻如夢，一切瞋恨和懷恨就不會生起，今生很快樂，也不會為來世造罪業。倘若你的瞋恨心非常重，則如《入行論》所言：「喜樂亦難生，煩躁不成眠。」想獲得安樂難如登天，你會日日煩躁不安，夜不成眠。（大家也知道，臨睡之前，若有一件事讓你特別生氣，會翻來覆去也睡不著。）假如能摒除這種懷恨，寂天菩薩云：「精勤滅瞋者，享樂今後世。」內心會遠離苦惱，今生來世都非常快樂，晚上也可無憂無慮地入眠，死的時候十分安詳。

斷除瞋恨非常重要，但若沒有一定的修證，確實也難以對治。我看過廣欽老和尚的一個故事，當時他在福建出家，住在承天寺。他覺得自己沒有福報，不敢接受供養，就去住山洞。一住就是十三年，中間有降伏老虎等精彩故事。十三年後他回到寺院，還是不住寮房，要求守大殿，天天夜不倒單，在大雄寶殿打坐。

過了一段時間，監院和香燈師召集大家宣布：昨天晚上大雄寶殿的功德箱被盜！因為功德箱裡的錢是寺院

的主要收入，以前從來沒有發生過這種事，所以大家自然懷疑到廣欽和尚，認為他在那裡打坐，一定是他偷的。大家對他的看法來了一百八十度的轉彎，覺得這個人住山洞十三年，結果還幹出這等事，太可恥了。包括居士們也對他另眼相看。廣欽和尚並沒有申明一句：「我沒有偷，也沒有看到別人偷。」好像這事與他無關。別人罵他、指責他，他也若無其事。

這樣過了一個星期，監院又召集大家說：「其實沒有功德箱被盜這回事，我之所以這麼說，是為了考驗一下廣欽師的修行境界。現在證明他確實有功夫。」（他們很壞啊！）這個時候，廣欽和尚依然如如不動，並沒有為此而欣喜。

對於這個公案，我以前也想過：如果是我們有些道友，你沒偷東西卻冤枉你偷了，不要說監院和香燈師，就算是根本上師，或者佛陀親臨，恐怕你也會跟他理論：「從功德上，我承認你是佛陀，但今天在這個問題上，我是不會承認的……」因此，每個人的修行真的有差別。我們口頭上都會說不要生瞋恨心，但真正遇到違緣時，恐怕也壓制不住，故而印光大師告訴我們：「所有不順心之境，作已死想，則便無可起瞋矣。」以這種態度來對待，瞋恨心便不容易生起。

然而在實際行動中，自己能不能做到呢？希望道友們平時觀察一下。有些人為了雞毛蒜皮的小事，一直跟

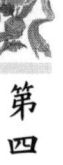
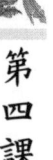

第四課

別人衝突，管家來了也無法解決，法師來了也無法處理，菩薩來了可能也不行，佛陀來了就不好說了——「噢，你是佛陀，那我只能聽你的。算我命不好，本來這件事我沒有錯，但現在只好認命了……」

己三、旁述心之特點：

　　當知心如於水面，土石之上繪圖畫，

　　其中具惑如初者，諸求勝法如末者。

眾生的心千差萬別，古人有云：「人心不同，各如其面。」就面相而言，有些人胖，有些人瘦，有些人的頭大，有些人的頭小，同樣，我們的心也是各種各樣。曾經有一個茶館，茶葉、茶杯都是同等的價錢，但為了觀察眾人的心態，他們把茶杯做成不同顏色、不同形狀，結果來了5個人，每個人選擇的杯子都不一樣，有人喜歡黃色的，有人喜歡白色的，由此可見，外境上並不存在真正的好壞，完全是不同的分別心在作怪。不僅眾生的愛好不同，佛經中說，眾生的貪心也不相同，有些喜歡老年人，有些喜歡年輕人，有些喜歡中年人。

既然每個眾生的心態不同，他們的記憶也有差異，此處以三個比喻進行說明：第一、不穩固，如同水面上的圖畫，剛畫完就消失了，隨著波紋此起彼伏，什麼也不會留下來；第二、比較穩固，就像土上寫的文字，除非遇到颱風下雨，否則不會輕易消失；第三、極穩固，

猶如石頭上刻的花紋，縱經幾百年的風吹雨打，上面字跡依然不變。（以前我們去印度時，在佛陀的降生地，看到阿育王立的石碑，說是佛陀於此降生。至今已有兩千多年了，但碑文仍然清晰可辨。）我們的心也分為這三種。有些人記什麼都非常牢固，很長時間也不會忘，而有些人聽完就忘光了，今天聽《親友書》時覺得很好，但下完課之後，全部都沒有了，就像水中的花紋一樣。

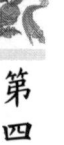

第四課

我們對煩惱方面，不管是貪心、嗔心、癡心，最好能像第一種——水中的花紋，剛才氣得不得了，一會兒就沒有了，又非常開心，不會想報仇。世人說：「君子報仇，十年不晚。」這種心態不合理。原來有個人跟我講：「此仇非報不可，我一輩子都忘不了！」這樣冤冤相報，只會增加自己的罪業，不管是什麼冤仇，應該像水中的花紋，當下一筆勾銷，這是最好的。

至於善法方面，如希求佛法，生起信心、悲心，背一些教證、論典、上師教言，則應像第三種——石頭上的花紋那樣穩固不變，過多少年也記憶猶新。法王如意寶接近圓寂時，當時有70多歲了，但他老人家口中的教證滔滔不絕，一直不斷地引用：「《入行論》中說什麼，上師又說過什麼……」很多不信佛教的人聽了，都特別驚訝：「老年人記性還這麼好啊！」所以，我們修持正法的人，善心善行應該像石頭上的文字，永遠都不要忘。龍猛菩薩還說過：「智者不會輕易承諾，一旦

承諾下來，猶如刻在石頭上的文字，縱遇命難也不改變。」

因此，我們行持善法時間要長久，不能今天學習這部論典，明天就忘光了，連一個教證也想不起來，而惡業方面，10年前別人說一句你不愛聽的話，現在還記得清清楚楚。貪嗔煩惱銘刻於心，善法方面卻忘性極大，這是不合理的。應該要反過來，對佛教的教證理證，多少年也不會忘，滿腦子都裝著善法，惡業卻蕩然無存。上師如意寶的一生就是這樣：他小時候學習的佛法，不管教證還是公案，老年時仍倒背如流；別人對他的仇恨加害，以及世人念念不忘的瑣事，他心裡點滴不存，貪嗔癡、嫉妒、傲慢等對解脫和今生來世無有實義的煩惱，就像水中花紋一樣全部消失。

我們每個人的心態雖然不同，但長期串習特別重要。本來你對善法記得不好，對惡法記得很牢，然通過善知識的引導，可以慢慢改變。若對論典記得很清楚，對惡法好像沒什麼興趣，那你的相續就完全轉變了。很多道友剛來學院時，嗔恨心也很重，看似根深蒂固，但後來通過自己的精進努力，現在善法不容易退失，惡法很容易斷掉。

大家也要經常觀察，看自己的心屬於哪一種？善惡方面是像水中花紋，還是土上寫字，或是石上刻字？別人如果問你，你不一定願意說，可是自己問自己，應該

龍樹菩薩親友書講記

知道答案。等晚上睡覺時，不妨想一想：「我是哪種人啊？從明天開始，我應該把所有的仇恨忘掉，所有的善法記得清清楚楚。再過20年，《親友書》的內容還朗朗上口，《入行論》的頌詞也滾瓜爛熟。」若能這樣想，那說明你學習有進步。

好！沒有時間了，本來我還想講很多。

第四課

第五節課

　　《親友書》在講「道之本體」中的六波羅蜜多，現在是安忍波羅蜜多。它有四方面的內容，前三個已經講完了，今天開始講第四個。

　　昨天分析了，眾生的心千差萬別，善心、菩提心、取捨因果的心應當盡量穩固，不要今天聽的法，明天就忘了，剛生起的悲心和信心，再過幾天就銷聲匿跡了，這樣增上功德有一定的困難；但是，煩惱心、憂愁心、懷恨心，不要讓它在相續中待很長時間。有些人該記的記不住，不該記的一直記得，雖然這是凡夫人的特點，但也跟自己的串習大有關係。大家學習本論之後，應該經常去修持。別人與你有過衝突，說了不恭敬的語言，這個疙瘩沒有解開，這個傷痕沒有癒合，也要盡量把它忘掉，像水中的波紋一樣當下消失。而上師的教言、諸佛菩薩的金剛語、自己的善心，要想方設法讓它長期存留，這是要努力達到的一個目標。

　　己四、斷除嗔恨之緣——粗語：

　　　　佛說語言有三種，稱心真實顛倒說，

　　　　猶如蜂蜜鮮花糞，唯一當棄最末者。

　　佛陀在大乘經典中親口說，眾生的語言，大致歸納有三種：一、上等者——稱心如意之語，即隨順六道眾

生的根基，說不同的悅耳語。如云：「天龍夜叉鳩槃荼，乃至人與非人等，所有一切眾生語，悉以諸音而說法。」這些諸佛菩薩、傳承上師所傳下的金剛語，可以開示解脫正道，利益眾生直至成佛。

二、中等者——真實語，指力求誠實、心口一致的老實話。這種人不會講什麼甚深道理，但說話一就是一、二就是二，從來也不說謊，不會捏造事實。

三、下等者——虛語或顛倒語，指虛偽顛倒的妄語、粗語、惡語、綺語。它的範圍比較廣，凡是不悅耳的言詞，如語言空洞，無有實義，帶有欺騙性、狡詐性，均可包括在這裡。

此三種語言可用比喻一一說明：稱心如意之語，好似甜美的蜂蜜，甜美的滋味誰都喜歡；真實語，宛如美麗的鮮花，處處惹人喜愛；虛語或顛倒語，如同骯髒的糞便，別說真正接觸，哪怕聽到一句，也令人極其厭惡。

人與人之間互相交流，語言是非常關鍵的，它是重要的連接紐帶，不管你是否學佛，都應該具備悅耳的語言。佛經云：「故當說柔語，莫言不悅語，若說悅耳語，成善無罪業。」若說柔和悅耳的語言，不但不造罪，功德還會增上。世人言：「良言一句三冬暖，惡語傷人六月寒。」以刺耳的語言傷害他人，很長時間都沒辦法癒合。所以作者要求我們，與人溝通的時候，說話

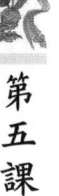

第五課

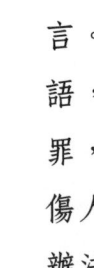

要真實可靠、柔和委婉，不要說謊話，更不能用粗暴的語言。

有些人認為粗語比較有力量，能承辦一些事情，其實這種想法是錯誤的。我也講過法國作家拉封丹的一則寓言：北風與南風比武，看誰能把一個人的衣服吹掉。北風刮得特別猛厲，那人為了抵擋寒風，反而把衣服裹得更緊；南風徐徐吹動，頓時陽光明媚，那人漸漸覺得暖和，於是脫掉大衣。北風喻為惡語，南風則為美語，所以，認為說粗語容易承辦事情，只不過是自欺欺人，要想把事情處理得非常圓滿，必須依靠婉轉的語言。

《入行論》云：「出言當稱意，義明語相關。」和別人交談的時候，應該讓別人樂於接受，說一些稱心的話語，把意思表達清楚。有些人說了半天，也不知道他是在讚歎還是毀謗，他自己說什麼也不明白，這可能跟性格有關吧。我們說話不但要主題明確，同時要顧及到別人的感受。藏地有種說法是：「說一句話，要看一百個人的臉色。」又說：「語無劍刃，能刺人心。」可見，交談要掌握一定的技巧，否則會得罪很多人。有些道友說：「這個人3年前對我說過什麼，這話一直刺到我的心坎深處。已經過了這麼年，我的傷口還是沒有治好……」當然，修行境界比較差的人，經常會受到語言的刺傷，倘若你修行很不錯，哪怕別人冤枉你、侮辱你，你也會當成耳邊風，不會引生煩惱或者痛苦。可是

龍樹菩薩親友書講記

凡夫人不一定有這麼高的境界，經常會受到語言的影響，所以說話還是要注意。

這次學了《親友書》以後，我們說話要謙恭有禮，不要說粗語髒語。有些人對教理一竅不通，但罵起人來口若懸河、滔滔不絕，各種「教證」十分豐富。我看到某些人跟工人吵架時，本來覺得他平時不太會說話，不要說《釋量論》或《入中論》，讓他解釋一下《入行論‧迴向品》的頌詞，他也像嘴裡含了塊石頭一樣吐不出來，但是沒想到，他罵人時語言源源不斷，內心馬上變成一個大「伏藏」。素質比較低的人，最會罵人。不過我們學院有一個很好的傳統，上師如意寶在世時規定：道友之間不能取綽號，不能互相惡口謾。學院裡常住的人基本上都能做到這一點，然世間上的有些人，開口不帶髒話就不舒服，說出來的語言，我們聽後根本不敢重複。有些生意人互相吵架，甚至父母罵孩子時，很多話特別難聽。我們也學過《百業經》、《賢愚經》中的公案，這樣惡口罵人的果報如何，大家應該比較清楚。

在說話的過程中，一定要說真實、稱心的話語。學了這個頌詞，希望你們內心有一種誓言。什麼樣的誓言呢？以前自己說話不太注意，罵過什麼什麼人，從現在開始，在諸佛菩薩和上師面前發誓，今後嘴巴乾淨一點，不要像烏鴉一樣整天給人帶來噩兆。如果你們真有

第五課

口才，可以多背一點《入行論》的教證，生氣的時候，看能不能用上幾個？不過，有些人生氣時不要說《入行論》，可能連「嗡瑪呢巴美吽」也不想念。

戊四（精進）分二：一、教誨精進之對境；二、教誡表裡如一之精進。

《入行論》中說，精進的本體就是喜歡善法。這個方向，我們一定要弄清楚。有些人做生意賺錢很精進，有些人為了個人利益而讀書很精進，這些都不叫真正的精進，只有為自他今生來世的快樂作奮鬥，才是真正的精進。

己一、教誨精進之對境：

今明後明至究竟，今暗後暗至最終，

今明後暗至終點，今暗後明至圓滿。

如是四種類型人，國王當做第一種。

每個人的今生來世都有明暗的不同差別㉖，由於各自的業力和因緣不同，有些人今生光明、來世光明，有些人今生黑暗、來世黑暗，有些人今生光明、來世黑暗，有些人今生黑暗、來世光明，總共有四種人。

具體而言，

一、「今明後明至究竟」：是指今生光明，來世也光明，也就是說，即生中生活得圓圓滿滿、幸福快樂，

㉖「明」指快樂，「暗」指痛苦。

龍樹菩薩親友書講記

來世乃至生生世世也享受安樂。例如，在佛教歷史上，薩迦班智達當過五百世的班智達，布瑪莫扎也當過五百世的班智達。還有很多高僧大德，不像凡夫俗子一樣生活有壓力、心裡有痛苦，他們看破了一切俗事，今生中法喜充滿，來世也是從光明趨向光明，不會遭受任何痛苦。

二、「今暗後暗至最終」：指即生中苦不堪言，來世也非常痛苦，如屠夫、妓女等造惡業者。有些屠夫、漁夫每天從早到晚都很辛苦，他們吃穿十分簡陋，住處就像狗窩，即生中賺不到錢，溫飽也難以解決，一直煩躁、憂愁，由於殺害了無數眾生，來世也會墮在地獄、餓鬼、旁生中感受無量苦楚，這是毫無疑問的。

或者說，有些眾生即生中是旁生，來世又變成旁生或者惡人。就像蓮師等人昔日造塔時，有一頭運土的黃牛發惡願，後來投生為朗達瑪魔王，造下非常可怕的惡業，後世也不斷地感受痛苦。

三、「今明後暗至終點」：是指今世安樂無比，後世痛苦不堪。迦葉佛時，有一個出家人叫西哦色嘉，當時是人壽二萬歲，他的生活、處境等非常安逸。但因為生起了傲慢心，出言不遜給許多比丘起「牛頭」、「馬頭」、「虎頭」等惡名，他死後轉生為龐大鯨魚，身上具有馬頭等十八個頭，直至人壽百歲時釋迦牟尼佛出世之間，也沒有得到解脫。

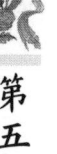

第五課

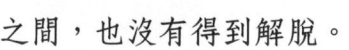

現在也有很多這樣的人，今生比較富裕，賺的錢很多，常去五星級賓館享樂，看起來真的很有福報。可是他們開肉聯廠、辦漁場，造了大量惡業，以此殺生害命的果報，這一輩子完了之後，就會步入痛苦之旅。有些貪官也是如此，今生燈紅酒綠、腦滿腸肥，盡情揮霍老百姓的血汗，但他們未來的去向是什麼，這一點也不難想像。

四、「今暗後明至圓滿」：是指今生雖然飽嘗痛苦，後世卻踏上幸福之路。有些人為了利益眾生獲得佛果而苦行，現在住的條件比較差，每天吃不飽、穿不暖，看起來很可憐。但實際上，今生通過這種苦行，罪業可全部得以清淨，未來定會擁有無限光明。還有一些病人，今生被病痛日日折磨，表面上痛不欲生，但依此遣除了重大罪業，來世也會非常美好。

綜上所述有四種人，我們不妨觀察自己是哪一種。在這裡龍猛菩薩要求國王：你應該選擇做第一種，今生行持善法、看破一切，不會有痛苦，來世也是非常快樂。米拉日巴的傳記中說，曾有一個國王邀請他，但他怎麼都不肯去，使者說：「國王的皇宮應有盡有，別人受到國王的邀請，高興都來不及，你為什麼不去？」米拉日巴給他唱了一首道歌，其中有一句是：「貪著欲樂汝王臣，若效米拉臣民行，今生來世皆快樂。」你們若能效仿我米拉日巴，今生來世都會很快樂，不必希求皇

龍樹菩薩親友書講記

宮裡的快樂。

真正的修行人了知萬法無常，不貪著一切。遺憾的是，世間人卻執著這些現而不實的虛幻，若能通達萬法的真理，對任何迷亂都會看破，以此因緣，今生不會造業，來世乃至解脫之間，會從光明趨向光明。經論中也說：「精進修持安忍者，即生中不離快樂，死時成群結隊的天人會降臨，在鼓樂聲中迎接他前往善趣。」所以，行持善法的人今生來世都快樂。

龍猛菩薩把人類作了總結性分類之後，我們應該想到，自己雖然有煩惱，但目標不能離開行持善法，若能如此，今生中非常快樂，來世也不會墮入三惡趣，最終必定超勝輪迴。

己二、教誡表裡如一之精進：

　　當知人類如芒果：外似成熟內未熟，

　　內成熟外似未熟，內外未熟內外熟。

在精進時，要認清人類有幾種不同的分類，就如芒果一樣。芒果可分四種：一、外表已經成熟，看似可以享用，但裡面很生；二、裡面早就熟透了，但外表還是綠綠的，好像沒有熟；三、裡面沒有熟，外面也沒有熟；四、裡面成熟了，外表也顯出成熟的樣子。

芒果，相信大家比較熟悉。以前藏地沒有這種水果，50年代，藏地著名旅遊家根登群佩大師去印度時，

在《印度遊記》中說，他享用芒果時，非常羨慕，覺得藏族人福報這麼小，沒有如此好吃的東西，芒果就像是新鮮的酥油，如何如何甜美……不過我認為，藏族的福報並不小，如今的佛法除了藏地雪域，印度也沒有這麼興盛。一個地方的福報大小，並不是在芒果上安立的，而要看解脫的唯一因在哪裡。到目前為止，無論西方還是東方，有沒有像藏地這樣佛法興盛的，大家可以一目了然。所以，說福報太淺薄，我覺得也不一定。

通過芒果的比喻，人類大體可分為四種：

一、外表成熟、裡面未熟：這種人行為上十分如法，但內心的境界並沒有與行為相一致。譬如大天比丘，他造了殺母、殺父、殺阿羅漢三個無間罪，貪嗔煩惱極其熾盛，外在卻是一位威儀具足的比丘，「度化」眾生的能力非常大，身邊的弟子多達十萬。據歷史記載：釋迦牟尼佛涅槃後，再也沒有一個凡夫能像大天一樣攝受如此眾多的眷屬。

包括現在的有些修行人，外面行為也特別莊重，似乎內心非常成熟，人人對他讚不絕口，但他內在的貪心、嗔心、惡心非常可怕，表面上根本看不出來。去年有一個領導跟我講：「你們出家人中，某某人看起來很好，其實做了很多壞事，所以，出家人中也有很多壞人。」我聽後有點不高興，說：「你們黨員中難道不是嗎？你看上海的陳良宇，他沒被逮捕前的講話中，說不

准貪污說得那麼好聽，最後還不是發現他劣跡斑斑？」那人也沒有說什麼。確實，有些人表面上看來特別好，實際上只有自己最清楚。

二、裡面成熟、外表未熟：內心與佛法完全融為一體，但表面上沒有成熟，甚至瘋瘋顛顛，就像濟公和尚一樣。其實包括六祖大師，直至開悟時也不認識字，仍是個在家人，外面好像沒有成熟，但內在的證悟已臻究竟。藏漢歷史上，這樣的成就者也非常非常多，心跟諸佛菩薩的境界無二無別，可是外表的形象卻是獵人、妓女等等。

三、內外皆未熟：這是普通的世間人。有些大城市裡的人，喜歡去舞廳等不清淨的場合，內心除了一堆貪嗔癡，什麼境界都沒有，從外表也看得出來，留著長長的頭髮，穿得不倫不類，走路搖搖晃晃，邊抽煙邊喝酒，嘴裡還哼著流行歌……內外都是一模一樣。

四、內外皆熟：比如自古以來公認的大成就者、大修行人，包括我們法王如意寶。他們的境界與佛法融入一體，外在的行為也令人生信，挑不出任何毛病，內外都非常圓滿成熟，猶如金瓶般，是世間的莊嚴。

這四種人，在《水木格言》中也曾描述過，如云：「佛說內外熟生，芒果分為四種，根據內心行為，人分賢劣多種。」論中也以芒果的比喻對人類的不同差別作了分析。可見，外在不如法的人，不一定是真的不如

法，故佛陀在經典中說：「除了如我般的補特伽羅以外，其他眾生均無法了知別人的相續。」一個人看似顛顛倒倒，卻不一定沒有境界；一個人威儀非常莊嚴，走路都不敢踩地，也許只是一兩天的新比丘，不一定有真實境界。

此處從四個角度分析的竅訣，臨濟宗稱之為「四料簡㉗」，我們可依之觀察自己或他人：到底是內心和行為都如法呢？還是一種不如法？或是全部不如法？雖然頌詞中沒有明說，但作為初學者，一定要做內外成熟的「芒果」，這樣別人也不會生起邪見。（講桌上每天都有芒果，今天怎麼沒有啊？可能明天又拿來了，你們真是……）否則，你內在沒有成熟，外在卻有種種成熟相，這叫做「詐現威儀」；或者你有一些超勝的境界，但行為卻瘋瘋顛顛，別人也不一定接受得了，所以，初學者應該做表裡如一的內外成熟者。

戊五（禪定）分三：一、加行；二、正行；三、後行。

己一（加行）分二：一、斷除違品散亂；二、修行同品四無量。

庚一（斷除違品散亂）分四：一、斷除對境之散

㉗「四料簡」，是臨濟義玄禪師所設四種應機教化的方法與態度，即「奪人不奪境」、「奪境不奪人」、「人境俱奪」、「人境俱不奪」。他們認為，一個勝任的法師，必須掌握這四種接機示教的方式。

亂；二、斷除世間八法之散亂；三、斷除財物之散亂；四、斷除受用之散亂。

辛一（斷除對境之散亂）分二：一、以轉變內想之方式禁護根門；二、以知對境之法相方式而斷除貪執。

壬一（以轉變內想之方式禁護根門）分四：一、教誡防護根門不貪他女人；二、教誡護根門防止其他欲妙；三、未護根門之過患；四、佛陀讚歎護根門。

癸一、教誡防護根門不貪他女人：

作為一個凡夫人，守護自己的根門非常重要，不然的話，長期行持善法有一定困難。因此，作者教誡國王說：

> 切莫眼瞧他妻室，若睹亦隨其年齡，
> 作母女兒姊妹想，若貪真觀不淨性。

樂行國王是在家居士，對在家居士而言，一切煩惱中，貪欲最嚴重。（我們所處的地方之所以叫「欲界」，就是因為眾生的欲望極其強烈。）所以作者對樂行國王說：你不可故意盯著他人的妻子看，一旦不小心看到了，也要根據年齡，如果比自己年長，那就作母親想；比自己年輕，就作女兒想；若與自己年齡相仿，則作姊妹想。《雜阿含經》中也說：「若見宿人，當作母想；見中年者，作姊妹想；見幼稚者，當作女想。」假使這樣也不能避免生貪，那應該觀其不清淨性。

對於男眾居士或出家人，戒律中規定了這種觀想方

法。反之，你若是女眾，無論居士還是出家人，看見不同年齡的男眾也可依此類推，把他們作父親想、兄弟想、兒子想。

然而，現在的社會特別瘋狂，大多數人沒有滿足感，尤其是在家人許多行為非常不如法。《華嚴經》云：「行菩薩道者，於自妻常自知足。」行持菩薩道的人，對自己的家屬理應滿足，否則，就會毀壞世間正規，也毀壞了自己的居士戒。

當然，出家人必須斷掉一切淫行，這沒有什麼可說的。假如實在無法對治煩惱，則應觀想對方身體不淨的本質。《中觀寶鬘論》云：「女色皆不淨，汝貪由何起？」異性的身體，從頭到腳裡裡外外分析下來，沒有一處乾淨地方，通過這種方式剖析，就可以斷掉相續中的貪心。

這些竅訣的確非常深。那天有一個道友說：「我在社會上混的時間比較長，出家時自己也很懷疑：男女問題上會不會煩惱特別嚴重？擔心自己到時候守不好戒，總有這方面的顧慮。後來學習《入行論·靜慮品》後，從內心中了解到身體不清淨，沒有什麼可貪的；然後又學了《智慧品》，從根本上了解貪執者的我和所貪的境都不存在。我這種見解也許是暫時的，但我確實生起了這種定解！」我聽後生起很大的歡喜心。自己辛辛苦苦給大家傳法，如果像在石頭上倒水，一會兒就乾了，

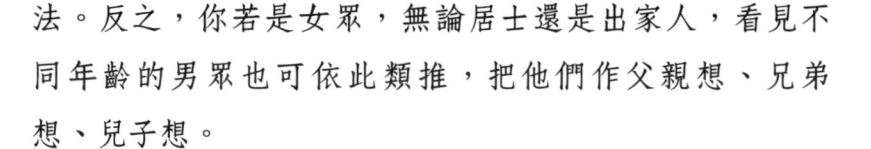

龍樹菩薩親友書講記

那沒有什麼意義。所謂的學佛，應該通過這種方式來調伏相續。我們以前沒有學佛、沒有出家時，煩惱可能特別深重，人盡皆知，但通過佛法的加持和自己的信心，現在完全可以重新做人。其實古往今來有些大德也是如此，他們在家時要麼嗔心嚴重，要麼癡心嚴重，要麼貪心嚴重，但後來依靠適合自相續的竅訣，不僅調伏了自己，還度化了無量眾生，這類現象比比皆是。

現在大城市裡很多人經常邪淫，家庭關係處理得不好，最後導致離婚等不愉快事情發生，這些都是不合理的。你們應像龍猛菩薩所教誡的樂行王一樣，作為在家人，要過一個清淨的生活，雖然無法徹底根除不淨行或者貪心，但也應該有一種滿足感，在清淨的生活中行持佛法，這是最好的一種選擇。

癸二、教誡護根門防止其他欲妙：
　　當如聞子寶藏命，守護動搖之內心，
　　猶如猛獸毒刀刃，怨敵烈火厭欲樂。

色聲香味等外境時刻都在引誘我們，讓我們的心一剎那也不安住，因此，我們要通過各種方式加以對治。往昔如群星般的成就者，最初他們的心也是動搖不定，但遇到善知識得受殊勝教言後，依靠反反覆覆的修持，最終獲得無上成就，心也變得如如不動。所以，只要肯下功夫，誰都能成為堪能者、調柔者，這一點沒有任何

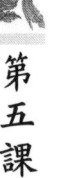

困難。

　　那麼，要如何守護這顆心呢？要像守護聞法、孩子、寶藏、生命一樣，千方百計地護持根門，防止對外境的色聲香味等生起貪染。我們的心真的很可怕，比如你去一個小飯館吃飯，在短短的半個小時裡，這顆心就會四處散亂：一會兒看看廚師在炒什麼菜，他的動作怎麼樣，穿的什麼衣服；一會兒又被旁邊的電視吸引，馬上專注到電視上，覺得熒屏裡這頭犛牛好看，那頭山羊不錯；一會兒前面出現了什麼對境，心又開始起伏不定……《妙臂請問經》中說：「心如猿猴，貪著諸境樂而不捨。」漢地也有一個成語叫「心猿意馬」，說明凡夫人的心猶如猿猴、野馬，剎那也不安住。如果心一直這樣下去，會把我們帶入危險的境地，所以我們要依靠諸佛菩薩和上師們的竅訣，盡量守護自己的心，就如同下面所講的四種情況：

　　一、聞法：聽聞佛法務必要聚精會神、全神貫注，心完全專注於對境。假如你三心二意、心不在焉，那聽什麼也記不住。

　　二、母親看護孩子：母親若經常心不在焉，沒有時時看好孩子，就會發生很多危險狀況，比如孩子被大水沖走了、被車壓死了、被惡人綁架了。所以，現在的母親每天都很擔憂，孩子上學時又去送又去接，就算白天上班做事，心裡也一直惦念著孩子。

三、看護寶藏：末法時代雖然沒有如意寶，但錢包、銀行卡就是有些人的寶藏，擁有者隨時對它小心保護，生怕被小偷偷走了。

四、生命：每個眾生最愛護的就是生命，生命一旦受到威脅，會全力以赴地進行對抗。

我們護心也應當像這些比喻一樣，時時刻刻護持，不要為違緣所轉。在《方廣莊嚴經》中，以毒葉、猛火、寶劍之比喻，說明了色聲香味等欲妙的危害性[28]。無著菩薩也說：五欲六塵如同捕魚的誘餌，魚兒被貪欲所牽引，嘗誘餌時就會被鉤住。同樣，凡夫人也因為貪著妙欲，被貪欲所鉤，而在輪迴的網中永遠無法解脫。

欲妙，就好比凶惡的猛獸、劇烈的毒藥、鋒利的刀刃、殘忍的怨敵、熊熊的烈火，我們稍加接觸，便會感受巨大傷害，其過患無量無邊。諸聖者早就知道這一點，他們不但理論上明白，實際行動中也不會貪執。而我們初學者口頭上說得頭頭是道，可對此並沒有深刻領會。其實，貪執色法就像飛蛾撲火，貪執聲音就像野獸聽獵人彈琵琶……這些比喻都足以說明對五境不應貪執。一有貪執，我們馬上要認識到：「再這樣貪下去，我在輪迴的鐵網中，永遠也解脫不出來。」然後，提起諸佛菩薩賜予的智慧寶劍，奮力斬斷迷亂之網！

第五課

---

[28]《方廣莊嚴經》云：「我知妙欲諸過患，爭論懷恨憂苦根，如同可怖之毒葉，如火亦如利劍刃。」

第六節課

昨天說了，我們要守護自己的心，不要讓它散亂到色聲香味等五種欲妙上。這些欲妙，就像瞬間毀壞自己的猛獸和毒藥、能斬斷慧命的劍刃、禍患無窮的怨恨敵人、剎那焚盡所有善法功德的烈火一樣，過患非常大。當然，這樣講世間妙欲，個別初學者不一定聽得進去，他們覺得生活如此美好、享受如此快樂，為什麼說萬法是無常的、痛苦的？他們的理念與佛教真理會產生衝突。在這個過程中，大家應該站在公正的立場上，以智慧進行觀察：到底自己正確，還是佛教正確。通過觀察，你根本找不到勝伏佛教的教理，最終不得不心服口服，認可釋迦牟尼佛的所有觀點。

下面繼續講禪定波羅蜜多的第三個問題——未護根門之過患。「根」從廣義上講指六根，這裡主要是指意根，即我們的心要以正知正念來護持，若沒有這樣，貪執外境的過患無窮無盡。

癸三、未護根門之過患：

> 一切欲妙生禍殃，佛說如同木鱉果，
>
> 世間人以其鐵鐐，縛輪迴獄當斷彼。

世間上美妙的色法、動聽的聲音、撲鼻的芳香、可口的美味、柔軟的所觸帶來的快樂，暫時讓人舒心悅

意，數數生起歡喜，但若詳加觀察，快樂的背後還隱藏著非常難忍的痛苦。佛陀說，這一切欲妙猶如木鱉果，據《念住經》中記載：西方海島上生有一種樹木，它的果實（木鱉果）外表鮮豔動人，味道香甜可口，可是上午食用，下午就會命歸黃泉。同樣，我們無論貪執色聲香味哪一種外境，表面上似乎很不錯，能帶來各種快樂，但從本質上看，它卻是一切禍患的根本，令人不由自主地被欲妙的鐵鐐束縛在輪迴的牢獄中。有史以來無數修行人從輪迴中獲得解脫，而我們之所以仍不斷地流轉，原因就是對欲妙沒有看破。禪宗講究「看破、放下」，這句話誰都會說，但真正能做到的，卻寥寥無幾。

其實，把欲妙喻為木鱉果是很好的比喻。雖然越南等南亞國家也有一種水果叫木鱉果，它被民間醫學家譽為難得的養生佳品，是益壽延年的良藥，但這只是名稱相同而已。此處所提到的「木鱉果」，據佛教史料所述，只要食用就會喪命。漢譯《正法念處經》把它稱為「佉殊梨果」，經中云：「若取彼果，多有諸過。」

「少得果味，多受苦惱。」唐譯《親友書》把它叫做「兼博果」。但不管叫什麼，這種果對身體有害無益。

龍猛菩薩言：「佛說世上圓滿事，難信如同木鱉果。」世間上的榮華富貴，用智慧來觀察，跟木鱉果沒

有什麼差別，一點也不值得信賴，地位也好，錢財也好，美貌也好，統統無有任何價值。過分的樂觀主義者，根本不懂諸行皆苦的道理。其實只要貪執外面的事物，就一定會招致很多很多隱患，雖然當下看不出來，認為欲妙值得享受，可是人心貪得無厭，不會有滿足的時候，如《方廣莊嚴經》云：「一切欲妙一人得，然彼不足仍尋覓。」最終必定會帶來各種各樣的痛苦。

我們一定要認清自己的處境，不要認為欲妙是快樂之因，要把佛陀教言結合現代生活詳細觀察。當然，很多非佛教徒恐怕接受不了，覺得這是在抹殺所有的快樂，不符合實際道理。其實，真正經得起觀察、永恆不變的快樂，在外境中絕對找不到，因此，我們對欲妙一定要看破。

前不久，這裡有三四十個人出家，其中有一群大學生。我看了他們的「出家申請」，相當一部分人有社會經驗，了解世間的各種情況，也感受過所謂的感情、財富、地位、名聲等快樂，但學習佛法以後，發現除了尋求解脫之路，沒有真正的圓滿之路，因此，多方面考慮後，做出了這個選擇。我看了之後比較高興，出家不能人云亦云、隨波逐流，理應以自己的智慧作抉擇，如果你自己的智慧不足，則應詢問智者或者查閱可靠的典籍，這樣選擇的結果百分之百不會錯。

要知道，佛教的理念是最勝的，不過現在有些人有

龍樹菩薩親友書講記

一點過分，把《三字經》等儒教思想或基督教觀點拿來相提並論。當然，他們自己這樣認為，我也不反對，然以教理進行衡量時，尋找解脫道才是最好的。只是站在人天乘的立場上，天天勸人向善，這還不足夠，一定要看破世間欲妙，斷除輪迴的根本，這條修行道路非常正確。否則，光是做一點善事，在這個層面上停滯不前，那無法徹底擺脫輪迴。

作者告訴我們，世間上所有美妙的對境，其實就像木鱉果一樣，外表鮮豔奪目，但如果去享受，恐怕不一定那麼快樂。世間人找到工作了、結婚了，都喜歡用吉祥詞來稱頌，認為人生的幸福從此開始。但真正進入生活才發現，期望與現實還是有一定的距離，二者並不能完全一致，於是大失所望，又改變原來的選擇……因此，在欲妙上尋找快樂，是根本得不到的。藏地根登群佩大師說：「若詳細觀察，世上的一切所為都是痛苦的事，能熄滅其因的唯有佛法。」所以，為了求得佛法，付出一切代價也非常值得。

這麼好的甘露妙藥，我們應該竭盡所能地傳播給身邊的可憐眾生。人人都想得到快樂，但很多人的所作所為，無不是在製造苦因。當然，不一定所有的人都能接受佛法，佛陀時代也做不到這一點，但只要我們盡力而為，令一部分人對此感興趣，他們就能找到解脫之路。因此，利益眾生的這顆心，不管遇到什麼環境，都不能

放下。釋迦牟尼佛在因地時，無論投生為人類還是旁生，利他心始終都沒有放棄，我們也應該這樣發願，同時還要看破一切欲妙，雖然完全斷除有點困難，但先要從道理上弄明白，然後再進一步修持。

癸四、佛陀讚歎護根門：

若想斷除五種欲妙，理應防護自己的根門。此舉不但為世間人稱揚，諸佛在經典中也極力讚歎。

> **知伏六根諸對境，恆時動搖不穩固，**
> **沙場勝敵此二者，初諸智者真勇士。**

世間上有兩種英雄：一種能降伏眼耳鼻舌身意六識，使之不散於外境。具體而言，眼耳鼻舌身意作為根，色聲香味觸法作為對境，當六根接觸六境時，不會放逸散亂，而會防護根門。其實這是一種挑戰，有些人能獲得勝利，有些人則會被打敗，比如貪執美色導致破戒，貪執流行歌致使心思散亂。現在有些居士真的很不錯，雖然身處散亂喧囂的紅塵中，但平時從不看電視，也不跟惡友到不清淨的場所去，吃飯、做事都按照佛教所講的那樣，完全調伏自己的六根門，以正知正念來攝持。他們就是與六識作戰的獲勝者，這是一種英雄。還有一種英雄是，國家與國家、部落與部落發生戰爭時，在戰場上奮勇殺敵的勇士。有些人打架時，沒有石頭和牛糞，就拿帽子一扔，把對方嚇跑了，這也算是獲勝者。

一種是調伏根門的戰爭，一種是沙場奮戰的戰爭，在這兩者中，前面的獲勝者才是真正的英雄。我經常這樣想，出家人跟在家人比起來，對治煩惱方面還算是勇士，因為出家人杜絕感情，不喝酒、不抽煙、不吃肉，很多事情在家人根本做不到。出家人過一個清貧又清淨的生活，這種心力非常強大，有些在家人寧可到戰場上作戰，也不願意過這種生活。那天有個人跟我講：「我本來想出家，但我特別喜歡看電視，實在沒辦法出家。」我說：「出了家以後，看電視並不是破根本戒吧？」但有些人可能也不太懂。

在防護根門上，出家與在家差別很大，在家中受居士戒與未受居士戒也差別很大，真正能護根門者，完全勝過戰場英雄。寂天菩薩說：「制惑真勇士，餘唯屍者。」真正的勇士是克制煩惱、對治煩惱，其他人只是殺屍體者，因為戰場中的敵人，即使你不殺他，他幾十年後也會死，而真正的英雄，誠如寂天論師所言：「智者縱歷苦，不亂心澄明。」縱然他經歷了無數痛苦，仍能「心不隨根轉、根不隨境轉」，心一直澄清明了，不為煩惱和外境所左右，這才是最大的英雄。

現在有些人對治煩惱有一種能力，不管什麼樣的外境現前，都不為所動，誓言很清淨。而有些人剛開始有一些承諾，但遇到外境時，完全處於散亂中。所以，佛陀讚歎的是什麼人，大家一定要清楚，即使你遇到各種

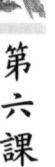

第六課

妙欲，也要護持好自己的心，盡量行持正法。前段時間，學院放了一個星期的假，開課後五論班有個女眾，供養我一本用血寫的《地藏經》。大家也知道，《地藏經》還是很厚的，我問：「你什麼時候寫的？」她說：「這次放假期間寫的。」別人燃指供佛、用血寫經，我都很害怕，但我翻了一下，真的很感人。我看了一下，她的十指都劃破了，布滿道道傷痕。

我回去之後想：在放假期間，很多人都在散亂，我也去了宗塔草原一兩天，每天在那裡看河流、看鮮花，但有些人充分利用這個時間，用自己的鮮血來寫經，無論她以後變得什麼樣，但現在對佛教虔誠的恭敬心，卻是不可否認的。很多道友包車到處去轉山，安排了各種散亂的活動，而有些人卻專注懺悔罪業，對佛陀非常有恭敬心。當然，她具體是什麼想法，我也沒來得及問。最後我把血經還給她，讓她自己保留，她請我在上面簽字，我就寫了幾句。過後我還是有很多感觸，有些人放假時一直散亂，不要說用血抄一部經，就算用墨水抄，可能也煩得不得了：「可不可以不抄啊？我回來再抄，可以嗎？」但有些人的自覺性卻大不相同。

這些精進的事例，我們每個人都值得效仿。現在的世界上，哪一個國家發明了新事物，或者做生意很成功，別的國家都會爭先學習，借鑒他們的先進經驗。同樣，我們作為修行人，身邊有許多值得學習的對象，如

龍樹菩薩親友書講記

果自己不重視，與他擦肩而過，這是非常可惜的。你在這裡待一年，他也在這裡待一年，但過了365天後，你們對佛法的接受程度截然不同。

所以，在學佛的過程中，不能得過且過。外面菩提學會的佛教徒，大多數人都比較可以，但有些人的動機不純，好像自己不去一起學習，就很沒面子，星期天去學習也只是完成任務，沒有把它當作最重要的事情，也沒有用它來對治煩惱，以前你是什麼人，現在依然沒改變，若是如此，即使佛陀降臨，也不一定能調伏你。

其實，學佛與不學佛之間應該要有差別，就像氆氌放進鍋裡染色，原來是白色的，在黃色染料中煮一會兒後，顏色應該變成黃色。有些人以前無惡不作，根門一直向外散亂，但通過學佛，馬上得以調伏，這就是人心本善的一面。我以前不用轉經輪，心裡也沒覺得什麼，但今天上課時忘了，念《普賢行願品》十幾分鐘的時間裡，我就想了四次：「怎麼手裡空空的？噢，沒有轉經輪！」這就是串習的力量，有了好的串習，才可以步入解脫之門。

第六課

所以，大家應該認認真真地觀察自己，否則，心很容易動搖不定，經常散在外境上。其實如果真正觀察，外境並沒有動搖，而是我們的心在動。以前也講過，六祖到法性寺的時候，印宗法師正在講《涅槃經》。當時風吹幡動，兩個和尚在辯論，一個說是風動，一個說是

幡動，兩人爭執不已。六祖一看，說：「不是風動，不是幡動，是你們心動。」同樣，我們平時聽到一個聲音，有人說好聽，有人說不好聽，但除了分別念不同之外，其實沒有好壞之別。

現在很多人忙於沒有意義的事情，究其根源，不是外境在引誘你，而是你的心喜歡散亂。我看到一些人發信息：「你幹什麼啊？」「我在瞎忙。」「怎麼瞎忙？」「就聊天唄！」……說來說去全是浪費時間。我在成都時，有一次坐出租車，車裡有部對講機，司機就一直：「你到哪裡了？三號三號。」「聽到聽到，你說你說。」「你現在在哪兒？」「我在轉彎轉彎──」說這些有什麼意義呢？現在人的話，哪怕說幾個月，一點價值也沒有，每天發信息、打電話、上網聊天，跟解脫沒有任何關係，修行人真的沒有必要去追求。

壬二（以知對境之法相方式而斷除貪執）分二：一、了知欲界主要貪欲之女身而斷貪；二、了知總貪欲之理而斷貪。

癸一、了知欲界主要貪欲之女身而斷貪：

> 當觀少女身背後，臭氣顯露九孔門，
>
> 如骯髒器難填滿，皮飾遮掩亦不淨。

對欲界眾生來講，貪執異性比較強烈，此處憑藉我們的智慧，男修行者觀察女人的身體，女修行者觀察男

龍樹菩薩親友書講記

人的身體，就會發現正如佛經所言，男女身體都是不淨物組成，沒有一處是乾淨的。

佛經中經常以女身為對境作剖析，這也是有一定密意的。不僅古代如此，現在廣告中女身也比較多。幾年前我隨上師去西方國家時，在一些比較開放的國家，男身清淨不清淨的廣告不太多，女身的廣告卻觸目可見。包括現在電視裡的廣告，也一直圍繞著女人的頭髮、女人的身體。所以，佛教並不是重男輕女，而是特定的緣起所致。大家在學佛過程中，也要明白一些世間知識。

此處以女身為例，說在美女身體的背後，骯髒不堪、臭氣難聞，九個孔道㉙暴露在外，流出的不淨物沒有一個可愛的，就如同盛裝屎尿的不淨容器。同時，貪欲極其嚴重，就像無底洞一樣，不論享用多少飲食、擁有多少財富，也沒有心滿意足之時。

有些人說：「女人體內雖然骯髒污穢，但外表有皮膚遮掩，再穿上漂亮的衣服，佩帶金銀珠寶，打扮得非常莊嚴，不是也很好看嗎？」這種說法不對。從另一面來審觀，表面再怎麼裝飾，也無法改變女身本質，用你的智慧來觀察，從頭到腳有哪一處是乾淨的呢？

《出曜經》中說，有一個人叫摩因提，他的女兒非常漂亮，他便想獻給釋迦牟尼佛。他把女兒帶到佛面前，佛就問他：「你認為你的女兒很好嗎？」他讚歎

㉙九個孔道：指兩眼孔、兩鼻孔、兩耳孔、口、大便道、小便道。

98

道：「從頭到腳沒有一處不好。」佛說：「我從頭到腳觀察，不覺她有任何可愛之處……㉚」於是開示了很多身體不淨的過患。

所以真正觀察的話，女身內外具足不淨，即使穿上漂亮的衣服，戴上金耳環、金鼻環、金臍環、金項鏈，也只是衣服和裝飾物漂亮，並不是人體漂亮。很多人有種迷亂的錯覺在作怪，喜歡把裝飾物與身體混為一談，其實人體就像一個裝滿不淨糞的瓶子，只不過外面用五色綢緞包著而已。使人生貪的女身，藏在華麗衣服與裝飾下的，實際上是令人厭惡的本性，《入行論》云：「長髮污修爪，黃牙泥臭味，皆令人怖畏。」

聽到這樣的道理，有善根的人會頓然醒悟。《大毗婆沙論》㉛中有一個因儒童的公案說：佛世時，有位富家子弟叫因儒童。他結婚那天，請了很多婆羅門參加婚禮。天還沒亮，佛就帶著阿難遠遠地來了，有些婆羅門看到後，不高興地說：「今天我們辦喜事，沙門瞿曇來幹什麼？」佛對阿難說：「你去告訴他們：若想喜事順

龍樹菩薩親友書講記

㉚「她頭上有頭髮，跟象馬的尾巴並無兩樣；髮下有頭骨，如同屠夫砍下的豬頭；頭中有腦髓，像泥巴一樣，臊臭難聞，放在地上，人們都不敢踩；眼目實際是水池，取出來都是水汁。她的鼻中有鼻涕，口中有唾液，體內的肝、肺腥臊不淨，腸胃、膀胱裡盡是屎尿。她的四肢也只是骨頭節節相連，筋攣皮縮，靠著氣息牽動，就像木人以機關抽牽而活動。一旦氣息停止，將屍體的頭、足等一節節分解，內臟擺得滿地狼籍。如此虛假、污穢的人體，究竟哪裡好呢？」
㉛《大毗婆沙論》：佛教說一切有部論書，全稱《阿毗達磨大毗婆沙論》，玄奘譯。相傳印度貴霜王朝迦膩色迦王弘護佛教，鑒於當時部執紛紜，人各異說，便請脅尊者在迦濕彌羅國（今克什米爾）建立伽藍，召集500位有名論師，以世友為上座，費時12年，造《阿毗達磨大毗婆沙論》十萬頌。

利圓滿，假如世尊不來，又怎麼會成功？」阿難把佛的話轉達給他們，並說：「因儒童今天要隨佛出家，任誰也無法阻礙。」那些婆羅門聽後，哈哈大笑說：「你們出家人到這裡，原來就是為了幹這個啊！」有一個婆羅門說：「沙門瞿曇還是很厲害的，不能輕視他，這是有可能的。」那些婆羅門說：「我們這麼多人，圍繞因儒童三圈，看佛有什麼辦法讓他出家。」

　　不久太陽升起來了，因儒童信婆羅門教，所以崇拜太陽，立即上房向太陽禮拜。突然，見到梵天沿著太陽光在遠方出現，他非常歡喜，覺得自己很有福報，能感招梵天來見證自己一生中最重要的日子。

　　梵天問他：「你今天在辦什麼大事？」

　　他說：「我今天要結婚。」

　　「你怎麼操辦這件事？」

　　「我準備了三萬兩黃金，一萬兩請婆羅門吃飯，一萬兩供養這些婆羅門，還有一萬要送給我未婚妻。」

　　「你請婆羅門吃飯，又供養他們，這是有功德。但你送未婚妻一萬兩黃金，值得嗎？」

　　「很值得，因為我最喜歡她。」

　　「既然如此，那你覺得她的唾液值多少錢？」

　　「不值錢。」

　　「她流的汗值多少錢？」

　　「不值錢。」

「她的鼻涕值多少錢？她的牙齒值多少錢？她的腦漿值多少錢？……」這樣說了36種不淨物，越說越污穢，一個也不值錢。說到最後，因儒童就沒有貪心了。因為他在迦葉佛時曾當過出家人，當時人壽二萬歲，他在一萬年中修界差別觀㉜，而且修得非常精進。由於前世的善根成熟，經梵天一問，他當下斷除了貪欲。（有些人聽到「出家」，就有不同的感覺，稍微聽一下斷除貪欲的教言，馬上就如夢初醒，不生貪欲，這也跟前世有非常大的關係。）斷盡貪欲後，他再仔細一看，梵天瞬間變成具有三十二相、八十隨好的佛陀。佛陀為他宣說四諦法門，他當即證得三果，從婆羅門層層包圍中，隨佛起身乘空而去——他未婚妻可能氣壞了吧，一直在等的丈夫竟然飛走了！

龍樹菩薩親友書講記

癸二、了知總貪欲之理而斷貪：

如麻瘋病蟲蠕動，為得樂受皆依火，

非但不息苦更增，當知貪欲與彼同。

比如，患有麻瘋病的人，遭受皮下癩蟲不斷蠕動時，為了解除這種難忍痛苦而去烤火，以此使那些癩蟲

㉜界差別觀：根據《聲聞地》觀點，修此法應當思維六事，即思維義、思維事、思維相、思維品、思維時、思維理。《中阿含經》之界差別觀是：「復次。比丘觀身如身。比丘者。觀身諸界。我此身中有地界、水界、火界、風界、空界、識界，猶如屠兒殺牛。剝皮布地於上。分作六段。如是比丘觀身諸界。我此身中。地界、水界、火界、風界、空界、識界。如是比丘觀內身如身。觀外身如身。立念在身。有知有見。有明有達。是謂比丘觀身如身。」

稍稍不動，暫時停止了苦受，但只要離開火邊，癩蟲就會像報復一樣，蠕動得更加厲害，引生更大的痛苦。同樣，世間人為了快樂而貪執欲妙，暫時似乎沒有煩惱，但實際上貪欲越大，痛苦越增盛。

很多人有了自行車想摩托車，有了摩托車想轎車，國內的轎車不行，一定要國外最好的品牌……貪執越來越大，沒完沒了。他們認為欲望得到滿足非常快樂，卻不知沒有欲望束縛更快樂，《寶鬘論》亦云：「搔癢則安樂，無癢更安樂。具世欲安樂，無欲更安樂。」比如你有手機的話，就希望它的型號越來越高檔，功能越來越齊全，一直不斷地更新換代，但換了無數次的手機後，自己還沒有滿足感。可如果你一開始就不用手機，便不會有這些麻煩了。

很多事情都是這樣，但因為我們沒有好好修行，被煩惱賊入於心房，最終將我們所積累的善財全部盜走。《法句經》云：「如蓋屋不密，必為雨漏浸，如是不修心，貪欲必漏入。」屋頂蓋得不緊密，一定會漏雨（學院很多道友都有這種體會）；修心不綿密，貪欲也會漏入相續。如果我們精進地修行，就會像藏傳佛教、漢傳佛教很多大德一樣，生活隨遇而安，不會有這些煩惱痛苦。貪欲是墮入三惡趣的根本因，《勝月女授記經》中說：「以貪墮入眾生獄，以貪墮入餓鬼畜。」所以，我們要時時注意斷除貪欲，若想斷貪欲，務必要精進修行。

辛二（斷除世間八法之散亂）分二：一、對治；二、所斷。

壬一（對治）分二：一、真實對治；二、宣說具對治之功德與不具對治之過患。

癸一、真實對治：

> 為見勝義於諸法，如理作意而修習，
>
> 與之相同具功德，他法少許亦無有。

對治世間欲妙最有力的竅訣，修不淨觀等還不夠，要想從根本上解決，一定要照見無常、苦、空、無我的勝義實相。若這樣如理作意和真實修行，對男女、錢財、地位等對境，就不會產生貪執，此舉功德非常大，念誦、轉繞等其他法均無法與之相比，所以我們一定要修持真實義。

什麼叫真實義呢？勝義中，空性和無我是最甚深的法；世俗中，萬法無常和諸受皆苦是最甚深的法，這叫做「四法印」，佛陀的教言中也講得非常清楚。麥彭仁波切說：「世間最大的三種功德，是發菩提心、宣說大乘佛法、觀想空性。」所以，我們要盡量修持四法印的勝義妙理，這種功德跟其他功德完全不同。佛經說：「彈指間修持四法印，此功德遠勝於其他功德。」還有些經典說：「如果修持四法印，則與修持八萬四千法門功德等同。」因此，修空性不二法門非常重要。仁達瓦大師在《親友書講義》中引用《四百論》的教證說：

龍樹菩薩親友書講記

「空無我妙理，諸佛真境界，能壞眾惡見，涅槃不二門。」無我和空性的妙理，是諸佛菩薩的境界，它能毀壞各種邪見，包括外道和世間的最高見解，故被稱為涅槃不二法門，或者叫般若波羅蜜多。這樣的殊勝教義，《般若攝頌》中有詳細說明，這幾個月我翻譯了一半，以後應該能翻譯出來。

我還翻譯了《一世敦珠法王自傳》，裡面有很多精彩公案，其中有一個說，不僅聽聞空性法門，功德不可勝言，甚至修持空性的地方，我們看到後也能解脫。故事內容大致是這樣的：敦珠法王㉝在7歲時，有一次到坡擦山㉞的山腳下玩耍，他手裡拿著鎬刨風化石，忽然碰到一塊大磐石，他力氣太小刨不動，就用棍子再三往上撬，結果把它撬開了。大磐石後面是一個大窟窿，五光縈繞，非常好看，裡面坐著一位莊嚴的比丘，身著法衣，肩披袈裟，左手結定印，右手作說法印，雙足半跏趺坐，微笑地看著他說：「你打開我的門幹什麼？我與世隔絕，在這裡修般若法門已經三千年了，你依靠前世的因緣才得以見到我。不僅見到我有非常大的功德，連我現在住的山洞，如果誰能看見，也必定無疑證悟甚深

㉝現在五明佛學院的所在地喇榮，是一百多年前第一世敦珠法王的修行地。據《一世敦珠法王自傳》記載：敦珠法王46歲到色達喇榮聖地，降伏地神惡龍等，向數百弟子傳授大圓滿，成就幻化虹身。僅在喇榮就成就了十三大虹身，故被稱為「十三大虹身大密靜處」。
㉞大概位置在：洛若鄉下面，洛若寺對面。但具體在哪個地方，上師問了很多老喇嘛，他們也不清楚。

空性義。」他又說了一個偈頌：「我不住法界，萬法即五蘊，五蘊緣起法，一切觀空性。」說完就消失了。過一會兒，敦珠法王的父親和鄰居來喊他，看見那個洞嚇了一跳，驚惶失措地說：「哎喲喲！竟然把山體掀開了，這肯定不是好事。」趕緊手忙腳亂地拿土石把洞口填上了……大家方便的話，其實應該去看一下。不過，我至今也不知道在哪裡。

龍樹菩薩親友書講記

第七節課

《親友書》在講「斷除世間八法之散亂」，這個教言分兩方面：對治、所斷。「對治」又分真實對治、宣說具對治之功德與不具對治之過患。今天講第二個問題。也有些講義說，該頌是「旁述」，跟正文的關係不大。

癸二、宣說具對治之功德與不具對治之過患：

> 族貌聞雖具全士，然離慧戒非受敬，
>
> 何者具此二功德，彼無他德亦應供。

不管是什麼樣的人，就算門第高貴、富可敵國、相貌端嚴、廣聞博學等功德樣樣俱全，但若不具足通達萬法真理的無垢智慧與斷惡行善的清淨戒律，則不能堪為應敬處，不應受到人天的恭敬禮拜。

在這個世間上，外在的東西不一定很重要。就拿相貌來說，有些人長得沉魚落雁，眾人羨慕，但也沒有特別大的意義。在晉代，有一個美男子叫潘安，他的相貌非常莊嚴，可能像現在的歌星和明星一樣，很多女孩子特別喜歡他。他每次上街，總是引起一堆女人的圍觀，搞得車馬交通堵塞。後來他都不敢步行了，只好坐車，可是一旦被發現，也是引來尖叫一片。那些女人為了吸引潘安的注意，就想了一個辦法——丟水果，而且比誰

丟得大、誰丟得準。所以每次潘安出街，都會滿載而歸，帶一車水果回家。當時有一個人叫張孟陽，長得相貌奇醜，看潘安這麼受歡迎，自己就很羨慕，也學潘安坐車出街，還到處吆喝。結果每次出門，女人就往他車上吐唾沫、扔石頭，他倒也是滿載而歸，不過裝的都是石頭。

當今世間的明星歌手，人們也是特別追逐，他們倒不一定特別莊嚴，只不過名氣使然罷了。他們沒出名的時候，走在大街上也不會惹人注意，但後來因為有了名氣，很多人都覺得看到他很有福報，摸到他的手得了很多「加持」。其實這些並不重要。自古以來人們所稱歎的美女帥男，或者種族高貴、廣聞博學者，或者精通自然科學、社會科學、人類歷史的人，若沒有通達苦、空、無常、無我的道理，根本不值得讚揚。然後，沒有戒律和智慧的人，連善趣福報也得不到，這種人也不值得恭敬。

不僅是佛法，世間法也很重視戒律和智慧。一個人如果沒讀過書，在社會上就寸步難行；一個人如果學歷很高，但不守規矩，即使是碩士生或博士生，到任何團體中也不受歡迎；一個人既有智慧、也守規矩，就算相貌醜陋、種姓低劣，身上沒有一分錢，很多人也會對他恭敬有加。尤其是我們出家人，戒律和智慧非常重要。當然，不僅僅是出家人，作為在家人，如果三皈五戒也

龍樹菩薩親友書講記

不受，對佛教基本道理都不懂，那不算是什麼佛教徒，大乘修行人更算不上了。

一個人若具足這兩種功德，即使其他功德不具足，人天眾生也會供養你。因為，《華嚴經》云：「戒為無上菩提本。」有了戒律，就有了無上菩提的基礎。《般若經》云：「布施之前行乃為智慧。」一切功德皆隨智慧而行，若沒有眼目般的智慧，其他功德無法產生，麥彭仁波切也說：「若無如眼此智慧，則彼無有其餘德。」

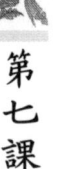

大家平時應該想到，龍猛菩薩賜予的教言非常非常珍貴。我講課時經常想：對佛理不太懂的很多居士，這次應該會有一些收穫，畢竟龍猛菩薩教誡的樂行王是在家居士，故此教言對在家人尤為適合，只要通達這樣的教言，守持這樣的法規，基本上可以變成一個佛教徒。當然，作為出家人，更應該明白並受持《親友書》的道理，假如連在家人的教言都做不到，你有什麼資格稱為應供處？

上師如意寶經常引用這個教證說：一個人的種姓、相貌、學問不是很重要，最重要的就是他是否具備戒律和智慧，倘若具備了這二者，即使他表面上卑微無能，實際上也值得恭敬。現在很多居士選擇上師成了一個大問題，他們不知道什麼樣的上師才能依止。其實龍猛菩薩在這裡說了，一個上師只要具足清淨戒律，言行舉止

按《別解脫戒經》的教言如法行持，同時對佛教的道理通達無礙，不是只懂世間知識，這樣的上師即堪為依止處。

世間知識，很多大學生都精通，對此龍猛菩薩並沒有讚歎。而且，樂行王也擁有世間智慧，從很多詞句中可以看出，他是一個了不起的大智者，不過在出世間方面，就像一個大學教授所說，自己連一年級還沒有讀，正在讀幼兒園。所以，世間學問跟出世間學問有很大差別，縱然你懂得各種世間學問，也不一定了解佛教的基本道理。我們若能具足佛教智慧，再加上守持清淨戒律，不具其他功德都可以。大家務必要記住，一生中值得重視的就是這兩者！

壬二（所斷）分二：一、教誡斷除真實世間八法；二、教誡斷除彼之果——罪業。

癸一、教誡斷除真實世間八法：

知世法者得與失，樂憂美言與惡語，

讚毀世間此八法，非我意境當平息。

樂行王不是一般人，他對醫學、婆羅門教等世間學問非常精通，從前面的頂禮句也可以看出，他對佛法頗有造詣，龍猛菩薩曾謙虛地說，就像白色的石灰牆反射月光一樣，這次為他傳講《親友書》只是錦上添花而已。但他再怎麼精通佛法，依止上師仍不可缺少。

此處，龍猛菩薩以呼喚的口吻說：通曉世間正理的大王啊，你一定要平息世間八法。這裡的「世間八法」，與其他論典的解釋方法略有不同，

得：對獲得受用十分歡喜。比如我今天賺錢了，發工資了、發生活費了，家裡寄來好多錢，臉上就一直掛著笑容，看到匯款單也有不同的滋味。

失：你失去了財物、丟了銀行卡，或者車翻了、工廠倒閉了，心裡就悲痛欲絕。

從新聞報紙上天天可以看到，今天股票上漲，有些人笑逐顏開，喜悅之情溢於言表；明天股票下跌，他們愁眉苦臉，回家就開始吵架。心情很容易隨財富的增長或下跌而或喜或憂。

樂：當你吃得好、穿得好，身心各方面很不錯時，就非常歡喜，願意接受。

憂：當你心裡不舒服或者身體生病時，就特別的痛苦，不願意接受。

美言：聽到比較好的消息，或者別人對你評價不錯時，感覺美滋滋的，特別快樂。

惡語：遇到別人罵你、說你壞話，聽到自己不願意接受的語言，心裡不快樂、不高興。

讚：受到別人讚歎時，不管是當面也好、背後也好，當眾也好、私下也好，自己都非常的欣喜。

毀：受到別人詆毀、冤枉時，心裡特別不痛快。

以上八法，世間人均住於此、依於此、用於此、無法擺脫此，整天為此患得患失，所以《世間苦惱經》中說：「八法推轉著世間，世間隨著八法轉。」很多人願意得到名聞利養四法，而不願遭遇它的違品四法，其實一切法都是空性，尤其是學了《智慧品》以後，名聲有也好、沒有也好，財富有也好、沒有也好，這些統統都是假象。寂天論師說：「故於諸空法，何有得與失？」《米拉日巴道歌》也說：「如夢幻一樣的感受，難道人們不知道嗎？」又說：「世間怙主佛陀為了平息世間八法而宣說妙法，可現在自以為是智者的人，世間八法不是越來越嚴重了嗎？」確實，有些大修行者、大居士，從他們的行為來看，帶有很多假的成分在裡面，一直被世間八法所轉，只不過自己沒有覺察而已。

有些人說：「不被世間八法轉是不可能的，這是出家人一種很高的境界。」其實並非如此，此處龍猛菩薩針對一個在家人，一個瑣事非常繁忙的國王，告訴他：世間八法不是你的行境，非為你所應耽著的，一定要平息讚毀等這些，不要為八風所動，否則修行不可能圓滿成功。

所以，無論你是出家人還是在家人，要看自己是不是被世間八法束縛著。當然，完全達到「八風吹不動」，對凡夫人而言有點困難，可你也不能成天為此而消磨時光。《開啟修心門扉》中說，仲敦巴尊者在晚年

龍樹菩薩親友書講記

時，經常前往休色的柏樹林中，要麼一直念《親友書》的這個頌詞，有時念半句，有時全部念出來，要麼一直念：「吾唯求解脫，無需利敬縛。」用這些教言不斷地提醒自己。我們到一些寂靜地方時，也可以這樣思維：「世間八法對今生來世沒有意義，我是一個希求解脫者，不能以名聲、恭敬等法來束縛相續。」世間的名利，就像孩童的沙屋，沒有實在意義，可是人們失去時，如同孩童對沙屋倒塌一樣傷心，「若我傷失譽，豈非似愚童」，這樣一來，我們跟愚笨的孩童沒有什麼差別。有些人今天挨了批評，特別痛苦，眼淚一直嘩嘩地流，為什麼呢？「因為在那麼多人面前點我的名，我今後怎麼抬起頭來啊？」

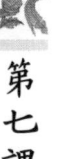

第
七
課

——虛空又沒有落到你頭上，有什麼抬不起頭來的？

人生很短暫，大家不要對自己太信任了，經常吹噓自己，氣泡吹得太大，遲早都會爆炸的。作為一個修行人，應該多觀察自己的心。我真的很隨喜仲敦巴尊者，終年住在寂靜地方，把這個頌詞反反覆覆讀幾遍，最後就獲得了成就。其實，真正有信心、要實修的人，不一定要背很多書，對一個偈頌再三觀修的話，也能斷除我執，斷除世間八法，如此一來，不管你到城市裡，還是住在寂靜地方，都不會受到煩惱的騷擾。

癸二（教誡斷除彼之果——罪業）分二：一、真實宣說；二、需斷彼之理。

子一、真實宣說：

> 汝為沙門婆羅門，師客父母王妃眷，
>
> 亦不應造諸罪業，地獄異熟他不分。

作者對樂行王說：大王，你依靠前世的福報，即生中遇到了佛法，有明白取捨的機會，自己也能聞思修行，（沒有福報的人，即使親見佛陀，也不一定隨學。）所以不僅為了自己，哪怕是為了具足功德的比丘、婆羅門等殊勝對境，也千萬不要造惡業。

有些人為了供養上師而殺生，說：「我的上師來一趟不容易，我要好好請他吃一個火鍋。」請客的過程中，殺了很多很多眾生。他認為上師是成就者，只要一吹氣，吃掉的眾生就能全部超度，但上師到底有沒有帝洛巴的境界呢？如果沒有，這樣對上師的地道會有障礙，對你的修行也有障礙。以前藏地有一種傳統：你請一位上師的話，為了讓上師吃頓好飯，主人要宰一隻羊。但華智仁波切出世之後，這個惡習基本上就斷了。為了上師等應供處而殺生，這個過失非常大。

除了應供處以外，為客人、父母、親眷、子女等，也不應該造惡業。否則，自己一旦離開人間，墮入地獄感受異熟果報時，他們一絲一毫都不能分擔。曾有人說：「為了保衛祖國，殺人也不要緊，這個業由全國人

龍樹菩薩親友書講記

113

平攤，每個人只得一點點，你不用承擔太多。」這種解釋不正確，不管你是為了誰殺生，造惡業的果報唯有你一人承受，這沒有什麼可推脫的。

我們有些人的父母，曾為了我們殺過很多生，造了很多罪業；我們自己也幫別人「好心好意」殺過，有些人說：「我不是為我自己，而是為了父母。佛經中說要報恩，所以我每天給他燉一隻雞，不然他身體越來越不好了，我一定要孝順！」其實這樣對他更不利。但很多人不懂這個道理，所以這次講《親友書》很有必要。

在輪迴的道路上，不管是父母也好、上師也好，都不能分擔你的罪業。《地藏經》云：「父子至親，岐路各別，縱然相逢，無肯代受。」父親和兒子的業力各不相同，即使在輪迴曠野中相遇，比如在地獄中遇上，要互相幫助也沒有辦法，自己造的業必須要自己承受。

有人也許懷疑：「既然造業必須自作自受，那我們迴向是不是不管用了？」不是這樣的。我們通過念經迴向，可以減輕他的罪業，但即便如此，自己的罪業也要自己承受。比如你殺了人，按照世間法律，你弟弟不可能代你受刑，你自己必須為所做的一切付出代價。寂天論師說：「命絕諸苦痛，唯吾一人受。」《月燈經》也說：「自作自受，他作不受。」因此，無論造善造惡，一人做事一人當，不可能讓別人來代受。

從前波斯匿王有個女兒叫善光，聰明端正，福報非

常大，一直在皇宮裡享受快樂。有一天國王說：「你要知道，你現在的幸福全憑父王之力。」她卻答道：「我憑自己的業，感得這樣的福報，這並非父王的能力所致。」國王聽後非常生氣，馬上密令侍從去找一個身無分文的乞丐，將善光嫁與他，讓她獨立生活。善光仍不後悔，心無反顧地與乞丐離宮而去。

途中，善光問丈夫：「你有沒有父母？」乞丐回答：「我父母先前是舍衛城最大的長者，如今已去世，留下我孤苦伶仃，平日以乞食過活。」善光又問：「你父母的住宅還記得嗎？」「記得，現在那裡是一片空地。」於是他們就到了那裡。以善光的福報力，不論他們走到哪裡，隨處都有地下寶藏自然湧現，他們又變成非常富裕的人。國王聽說此事，感到非常驚訝，當時佛陀在世，他就去問佛陀。佛陀說：「善光在毗婆尸佛時代，曾恭敬供養過佛塔；又於迦葉佛時代，以美食供養僧眾。以此果報所感，生生世世中財富不會離開她。」

所以，我們做善事也好、做惡事也好，一定要牢記自作自受。這種因果觀念，現在很多人將信將疑，對因果尚且如此，那麼甚深的法更不用說了。作為佛教徒，一定要有因果不虛的定解，這是非常難得的世間見解。《正法念處經》中說：「業果善不善，所作受決定，自作自纏縛，如蠶等無異。」善惡業果自作自受，就如蠶作繭自縛一樣，造善業感召人天福報，造惡業則會墮入

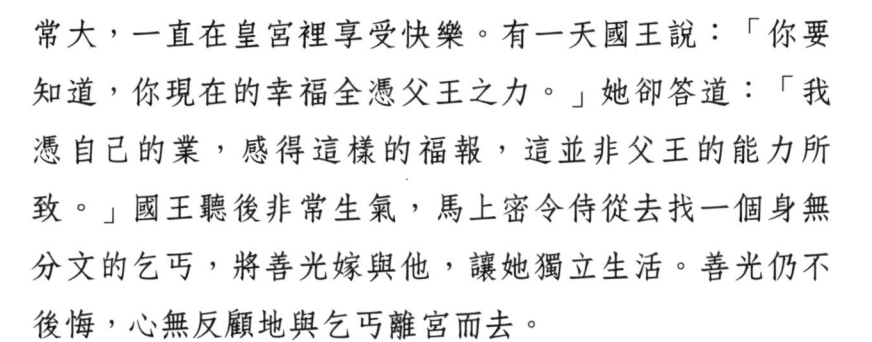

惡趣，播下種子必然成熟果實，這是無欺的自然規律。

你們可能曾為家人殺過生，如果沒有懺悔清淨，罪業一直跟著你，臨命終時定會找你算賬，這並不是嚇唬誰。所以，有機會的時候一定要好好地懺悔，從今以後不管是為了誰，就算是你的上師或最好的朋友讓你造惡業，你也不要聽他的，不然到時候感受果報，誰也無法替你分擔。就像在世間中，有人讓你去殺人放火，違背法律以後，只有你自己坐牢，誰也替代不了。所以，因果規律真的很可怕，大家一定要有堅定的誓言：「今後無論遇到什麼困難，我再也不造惡業！」若能如此，才算是真正的佛教徒。

子二、需斷彼之理：

　　有者所造諸罪業，縱未即時如刀砍，

　　然死降臨頭上時，罪業之果必現前。

這個頌詞對當今時代的人來講，非常非常的重要。有些人作惡多端、罪大惡極，但所造的罪業並不是馬上成熟，不像用刀割身體即刻會出血一樣，立竿見影。有些人到寺院裡供養1000塊錢，就希望生意立刻有所好轉；有些人一輩子行持善法，但重病纏身，做什麼都不順，就懷疑因果不存在，這些想法十分愚癡，業力成熟需要一個過程，果報不可能馬上降臨。但它過了千百萬劫也不會耗盡，就像智悲光尊者比喻的那樣，高空飛

翔的金翅鳥，雖然暫時看不到牠的影子，但並非沒有身影，一旦牠落下來，影子就會頓時出現㉟。

很多人今天殺生，明天沒什麼感覺，就認為因果不存在，這種想法是錯誤的。我們所造的業，有些是現世現報，今生造業，今生成熟果報（順現法受業）；有些是今生造業，下一輩子感果，就像造五無間罪一樣（順次生受業）；有些是今生造業，再過幾百年、幾萬年才成熟果報（順後受業）。業的差別非常非常大，雖然業力不會耗盡，但也不像人們所想像的，做了善事就馬上現前果報，造了惡業馬上感受痛苦。

有些人看到貪官污吏無惡不作，可是他的事業、家庭樣樣順利，造惡業似乎沒有報應，而有些行善的人，做什麼都不成功，生活也是一貧如洗，於是就對因果產生懷疑。實際上，造業如同播種，學過植物學的人都知道，春天種下去的種子，秋天才可以收割糧食，有時候因為水分、土壤、化肥等關係，本來該今年成熟的，明年才會結果。我們在院子裡種花時，種子的說明書中說，過一年就可以開花，但有些種子兩三年後才發芽，這種情況也有。所以，對因果的奧秘，我們沒有研究、沒有了解的話，很多道理都不懂。雖然佛經中說：「善惡之報，如影隨形，三世因果，循環不失。」但如果道

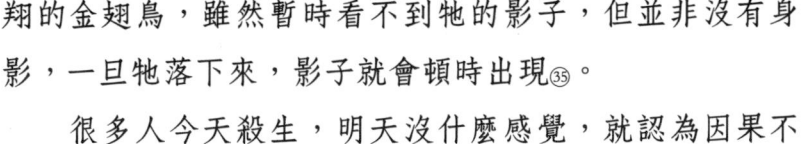

㉟智悲光尊者在《功德藏》中說：「高空飛翔金翅鳥，雖暫不見身影現，然與其身無離合，因緣聚合定現前。」

117

理上沒有通達，則根本不知其所指為何。

　　造罪業馬上沒有感覺，並不代表它沒有果報。今生中造業，也許死後中陰身時出現果報，也許來世出現果報，也許來世的來世才出現。有些人用一個比喻說明前世後世存在，我覺得用它來證明業因果也可以。比如，我拿手機撥一個人的號碼，撥通了以後，通話時雖然沒有線來連接，但通過無線電波可以傳入對方耳中。這個過程具體是：我對著手機說話，被耳朵能接受的聲波，即被轉換為電波，經發射器處理放大為無線電信號，再由天線發射至衛星。通過衛星的傳遞，對方天線接收到無線電信號，將此信號送到接收器，把電波轉變為原來的聲波，再由擴音器放出來，此時就可聽到原來的聲音。這中間有一個轉化過程。

　　造業受報也是同樣，比如我今天殺了生，這是用今生的身體造的，離開人間時，昏厥一會兒後變成中陰身，這個肉身也隨之捨棄，只剩下一個意識形態，就像是做夢時的身體。此時殺生的惡業，存在於阿賴耶上，也變成了意識形態，就像聲波轉化成電波一樣。再過一段時間，我投生為下一個身體，業力又在那個身體上復現，如同電波又轉變為原來的聲波。所以，佛陀在經典中說業力之網極大，有些人前世身體上的痕跡和習氣，經常會在後一世的身體上出現，原因就是這樣。

　　如今證明前世後世存在的報告非常多。前段時間，

我看了一個人轉生到泰國去的經歷，述他是中陰身時如何、最後怎麼樣入胎，跟《中陰教授》所講的一模一樣。只不過現在很多人非常迷茫，根本不知道因果真相，不相信今生造業、來世會成熟，這就像不相信你在手機這頭說「喂」，經過山河大地重重阻礙，對方仍能原原本本聽到「喂」一樣。其實，這一切依靠的都是緣起力，只不過是方式不同而已。

　　大家對業果規律一定要了解，若能了解，對佛陀的教言會生起極大信心。《無量壽經》云：「善惡報應，禍福相承，身自當之，無誰代者。」譬如，你給別人打電話，打誰的號碼，誰就能接到，這中間不可能錯亂。同樣，你以自己的身體造業，將來定會在你身上感受，不可能讓別人代受，《百業經》也說：「眾生所造之業，不會成熟於外界地水火風上，也不會成熟於其他相續中，而是成熟於自己的界蘊處。」

　　當然，對這個問題若沒有研究，不一定會很清楚。很多人不願意提「死亡」，覺得很忌諱，但不提並不能避免這一條路，在這個世間上，無論你有錢、沒錢，有智慧、沒智慧，統統都是「死路一條」，這只不過是早晚而已。在人類歷史上，永遠不死的人一個也沒有，我們就像監獄裡的死囚，早晚有一天會被槍斃，你怕死也沒有用，這就是你的命運。但學習佛法之後，如何面對死亡、死時怎麼樣、死後不是一了百了而是有延續，在

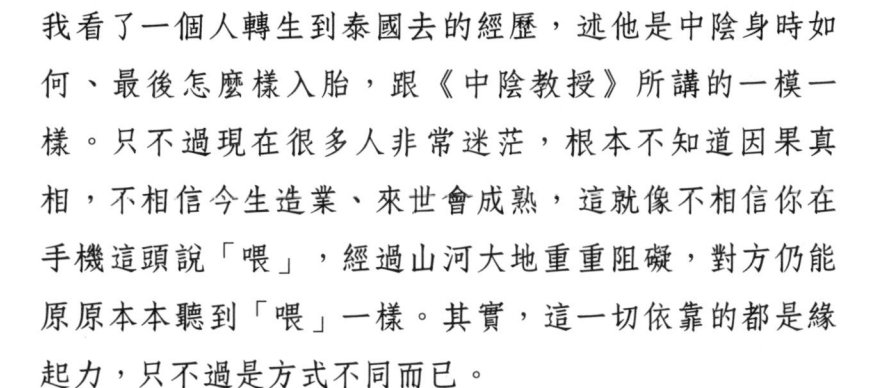

佛教中講得明明白白，不像世間的很多解釋，能把無數人引入歧途。

　　所以，大家對因果取捨一定要小心謹慎，活著的時候，盡自己的能力造善業、止惡業，雖然做不到連一剎那的惡心也不生，但比較嚴重的罪業，有生之年千萬不要做。同時，對佛教中關於死亡、為後世做準備的道理，平時盡量多串習，若能如此，死時就不會萬分恐懼。為什麼佛教徒死時那麼安詳，有錢人或科學家死時那麼悲慘？關鍵就是你是否對死亡做好了準備。倘若你即生中沒有造惡業，即使造過也做了懺悔，那麼面對中陰和來世時，自己會有一種把握。所以，大家在這方面應該多修持，我們不死是不可能的，業因果也一定會存在，這些都是實實在在的，不承認只是表露你的愚癡，除此之外根本抹殺不了真理。

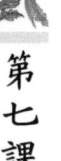

第七課

　　辛三（斷除財物之散亂）分三：一、總說財物取捨之分類；二、別說斷除無義瑣事；三、能斷之對治。

　　壬一、總說財物取捨之分類：

　　　　佛說信心與持戒，多聞布施淨知慚，

　　　　有愧智慧聖七財，知餘財物無實義。

　　佛陀在《寶積經》、《長阿含經》等經典中，都講到了聖者擁有的「聖者七財」。為什麼叫做「財」呢？因為對財富人人都喜歡，渴望從中獲得快樂，同樣，聖

者對這七種法也很喜歡，能從中獲得快樂，故稱為「聖者七財」。凡夫人對有漏的財富非常重視，成天惦記著自己的吃穿、錢財、房子、轎車，而聖者認為對水泡般的身體進行保養不是特別重要，他最關心的是生生世世能帶來快樂的財富，這就是聖者七財。

一、信心財：對上師、三寶、因果、四諦等有堅定不移的信任感，覺得「三寶真的存在」、「蓮花生大士不是一般人」、「釋迦牟尼佛不是普通的王子，他是智慧尊者」，而不是認為「蓮花生大士是個老頭子」、「釋迦牟尼佛是個比丘」，把聖尊看作平凡人，這個過失非常大。當你觀想他們的形象時，應該有無比的恭敬心，這叫做信心。

學密法和顯宗的人，具有信心非常重要。有些人念經時恭敬合掌，從很多姿態中可以看出他的信心非常大。而有些人沒有信心，遇到什麼樣的功德境也不屑一顧，用轉經輪也亂甩。可能我的境界比較差吧，經常觀察別人的過失。有些居士確實學得不錯，做什麼都很有信心，看他的姿態也很舒服；有些居士也許不懂，也許學過但沒有信心，很多行為不太如法。所以，有信心非常關鍵，如果沒有信心，即使你是堪布活佛，再怎麼了不起，傲慢心若非常大，對解脫也會構成障礙。

其實，說深一點，按照密宗的觀點，我們正在念佛時，想阿彌陀佛的念頭就是阿彌陀佛，除此之外，並沒

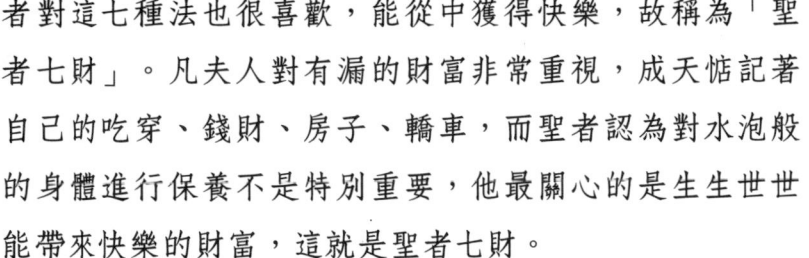

龍樹菩薩親友書講記

有一個佛從遠處慢慢過來。如果你想念上師，對上師起信心，此時你的念頭就是智慧本尊的上師。若對這方面有種信心，你的很多煩惱可以遣除，功德自然而然會積累，所以信心很重要。

二、持戒財：持戒是一切功德的根本。現在菩提學會的人比較多，希望大家至少要受皈依三寶的戒，然後根據自己的力量，受一分戒或者多分戒。每個人還是要受一些戒律，這樣才能具足菩提心等上上功德。

三、多聞財：多聞的不是世間各種雜論，而是對與解脫有關的四諦等廣聞博學。

四、布施財：指發放自己的身體、財物。五、觀待自己無垢的知慚財。六、觀待他人的有愧財。七、智慧財。

這七種法，唯有聖者才真正擁有，凡夫人只能相似具足。我們作為希求解脫者，應當盡量具足聖者七財，《法句經》云：「信財戒財，慚愧亦財，聞財施財，慧為七財。」《大圓滿心性休息》中對此也有提及。《大圓滿心性休息》是寧瑪派的修行次第論，按華智仁波切的說法，《入行論》和《大圓滿心性休息》那麼好的論典，整個世間上也找不到，他講了很多很多讚美詞。不過，可能是眾生業力現前吧，我把《大圓滿心性休息大車疏》翻譯出來後，前段時間總結了一下，請的最少的就是《心性休息》。我以分別念寫的書全部都請光了，

這本書卻沒有人請，我們這邊的庫存剩了很多，外面也剩了不少，有時候看來，人們真的不會選「寶貝」。

我們修行人一定要捨棄房屋、轎車、錢財等有漏財富，有多少車、多少棟樓、多少錢並不重要，應如《菩薩寶鬘論》所言：「捨棄一切有漏財，當以聖財為嚴飾。」法王如意寶在世時經常說：「我們不要互相攀比有漏的財富，你修了一個房子，我的房子就要比你高，這不是一個修行人。」不過，現在世間人就這樣，兩人一見面就問：「你有沒有轎車？有沒有房子？房子裝修了沒有？……」80年代時，大家關心的是「你家有沒有電視？你家有沒有洗衣機？」而現在完全變了——「你有沒有房子，是不是別墅啊？你有沒有轎車，是不是進口的？」整天談論的就是這些。而我們作為修行人，應該看自己具足哪些聖者七財。《維摩詰經》云：「富有七財寶，教授以滋息。」具足聖者七財的話，菩提善根才能得以成熟。

現在積累錢財的修行人非常多，可是積累聖財的多不多呢？大家應該觀察一下。如今人人都想發財，結果發的只是有漏的世間財，這樣的財富越多越不滿足，最後自己非常痛苦。出世間的聖者七財，讓我們不僅僅是一世，乃至生生世世都非常快樂，然世人並不知道這一點，他們覺得只有錢財讓自己滿足，沒有想到卻事與願違，感受到了無邊痛苦。

龍樹菩薩親友書講記

因此，我們要依靠這些聖者教言反觀自己，作為一個修行人，名聲不重要，利養也不重要，最重要的就是自心與法相應，具足清淨的戒律，發放布施、廣聞博學……若具足這樣的聖者七財，別人不讚歎你也不要緊，別人歧視你也無所謂，自己修道定會圓滿的。

　　大家學習這部論典，能得到許多新的思維方式。雖然我講得很不好，但你們自己應該發揮，盡量打開思路。每個人對世間事情想得那麼多，為什麼不想想對來世有利的解脫妙法呢？遇到聖者龍猛菩薩的教言，各位理應生起極大的歡喜心，以歡喜心來希求，得到的功德也是無量的！

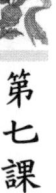

第七課

第八節課

前面已經講了，我們作為修行人，要積累的是「聖者七財」，對此應該予以保護。下面講第二個科判。

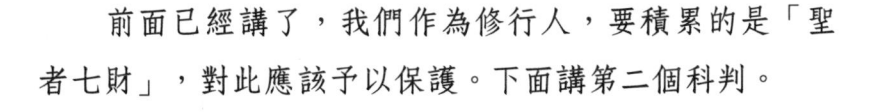

壬二、別說斷除無義瑣事：

> 賭博以及看聚會，懶惰依附惡劣友，
>
> 飲酒夜晚入村落，斷毀名譽之六法。

龍猛菩薩總結了即生中毀壞自己名聲、來世毀壞善根而墮入惡趣的六法。一個人在行持善法的過程中，若沒有以正知正念觀察身口意，隨分別念在惡劣環境中做種種壞事，最容易做的就是這六法——賭博、看聚會、懶惰、依止惡友、飲酒、夜晚入村落。《二規教言論》中說：「白晝飲酒賭博等，沉迷損害名譽法，夜間唯作不淨行，此等亦是無愧者。」這是對在家人的教授，而作為出家人，毀壞名聲的六法更要遠離。出家人一般不會有這些現象，但現在的在家人很難從中拔出來，尤其是一些壞領導，這六法每天都一一具足。因此，要當一個虔誠的佛教徒，必須杜絕這些行為。

這六種法字面上很簡單，不要說長期學佛、有較高水平的知識分子，就連一二年級的小學生，給他們講賭博、看聚會、懶惰等六法，他們也能全部背得下來。我去年建了一個「文殊小學」，裡面全是小出家人，有個

龍樹菩薩親友書講記

法師給他們傳了毀壞名聲的六法，之後問他們是哪六法，每個小孩一個一個都能算出來。所以，字面上是很簡單的。但並不是口頭會說就可以了，聖者們所講的教授，我們要詳細觀察自己能不能行持？哪些做得好、哪些做得不好？做得不好的地方，通過什麼方式來懺悔？

這些教言特別殊勝，沒有人再能超過龍猛菩薩了。無論是漢傳佛教、藏傳佛教，龍猛菩薩都被譽為「第二大佛陀」，對佛教貢獻非常大，並獲得了聖者果位。像這樣的聖者所著的教言，相信誰也不會否認，關鍵要看自己能不能做到。我們對這六法記得清清楚楚還不夠，應該在實際行動中看哪些容易做、哪些不容易做。尤其是現在的在家居士，學習這些教言非常有必要。如今懂取捨因果的佛教徒少之又少，很多人缺乏佛教的基礎知識，可是懂得這些道理之後，除了業力深重者做不到以外，大多數人應該能把握什麼該做、什麼不該做。

具體而言，一、賭博：現在人下棋、打麻將、賭博非常可怕，末法時代這種現象越來越嚴重，有些人甚至傾家蕩產，身上的衣服也輸得精光。假如一個修行人常去賭場，肯定會遭人非議，招致各種各樣的毀謗。

二、看聚會：即是看電影、看娛樂活動、看體育盛會之類，在家看電視也包括在內。今天來一個明星，明天來一個歌星，千方百計地花錢買票，到那邊去瘋狂追星，這對佛教徒來講沒什麼意義，完全是浪費時間。眾

人聚會的地方，對修行人極不適合，華智仁波切在《自我教言》中說：「不可去處有三種：怨仇爭處不可去，眾人聚處不可去，玩樂之處不可去。」現在有很多馬戲、猴戲，愚癡的人聚集在那裡一直看半天，其實得不到任何實義。如果你實在要散亂，不妨看一些佛教電影、佛教電視，不要去世人聚會的地方。我們作為出家人，更應該做到這一點。這方面漢傳佛教做得很不錯，除了極個別的政治和尚以外，一般來講，出家人不會出現在那種場合。

三、懶惰：對佛法或者世間法不精進，懶洋洋的，什麼事都不想做，最終一無所成。我們修行人一定要精進，任何功德皆隨精進而生。《大師在喜馬拉雅山》中描述了一個96歲的修行人，她晚上從不躺下睡覺，別人問她：「您為什麼不用睡覺？」她說：「喜歡瑜伽三昧的人，為什麼要睡得像豬一樣？」現在社會上有些人，十一二點鐘還在睡，做什麼事都沒興趣，《入行論》講的三種懶惰㊱全部具足，這樣的人不會有什麼成就，任何單位也不要，任何領導也看不慣。所以，每個人都應該精進。

最近在座有些道友比較懈怠，可能是因為要考試了，晚上一直熬夜看書，早上睡得很厲害。我原來也講過，我寺院有一位拉雪堪布，今年82歲還是83歲了，

㊱三種懶惰：同惡懶惰、耽著惡事懶惰、自輕凌懶惰。

他早上準時4點鐘起床念經，這個習慣從小就養成了。以前我去弘法寺時，本老剛100歲，侍者說他每天早上三四點鐘必須起床，從不間斷。這麼大年紀的人尚且如此精進，你們卻睡到七八點鐘，那不算一個真正的修行人了。大家應該要求自己，如果懶惰成了習慣，今天11點鐘起床，明天也睡到11點鐘，後天或許還要加半個小時，惡習越串習越多，這是非常可怕的！

四、依止惡友：所有的危害中，惡友的危害最大。阿底峽尊者說：「世間最可怕的敵人，就是惡友。」《毗奈耶經》也說：「依止惡友人，善妙不得見。」很多人為什麼會逐漸變壞？就是因為依止了惡友。藏地有一種說法是：「往上拉，一百個人也拉不動；往下拽，一個人就足夠了。」一個惡友拉很多人也沒問題，因此，我們要恆常遠離惡友、依止善友。

依止善友的話，傳承上師們的教言中說，祈禱佛陀非常重要。《三摩地王經》云：「恒常隨觀佛陀教，永時莫依罪惡友，廣依一切善友伴。」我們要時時祈禱佛陀，依止善知識和善友，不要跟貪心大、癡心大、嫉妒心強的人長期接觸。否則，你原來是個好人，慢慢就變成壞人了，猶如吉祥草放在淤泥中，逐漸會被染污的。這就是惡友的過患。

五、飲酒：《諸法集要經·離酒過失品》全是頌詞，專門闡述了飲酒的過失，方便的時候，希望你們也

看一下。還有，《聖歡喜經》將酒的過失歸納為三十六條。前段時間，我翻譯了華智仁波切的《飲酒之過失》，也講了很多這方面的道理。當今是一個瘋狂的時代，飲酒原本對社會、家庭、單位有很大危害，可是現在人好的不學，壞的一學就會，抽煙、喝酒、打麻將、上舞廳，龍猛菩薩所講的六法一瞬間全部具足。吃晚飯的時候，大家一起吃肉喝酒，然後開始打麻將，再去不清淨的舞廳。有些部門招待貴客也是這樣：喝酒、打麻將、去這樣那樣的場所，這是非常公開的。看了他們的接待日程表，我覺得在家人真的很可憐，連具備基本的高尚人格都成問題。作為佛教徒，包括聽受《親友書》的在家居士，你們在社會上也有一定的名氣、地位，跟世人交往的過程中，不隨順他們雖有一定困難，但千萬不要用這些來毀壞你的今生來世。

六、夜晚入村落：有智慧的人晚上應在家裡安住，不要到處閒逛。誠如無垢光尊者所言，夜間行動的唯有夜叉、魔鬼，還有貓頭鷹，這些都是遭人厭惡的。不過現在人就喜歡在晚上出來，三四點鐘開始做各種事情。也許是我太悲觀了，對世間的很多行為都看不慣，尤其是學了一些經論之後，見到社會上的所作所為，成天都是惡業圓滿、善業微薄，真的令人心生悲憫。

身為一個修行人，尤其學院裡的道友們，晚上沒必要到處溜達，到人群集聚的地方去。上師在世時也講

龍樹菩薩親友書講記

過，除非你有重要的事情，可以在中午去找別人，但晚上需要安住在家裡，該參禪的參禪，該念經的念經，該看書的看書，該背誦的背誦。但極個別人一到晚上就去道友家，現在晚上有課稍微好一點，沒有課的晚上非去不可，去了以後就拉家常、說是非，這樣既影響他人修行，也耽誤自己的時間。

因此，大家要牢記龍猛菩薩的這些教言，對毀壞名聲的六法要一一詳細觀察，並且在實際行動中去行持。

壬三（能斷之對治）分二：一、對治之功德；二、未對治之過患。

癸一、對治之功德（對治貪執財富有什麼功德）：

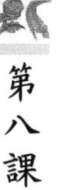

佛說一切財產中，知足乃為最殊勝，

是故應當常知足，知足無財真富翁。

人天導師佛陀在大小乘經典中再三強調：所有的財產當中，知足少欲最為殊勝。前面也講了，之所以命名為「財富」，是因為它能讓人得以滿足，不管精神財富還是物質財富，都會帶來一種滿足感。但如果你精神上非常空虛，物質上再怎麼富裕，內心也無法滿足，裝多少財富也沒辦法填滿。

現代跟古代大不相同，古人沒有現在這樣的資源條件，一個國家的消息基本上都是封閉的，村落與村落之間由於交通不便，信息交流也少得可憐，這樣一來，人

們看得不多，聽得不多，知道得也不多，所以貪婪不是很強烈。就像我們藏地，世世代代都住在山溝裡，對外面世界一無所知，很多人都有滿足感。可是現在並非如此，這個人買了摩托車，那個人就羨慕得不得了：「為什麼我沒有啊？我有該多好啊！它的性能如何如何……」貪欲會無法抑制地生起來。其實如果知道滿足，即使沒有那麼多財產，也堪為一個真正的富翁，因為「財富」就是令人得以滿足。

所以，佛陀在大小乘經典中說，知足少欲是所有財產中無與倫比的，它所帶來的快樂，連天王也很難以享受，如云：「離貪自在行，誰亦不相干，天王亦難享。」修行人在寂靜地方自由自在地修行，跟誰都沒有牽連糾纏，這樣的生活不要說人間，帝釋天也很難享受（因為他沒有離貪）。

不管是出家人、在家人，要通過佛法修持自己的心，如果想用物質來滿足自己，的確是很困難的。現在很多富翁無論有多少錢，都無法填補內心的空虛，所以知足才是最大的財富，有一間簡單的屋子住就可以了，若有一種滿足感，就不會再想修三四層樓；修了三四層樓還不夠，又修二十幾層樓；修了二十幾層樓還不行，要換到大城市裡去修……最後你在很多地方修了無數房子，但仍然無法滿足。這光是對房子的貪執，還有對人的貪執、對財物的貪執，一直不能達到滿足，痛苦也隨

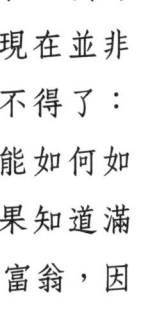

之不斷增上。《八大人覺經》云：「多欲為苦，生死疲勞，從貪欲起。少欲無為，身心自在。」因此，大乘和小乘都提倡知足少欲，倘若沒有知足，《俱舍論》中說，根本不堪為出離心的法器。現在的社會需要知足，有吃有穿有住就行了，沒有必要跟別人攀比競爭，這對你沒有任何意義。如果能真正做到知足，縱然你沒有金銀等財富，也是世間上最大的富翁。

我以前講過一個富翁，他有很多房子和錢財，可是他一點都不開心，每天寢食難安，愁眉不展。而他隔壁有一對窮夫婦，靠賣豆腐維生，儘管家境貧寒，但夫婦倆從早到晚有說有笑。富翁覺得特別奇怪：「為什麼我如此不快樂，他們卻這麼快樂？」有一個人對他說：「你不必多想，隔牆扔幾錠銀子過去，便會知道了。」於是他趁夜黑無人，將五十兩銀子扔進了隔壁的豆腐店。拾到這筆從天而降的財富，夫婦倆欣喜若狂，忙著埋藏銀子，又要考慮怎麼花，又要擔心別人偷……弄得吃不下飯、睡不著覺，再也聽不到往日的笑聲了。富翁這才恍然大悟：「原來我不快活的原因，就是這些銀子啊！」

然而，現在很多人不懂這個道理，心裡沒有滿足感，拼命去追求，最後根本得不到快樂。有時候我們能明顯感覺到，山裡的一些修行人，住處也簡單，吃穿也簡單，可他們有無比的歡喜心，沒有任何憂慮，死的時

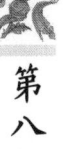

第八課

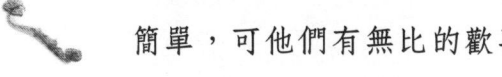

候也很快樂。我們學院以前有些出家人，生前對財富沒有耽著，死的時候非常安詳，有些是獅子臥，有些是跏趺坐。而有財富的人死時卻很痛苦，記得好像1996年，當時在女眾醫務室，有一個師父死了，在場的很多醫生告訴我：她臨死時一直捂著一個紅包，死的樣子很慘。後來，大家打開那個紅包，發現裡面有1萬塊錢，每個人都很害怕，立即把錢拿去給她念經了。所以，對財產貪著不捨的話，死時恐怕也不會很安詳。

癸二、未對治之過患（對貪執財產沒有對治的過患）：

> 智者痛苦如財多，少欲之人非如是，
> 一切龍王頭數目，所生痛苦如是多。

樂行王的相續寂靜調柔，對世出世間的道理極其精通，因而龍猛菩薩稱其為「智者[37]」。此處是闡明痛苦隨財產增長的道理。華智仁波切說過：「有一條茶葉，就有一條茶葉的痛苦；有一匹馬，就有一匹馬的痛苦。財富越多，痛苦越大。」

可是，人們對財富的追求從來不會滿足，《因緣品》云：「雖降珍寶雨，貪者不滿足。」他們最羨慕的就是有錢人，卻不了解有錢人的內心痛苦有多大，生活壓力有多重。一個人有100萬的房子，裡面裝修必須與這

---

[37]此處的「智者」也可解釋為，對世出世間法有所了解的一切智者們。

龍樹菩薩親友書講記

個價位相配，物業管理也隨之水漲船高，但這些錢不可能無緣無故得來，對財富最初積累、中間守護、最後擔心毀盡，也要歷經同樣多的辛酸。但你的房子若只有幾千塊，就不必遭受這麼多的折磨了。

現在人一味地認為，經濟條件越好，生活檔次越高，從中得到的快樂肯定越大。其實這是一種錯覺，到了那個時候，你的競爭、壓力越來越可怕，遲早會變成金錢的奴隸。有些人想買100萬的房子，把一輩子的儲蓄、精力都付出去，結果還不夠，不但得不到快樂，反而晚上睡也睡不著。當然，假如你自己福報現前，無勤中得到大量財富，戒律中也開許接受，但若非要靠勤作來追求，這將會是痛苦的來源。所以，無著菩薩說：「知足具慧最富裕，不貪一切最快樂。」

此處用了一個比喻說明這個道理：譬如，龍王由於業力不同，有的有三個蛇頭，有的有十個蛇頭，有的很多很多蛇頭⋯⋯蛇頭上面有寶珠，因此，蛇頭越多，說明這個龍王越富裕。可是龍王因惡業所感，大鵬每天給牠們降下熱沙[38]，又燙又痛難以忍受。熱沙往往是降臨到頭上，若只有一個頭，那保護一個頭就可以了。若是有100個頭，每一個頭上都降下熱沙，牠的痛苦可想而知。

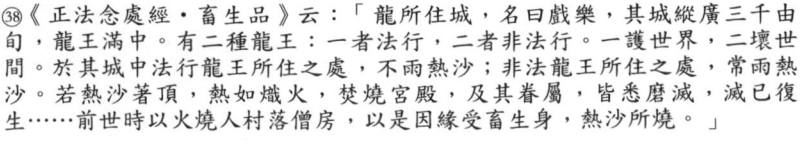

[38]《正法念處經‧畜生品》云：「龍所住城，名曰戲樂，其城縱廣三千由旬，龍王滿中。有二種龍王：一者法行，二者非法行。一護世界，二壞世間。於其城中法行龍王所住之處，不雨熱沙；非法龍王所住之處，常雨熱沙。若熱沙著頂，熱如熾火，焚燒宮殿，及其眷屬，皆悉磨滅，滅已復生⋯⋯前世時以火燒人村落僧房，以是因緣受畜生身，熱沙所燒。」

現在人的財產越來越多，痛苦也是越來越增加。表面上看，你在香港有一個公司，深圳、北京、山西等地有好幾個分公司，自己還有好幾套別墅、好幾輛轎車，似乎很成功、很不錯。但我們南贍部洲的福報，畢竟不像北俱盧洲和三十三天一樣什麼都是自然現前，每一筆財富都需要你費心經營，在這個過程中，經常與各種人發生衝突，還有許許多多的矛盾和困難，就像龍王的頭遭受熱沙襲擊一樣，非常的痛苦。

因此，大家應仔細揣摩佛法所講的比喻，這些在世間學校裡根本聽不到。只有依靠釋迦牟尼佛的教言，我們才懂得怎麼樣生活，才會真正獲得快樂。反之，若憑自己的分別念和世間愚者的傳統，全力追求金錢財富，最後不但得不到快樂，反而招感無量無邊的痛苦，獲得人身也沒有多大意義。

我們修行人應該對錢財學會取捨。當然，倘若你的財富用來弘法利生，且能將之觀為如幻如夢，那不管別人有沒有看法，你擁有財富也不會對自己造成障礙。藏地著名的大成就者蔣揚欽則旺波，他的財產非常富裕，跟當地的國王沒有差別，房間富麗堂皇，宛如宮殿，但他對所有金銀財寶的執著，遠遠不如華智仁波切對自己木碗的執著。通過一番對話，使華智仁波切心中豁然開朗，顯現上也受到了甚深的教誨[39]。

---

[39]詳見《妙法寶庫19—旅途腳印》之《木碗》。

龍樹菩薩親友書講記

假如你有這樣的境界，那倒是可以，否則，對有漏財產非常執著，死的時候也會念念不忘。原來有一個人，吃野菜時沒注意，稍微有點中毒，吐字不太清楚，一直不斷地說：「我的存款單！我的存款單！」其實這是臨終最大的違緣。我們平時要通達財富如夢幻泡影，獨自享受也沒什麼意義，只有用來利益眾生，去幫助一些痛苦的人、可憐的人，它才具有真正的價值。

辛四（斷除受用之散亂）分三：一、斷除貪妻；二、斷除貪食；三、斷除貪眠。

壬一（斷除貪妻）分二：一、應捨；二、應取。

癸一、應捨：

樂行國王作為一個在家人，龍猛菩薩教誡他對所娶的王妃要有所取捨，不能接受的女人有三種，應當接受的有四種。按照印度傳統，一個國王可擁有很多王妃。樂行王要想修持佛法，必須觀察所依止的「善知識」，不然剛開始認識覺得不錯，但有些王妃特別壞，會令你一輩子後悔。因此，事先理應好好地觀察。怎麼樣觀察呢？

性如聯敵劊子手，輕凌夫君如惡女，
微財不放如盜匪，當棄此等三婦人。

有三種女人不能接受：第一種、性情惡劣，對國王不恭敬，甚至聯合怨敵殺害國王，就像劊子手一樣。歷

史上有很多這樣可怕的女人，例如晉朝的皇后賈南風，個子矮小，皮膚粗黑，生性嫉妒且奸詐，善於權謀之術，連惠帝都害怕她。嬪妃很少有機會與惠帝同房，只要惠帝喜愛的妃子，她都想辦法殺掉。有一次，她看到一個妃子懷孕了，就拿刀投向她的肚子，使肚裡的胎兒和刀子一塊掉在了地上。由於她作惡多端，最終導致「八王之亂」，晉朝以此而滅亡。

第二種、橫行霸道，對自己丈夫輕視凌辱。在藏地，女人欺負男人的現象比較少，否則會有種種說法和比喻。而在其他的地方，經常看到丈夫像僕人一樣規規矩矩地炒菜，妻子像國王一樣下達命令，自己除了化妝打扮，平時什麼都不幹。（開玩笑！我沒見過這種場景，只是估計的。）有些女人嫉妒心特別強，包括老年人也不例外。2005年有一則新聞說：一個叫阿曼的老婦女，她63歲了，她丈夫55歲。他們倆一起看世界旅遊小姐電視大賽時，她丈夫忍不住對電視中的美女評頭論足一番，結果惹惱了善妒的老妻，遭到她一頓拳打腳踢，還被硬生生將耳朵扯下了一塊，傷口鮮血直流。這樣的事情，在世間上可能比較多。我們從小在山裡長大，對社會了解不太多，但也時常耳聞這家吵架、那家吵架，現在人不像以前那樣遵守家庭規則，他們沒有滿足感，所以很多家庭狀況特別糟糕。

第三種、對微不足道的財物也不放過，丈夫不在的

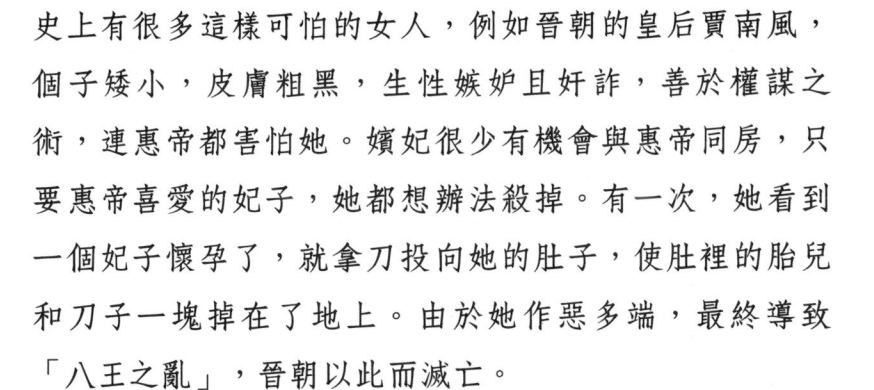

龍樹菩薩親友書講記

時候無所不偷、無所不搶，把他錢包裡的錢都存到自己卡上。據說很多地方都是：丈夫的錢不跟妻子說，自己單獨存，妻子的錢也不讓丈夫知道，彼此沒有信任感，互相能偷就偷、能搶就搶，關係比較好的時候，才通過比較正當的途徑來用。

以上三種女人，國王你務必要離棄。

當然，這個教言並非針對出家人。可作為在家人，家庭不和對他們而言，也是一種「惡趣」的痛苦。剛開始看對方沒那麼討厭，但兩個人相處久了，許許多多的觀點不同，致使摩擦和衝突越來越嚴重，這樣過一輩子也相當痛苦。不過，學習佛法的家庭應該想到：由於前世的因緣，今生才結合為一個家庭，彼此應當理解包容。社會上很多不和諧的因素，其實也是與心有關，倘若人心過於貪婪、要求比較多，不愉快的事情很容易發生。帕單巴說過，夫妻既然有緣聚在一起，盡量不要吵架，即使吵架了，也馬上互相懺悔、互相磕頭，很多矛盾就可以平息。現在個別家庭有所謂的「冷戰」，同在一個屋簷下，兩人見面互不說話，甚至一個月都形同陌路，這樣可能會非常非常痛苦，也許超過龍王所遭受的熱沙雨。

有時候看來，出家人的生活真的非常清淨，只有能對治貪心、嗔心、癡心，自己就沒有社會的壓力、家庭的負擔、生活的痛苦，應該說非常快樂。然作為在家

人，也不可能馬上出家。有些在家人夫妻不和，就生起強大的厭離心，把孩子一扔，自己出家了，這不一定是很好的選擇。孩子沒有父母的話，成長的道路會非常可憐，所以自己應該放下自私，真正做一些對修行有利的事情。

癸二、應取（應該接受的王妃有這麼幾種）：

　　隨順自己如姊妹，情投意合若摯友，

　　仁愛自己似慈母，聽從如僕敬若神。

國王你應當迎娶的有四種妻子：第一種、夫唱婦隨，隨順自己猶如姐妹；第二種、心心相印，就像親密的摯友般情投意合；第三種、利濟自己，好似慈愛的母親般誠心誠意；第四種、言聽計從，如同僕女般任憑吩咐。如果遇到具足這些法相的女人，樂行王你可以接受。

現在有些在家人生活很和諧，因為是佛教的家庭，兩人共同學佛、共同發願、做善事，這樣也非常好。從釋迦牟尼佛傳記中可以看出，佛陀在很多生世中也有成家結婚的經歷，所以，過這種生活沒什麼不可以的。從歷史上看，好妻子對丈夫的幫助非常大。比如順治皇帝的愛妃董小宛，她對皇帝非常慈愛，後來因為她被害，順治才生起出離心而出家。

還有齊宣王的王后鍾無鹽，她是中國四大醜女之

龍樹菩薩親友書講記

一，傳說「四十未嫁」、「極醜無雙」，可她的才華舉世難遇。正是因為她的諍諍諫言，齊宣王從一個不理朝政、花天酒地的昏君開始轉變，沒有繼續地墮落下去，齊國也沒有過早滅亡。依靠她盡心盡力的輔佐，後來齊國國力大增，非常強盛。

唐太宗的長孫皇后，也十分賢淑溫良。她深明大義，識大體，對皇帝像慈母一樣愛護，以無私的心態，為國家做了很多有利的事情，為後世樹立了賢妻良后的典範。

明朝朱元璋的馬皇后，雖然她大富大貴，但不驕不奢，勸告朱元璋在用人方面：「願得賢人，共理天下。」更難能可貴的是，她阻止了朱元璋的很多惡行。以她賢淑的品性，贏得了後人的敬仰。

可見，歷史上有很多好女人，對丈夫的建功立業功不可沒。但作為一個佛教徒，即使因前世業力所感，跟不太好的女人聚在一起，和睦也是很重要的。包括現在的金剛道友，不可能永恆在一起，有些論典中說，就像市場上兩個人碰巧見面一樣，不管是一家人也好、一個班也好，最終都會分開的，因此大家要好好珍惜。

性格賢善的女人，與其接觸有很大利益；但一個女人如果心腸狠毒，行為不如法，會給很多人帶來今生來世的痛苦。作為出家人，雖然不需要對女人進行取捨，但對在家人而言，一定要有非常高的智慧來抉擇，同

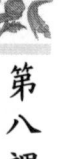

第八課

時，自己也不能違越最基本的人規，在這個基礎上，修學佛法、行世間法才會得心應手。否則，你連起碼的道德都沒有，卻想生起高深的出世間境界，這無疑是癡人說夢。

聽受這些教言之後，大家一定要對自己的相續進行調整，著重對治對人和財物的貪執，假如你沒有特別大的貪執，即生會過得很快樂。有些山上的修行人視財物如草木，尤其是閉關多年的人，與他談論金銀財寶，他根本不看作是財物；看見一個打扮入時、衣著光鮮的美女，他也感覺沒什麼，骨血組成的不淨身體穿上漂亮衣服，只不過是假象而已，他的境界中根本不會起貪執。

當然，若沒有達到這種境界，則很容易受惡劣環境和周圍惡友的影響，身不由己地捲入貪欲的浪濤中。在大城市裡，外境的誘惑力特別強，斷除貪欲的困難非常大，相比之下，寂靜地方的順緣比較多，古往今來很多修行人皆依此而獲得了證悟。不過，善根比較好的人，即使在城市裡也可以成就。我看到有些在家人特別精進，平時不看電視，從不參加各種聚會，一下班就回家，吃完飯就到佛堂裡精進修行。見到他們的行為，我們出家人都很慚愧。去年兩個出家人跟我講：「我們不敢住在某某居士家裡。」我說：「為什麼啊？」「因為那個居士一早四五點鐘就起來念經，我們出家人一直睡懶覺，特別不好意思。從此之後，再也不敢住在他家了！」

龍樹菩薩親友書講記

有時候出家人很慚愧，居士特別精進。但也有時候居士非常懶惰，我們出家人還算不錯。任何事情都要一分為二地觀察，不能以偏概全地斷言「你出家人是最好的」、「你居士是最好的」，畢竟每個人前世今生的善根不同，精進的程度也各有差異。但不管怎麼樣，最需要的就是對佛法的信心、希求心永遠不能改變，只要這樣下去，每個人的修行肯定都會有進步！

第八課

第九節課

《親友書》正在講「斷除受用之散亂」，昨天已經講了「斷除貪妻」，今天開始講「斷除貪食」、「斷除貪眠」。這些都是修禪定較大的違品，我們要想把心安住下來，不但不能貪執異性，還不能貪執美食，也不能貪執睡眠。

當然，完全不睡、不吃、不喝，對我們欲界眾生來講不太可能，佛陀也沒有這樣要求。但生活方面要有適當的安排，不管是吃飯也好、睡覺也好，用世間話來講，應該做到「規範化」。以前幹什麼都隨心所欲、放任自流，現在學了佛法之後，自己的言行舉止要有約束，時時觀察吃飯、走路、睡覺是否如法。

《親友書》的內容比較簡單，不要說大人，連小學生也可以作字面解釋，但我們要看實際行動中能不能做到；即使能，只做一兩天也不行，要看自己能不能長期堅持，這是非常關鍵的。前一段時間學習《入行論》，剛聽一兩節課時，很多人都做得不錯，但時間久了，有些人就沒有精進心了，只不過是一種暫時的熱情，兩三天就無影無蹤了，跟沒有聽法沒什麼差別。所以在這個問題上，大家一定要經常觀察。

壬二、斷除貪食：

龍樹菩薩親友書講記

了知飲食如良藥，無有貪嗔而享用，

非為驕橫體健朗，唯一為使身生存。

　　作為凡夫人，一日三餐當然不可缺少，但要認識到飲食如同治病的良藥，理應恰到好處，根據實際情況，不能過多也不能過少，否則會適得其反，達不到效果。我們飲食的時候，應當了知食量，做到定時定量。如果吃得太多，身體沉重，容易昏沉、睡眠；吃得太少，又會憔悴衰弱，沒有力氣修行，所以吃飯一定要適量。

　　有些居士在飯店裡吃飯時，因為害怕浪費，一直吃一直吃，肚子都要爆炸了，回去的路上很痛苦。雖然不浪費是種美德，但吃飯過量也不太好，對身體還是有損害。以前的一些老修行人，好幾年的生活就像一天一樣有規律。記得我寺院裡有一個老喇嘛，他早上起床、晚上睡覺、白天的吃飯量，天天都相同，那時候沒有手錶，但他猜得特別準，什麼時候該燒茶、喝幾碗茶，從來都不錯亂。其實，這種習慣對身體、修行各方面很有利益。

　　在吃飯的過程中，我們要斷除貪心和嗔心。有些人看到好吃的東西，就高興得不得了，狼吞虎嚥，大口大口地吃；如果飯菜太鹹太辣，就一口也吞不下去，對食物也生嗔恨心，對做飯的人也生嗔恨心。不過，有些做飯的人好像隨心所欲，今天放特別多鹽巴，明天一點也不放，不知道是不是故意的。做飯的人也應該守一點規

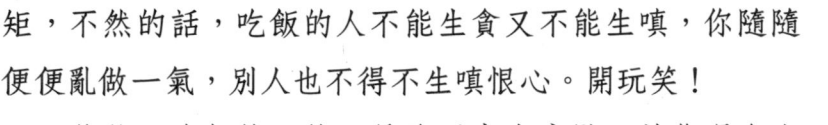

矩，不然的話，吃飯的人不能生貪又不能生嗔，你隨隨便便亂做一氣，別人也不得不生嗔恨心。開玩笑！

然後，吃飯的目的不是為了青春永駐，就像現在人的飲食一樣，各種廣告打得非常厲害，讓自己皮膚好、身材好，使別人生起貪心；也不是為了以食物來強健身體，與敵人打仗、張弓射箭時力大無窮，身體健朗。我們吃飯維持色身是很正常的，但若為了生起貪心、嗔心，那就不合理了。

前幾年在陝西某地的一個飯莊裡，有十二個人吃了一頓飯，為圖吉利共花掉36.6萬元，這些客人大多是香港富商，之所以要花這麼多錢宴請，是為了祝賀他們合作成功；還有一個電視台的著名主持人，為了慶祝生日，請客花掉20萬人民幣；去年有一個日本大明星到上海，第一頓正餐就吃掉了1.2萬元左右……他們吃飯要麼是為了慶賀，要麼是為了虛榮，要麼是為了滿足貪心，這些目的都不正確。《雜寶藏經》云：「是身如車，好惡無擇，香油臭脂，等同調滑。」我們應該視身如車，視食物如油，車只要用油令其轉滑就可以，不必揀擇香臭；同樣，我們飲食只要能維持體力，足以辦道即可，不應當分別好惡。

我曾看到漢地的課誦中有「食前五觀⑳」，其中有

⑳進食之前，應作五種觀想法：1）計功多少，量彼來處；2）忖己德行，全缺應供；3）防心離過，貪等為宗；4）正事良藥，為療形枯；5）為成道業，應受此食。

145

一句是：「正事良藥，為療形枯。」修行人應把飢渴當作一種疾病，以食物為良藥進行醫治，使身體維持健康而食用。又云：「為成道業，應受此食。」為了修成道業，我們才受用此食物，不是為了青春美麗而吸引他人，也不是為了體魄強壯而摧毀怨敵。我們這個身體，只不過是暫時借用的骨肉假合，沒有必要特別貪執，進餐時要觀想食物來之不易，食用後應為三寶、為眾生做有實義的事情。現在很多人吃飯覺得理所當然，根本不想它的來源，這是不合理的，《毗尼母經》中說：「若不坐禪、誦經、不營佛法僧事，受人信施，為施所墮。」

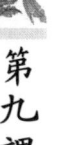

第九課

我們作為出家人，食前要念《隨念三寶經》或者供養咒，食後要想迴向給施主。還有些論典中說，吃第一口時要想斷一切惡業，吃第二口時要想增長一切善業，吃第三口時願所造善根迴向眾生，有許多類似的傳統和修行[41]。本來按《俱舍論》觀點，吃飯、走路、睡覺都是無記法，沒有什麼功德，然而有些修行人卻可轉為道用，吃一頓飯也能增長善根。比如剛開始吃飯時，按密宗的做法，將身體觀為薈供壇城進行供養；或者上師瑜伽中說，供養根本上師為主的三世諸佛；或者對食物來源之農民產生悲心，把身體當作五蘊假合，對它滋養之

[41]《摩得勒伽論》云：「若得食時，口口作念，第一口默念『願斷一切惡』，第二口默念『願修一切善』，第三口默念『願所修善根，迴向眾生，共成佛道』。」

後，用它來修持正法。

很多人恐怕不懂這些竅訣，有些人雖然懂，但也做不到長期堅持。今天講完這節課，你們吃飯時可能會想一想：「不能過多也不能過少，遠離貪嗔而食用。」但再過兩三天，沒有正知正念的人就忘光了，不過正知正念穩固的人，一輩子都不會忘。每個人的善根和福報確實不同，有些人聞法時間雖然不長，只有兩三年或五六年，可是他聽後牢記於心，佛法對他的影響乃至生生世世不會改變。希望大家也能盡量這樣，否則，每天要給你提醒一番，最後自他都會生厭煩心。

總之，修持佛法的過程中，對飲食持什麼觀點？吃飯時心態如何、行為如何？以什麼樣的量來維持身體？大家必須要懂得這些要點。

壬三、斷除貪眠：

賢明君主勤度過，白晝上夜及下夜，
睡時亦非徒無果，於中夜具正念眠。

作者對樂行國王說：賢善明智的君主啊，你應合理安排自己的時間，時刻在修行佛法中度過。現在很多人生活沒有規律，憑分別念想吃就吃，想睡就睡，真的跟動物沒什麼差別。有些人雖然信佛教，但一天的生活中根本沒有佛法的成分。當然，山上的修行人受環境影響，天天還是能跟佛教結上緣，但如果沒有良好的環

龍樹菩薩親友書講記

境，個別道友恐怕也會每天看電視、吃吃喝喝，除此以外，不會產生一絲念經、參禪、行持善法的念頭。

現在很多人見解特別惡劣，貪心、嗔心、邪見極其豐富，而佛法的無我見、空性見、大悲見以及出離心、菩提心特別微弱。其實就算你是出家人，穿一件袈裟也並不代表佛法，佛法不在於外面的形象，而要看你內心有沒有佛教的正見。寺院金碧輝煌，有好幾個和尚，不一定就是佛法興盛，也許這些和尚根本沒有大悲心、菩提心或者修證。包括有些居士，整天忙於名聞利養，儘管有皈依證，受過三皈五戒，可是對每天的生活從早到晚一觀察：早上起來時像犛牛從圈裡爬起來一樣，晚上睡覺時如同老豬倒下就睡，平時除了吃吃喝喝，從來不念咒語、不參禪、不修行，說出來的話跟佛教沒有任何關係，世間廢話滿口都是，這種生活真的沒有意義。

因而，龍猛菩薩對國王提了一些生活方面的要求：你在白天應當神清氣爽，最好不要睡覺。晚上也應該分成三時，上夜行持善法而度過；中夜可以入眠；下夜要早一點起來修行。在入睡的過程中，不要一直酣睡，雖若不具備高深境界，入光明夢境比較困難，但一般來講，臨睡的時候應作獅子臥，觀想釋迦牟尼佛或阿彌陀佛發光融入自己，或按密宗上師瑜伽的修法，憶念把自己的頭躺在上師懷裡：「上師您好好給我加持，我睡覺了啊！」（嘿嘿，上師一直不睡，你卻睡得很香。）這樣做有

很大的功德。睡覺本來是無記法，沒有什麼善根功德，但若在臨睡時這樣行持，觀想要做善夢、明早很早起來，並在睡前念誦一些咒語和祈禱文，便能將無記的睡眠轉為善法。

很多人造惡業時隨心所欲，吃肉喝酒肆無忌憚，行持善法時卻很害怕——「上午可不可以念咒語？下午可不可以念佛號？」有很多不必要的顧慮，這是不懂佛法的愚癡所致。其實，行持善法怎麼樣都可以，只要能與佛菩薩結上善緣，什麼行為都沒問題。如果依照上述的竅訣，以正知正念作光明想、早起想而入眠，善根會日日夜夜增上，睡覺也不會浪費時間。

這一點，很多佛教徒不是不懂，而是不做。我曾要求大家睡前磕三個頭，很多人兩三個月內還可以，但至今仍堅持的極為罕見。有時候看見一些末法時代的人，真的心生厭離，我不可能天天在你耳邊嘮叨，就算給小學生講一兩次威儀，他們比較聽話的也會永遠記得。我以前講《入行論》時，一直很拼命地講：希望你們早上起床時念二十一遍百字明，晚上睡覺時也不要忘了磕三個頭。但現在多少人沒有斷？其實，磕三個頭的時間很短，可有些人修行太差了，太值得慚愧了！當然，城市裡的人瑣事特別多，成天跟這個煩惱、跟那個生氣，睡時沒有處於嗔恨心的狀態中，算是很有福報的了，對他們也不敢要求什麼。但住在山裡的修行人，每天連磕三

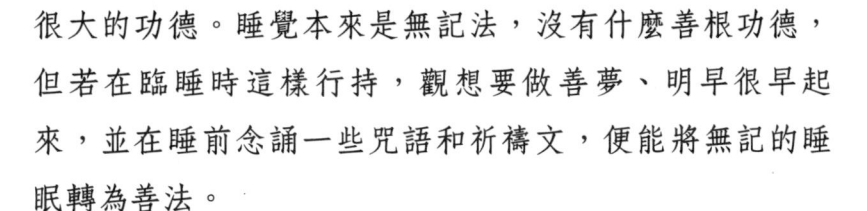

個頭都做不到，還好高騖遠地希求即生成就，這怎麼可能呢？有些人沒有慚愧心，口氣特別大，而行為實在令人厭煩，最簡單的要求都做不到，對自己的希望還特別高，這是完全不現實的！

　　言歸正傳，行持善法的過程中，我們不能耽著睡眠，它是修行的一大障礙。現在世間人特別強調睡午覺，漢地的很多學校一到中午就讓孩子必須睡下去，所以他們慢慢就習慣了，長大後每天中午都要睡一會兒，不然就迷迷糊糊的，下午工作沒有精神。他們認為睡午覺對身體好，可以消除疲勞、減輕壓力，晚上也有力氣熬夜，到舞廳去通宵達旦。但對修行人而言，白天最好不要睡，麥彭仁波切和有關經論中都說，白天睡覺對身體有損害，會使記憶力衰退。除了白天不要睡以外，早上也要早一點起來，因為早上做事的效率非常非常高。

　　很多修行人最大的障礙，就是睡眠難改。佛陀在《大寶積經》中講了樂於睡眠的二十種過失⑫，例如，懈怠懶惰：你若喜歡睡覺，聞思修行什麼都不行，每天早上也想睡，中午也睡，晚上就更不用說了；身體沉重：喜歡睡覺的人身體很笨重，不愛睡覺者身體輕快；顏色

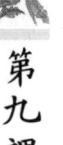
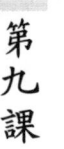
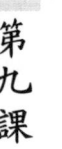

⑫《大寶積經》云：「彌勒，云何名為樂於睡眠二十種過？一者懈怠懶惰。二者身體沉重。三者顏色憔悴。四者增諸疾病。五者火界羸弱。六者食不消化。七者體生瘡疱。八者不勤修習。九者增長愚癡。十者智慧羸劣。十一者皮膚闇濁。十二者非人不敬。十三者為行愚鈍。十四者煩惱纏縛。十五者隨眠覆心。十六者不樂善法。十七者白法減損。十八者行下劣行。十九者憎嫌精進。二十者為人輕賤。」

憔悴：很多人都認為睡覺能美容，自己會越來越漂亮，可事實並非如此，如果睡得特別多，你會變得越來越醜；增諸疾病；食不消化；體生瘡皰；增長愚癡；智慧羸劣；非人不敬；皮膚暗濁：很多人說睡覺是漂亮的根本因，美人都是睡出來的，倘若睡覺這麼養人，那老豬肯定是世界上最美麗、最好看的了，因為牠每天的工作就是睡覺，此外根本沒有其他事情；憎嫌精進；煩惱纏縛……講了很多很多過失。如是詳細觀察，可知欲界眾生貪執睡眠的過患很大。彼經又云：「是故諸智者，常生精進心，捨離於睡眠，守護菩提種。」有智慧的人應當恆時精進，盡量遠離睡眠，雖不能像金厄瓦那樣一點都不睡，但也要守護菩提的種子——畢竟菩提的種子不可能從睡覺中開花結果。

龍樹菩薩親友書講記

我經常這樣想，凡夫人不睡是不行的，但我以前年輕時特別精進，每天睡三個小時就足夠了。不過現在有點力不從心，很多醫生都勸說睡覺對身體如何有幫助，不睡覺如何不好等，但即使睡得再多，也不能超過六個小時，否則我覺得太可怕了。你實在不行的話，可以睡八個小時，再不要睡下去了，否則肯定對修行有障礙。

我們應該效仿有智慧的人，看他們早上怎麼樣精進，晚上怎麼樣精進，中夜雖然睡一點，但不會過得毫無意義，始終以正知正念來攝持。可我們自己做得怎麼樣呢？我有時候覺得自己還可以，從小對治睡眠方面稍

微有一點串習，但有時候也特別慚愧，覺得連沒有發菩提心的人都不如，天天睡覺的話，怎麼利益眾生！怎麼行持佛法！因此，希望大家聽了這個法之後，文字上懂得還不夠，行為上一定要長期行持。

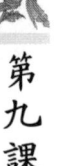

庚二、修行同品四無量：

　　　恆常真實而修持，慈悲喜捨四無量，

　　　縱然未證正等覺，亦得梵天無量樂。

　　我們要常常認真修持慈悲喜捨四無量心，若能如此，即使沒有證得至高無上的佛果，也可獲得梵天等人天福報。

　　無論小乘還是大乘，都承許修四無量心的功德非常大。究其原因，是因為所緣的眾生無量無邊，願其獲得無量無邊的快樂、遠離無量無邊痛苦的發心極其廣大，因而所獲得的果報和功德也無量無邊。

　　在修行的過程中，想到天下無邊的一切眾生正在受苦，願他們遠離十不善業為主的苦因和流轉六道輪迴的苦果，這種拔苦之心即「悲無量心」；願他們行持善法，得到暫時、究竟的樂因與樂果，此予樂之心就叫「慈無量心」；願他們身心所有的樂因和樂果永遠不要離開，一直具足，（比如眾生獲得財產、名聲、地位時，你從心坎深處高興：「他們得到這些多好啊！」）這叫做「喜無量心」；對眾生一視同仁，不貪著親友、不嗔恨冤敵，達

第九課

到親冤平等的境界，就是「捨無量心」。

　　當然，這四無量心誰都會說，每個人口頭上都能講得冠冕堂皇，可是真正修持起來，確實有一定的困難。尤其是菩提心若沒有四無量心為基礎，是不可能產生的。《大圓滿前行》等中都強調，修菩提心之前必須要修四無量心，如果沒有四無量心，這種「菩提心」並不真實。以前學習《入行論》時，很多人都在我面前說大話：「上師啊，我已經有菩提心了，非常感謝您的恩德，我永遠也忘不了！」但沒有過兩天，他碰到怨敵了，不要說是菩提心，連慈心、悲心也蕩然無存了。

　　眾生無始以來一直貪著自方、嗔恨他方，對「我」的執著非常牢固，只是籠統地想一想「願所有眾生都獲得快樂」，並不能有力地對治我執，一旦遇到關係最不好的仇人，這種想法就會拋到九霄雲外。倘若你的父母和怨敵一個站左邊、一個站右邊，你手裡拿一個很珍貴的東西，你肯定願意把它送給父母，怨敵連看都不讓看。所以，對於四無量心，大家務必要修持。修持的最深竅訣，堪布阿瓊在《前行備忘錄》中講得非常殊勝，我最近已經翻譯出來了，有機會的話，大家應該依此實修。如果菩提心成了一種口頭禪，就像領導宣布政策但自己不行持一樣，遇到問題的時候，很多煩惱根本無法壓制。現在有些人非常感謝我，說自己有了菩提心，已經是菩薩了，這樣說的話，你也高興，我也高興，心裡

龍樹菩薩親友書講記

都很舒服，可是遇到違緣時，你的菩提心到底有沒有？我還在擔憂，我還有懷疑。

有些講義中說，四無量心可分為三種，即緣眾生、緣法、無緣之四無量心。緣眾生的四無量心，是指凡夫人在執著五蘊的基礎上，願所有的眾生離苦得樂等；緣法的四無量心，是指聲聞緣覺證悟人無我後，了知一切眾生皆是五蘊假合，對他們的行為生起悲心、慈心等；無緣的四無量心，是指證悟法無我的菩薩和佛陀，明白一切萬法如夢如幻，以如夢如幻的境界對三界眾生修持慈悲喜捨。不管怎麼樣分，修四無量心暫時可獲得梵天界等人天福報，當然，「梵天界」只不過是一個代表，實際上，任何天界、人間的果報都能現前。

第九課

修持四無量心，希望大家不要留在口頭上，一定要觀察自己是否真正具有，如果具有，那麼遇到眾生時，你會表現出來的。衡量一個人的修行好不好，從言談舉止中也看得出來，比如開「奧運會」時，美國得金牌了，你如果很高興，說明你有平等心。其實地球是一個整體，美國和中國各自執著自己是強大的國家，用分別念來劃界線，但在宇宙太空上一看，每個國家都非常渺小，就像一粒微塵，有什麼可執著的呢？而你，只不過是微塵中的微塵，自己的成敗得失微不足道，就像夏天蟻穴裡的一隻小螞蟻，在成千上萬的螞蟻群中，自己確實很渺小，有什麼可值得驕傲的？只有利益眾生，人生

才有意義。眾生獲得了快樂，你真心隨喜，說明你的菩提心修得不錯；如果你產生瞋恨心、嫉妒心，說明菩提心還沒有真正修成。

很多前輩大德對四無量心都非常重視，包括華智仁波切和紐西龍多，始終強調若沒修成四無量心，其他修行會十分渺茫。《大圓滿心性休息》也講了很多這方面的竅訣。所以，大家平時不要說許多大話，應該在實際行動中衡量自己、觀察自己。

已二、正行——教誡修四禪：

以斷欲行喜樂苦，四種禪定次第生，

梵天光明遍淨天，廣果天之四天界。

現在許多人喜歡坐禪，讓心得以寂靜清涼，這種狀態叫做「寂止」。寂止的具體修法，顯宗和密宗中比較多，我在這裡暫時不談。此處是說，通過修持殊勝的寂止，可以轉生到色界四禪中去。

欲界眾生的心比較粗大，《俱舍論》中說，對外境事物的籠統了知叫「尋」，詳細了知事物本體叫做「伺」[43]。通過尋伺而斷除貪結、瞋結[44]，獲得禪定所生的喜樂，並將心安住於一緣，這種境界稱為「一禪」。（一禪有因和果，「因」指禪定的名稱，「果」指轉生到此天界

---

[43]譬如，了知桌上有瓶子叫「尋」；發現瓶子上有個小裂縫，叫做「伺」。
[44]要轉生到四禪，須斷五結——疑結、戒禁取見、薩迦耶見、貪結、瞋結。

中。以下均依此類推。）

依靠禪定的明清之心，斷除一禪的尋伺而獲得的境界，就是「二禪」。

通過捨心與正知正念斷除喜心，僅剩下樂心，此為「三禪」。

以念清淨與捨清淨斷除樂心，完全遠離禪定的八種過失——欲界的痛苦與憂惱、一禪的尋與伺、二禪的喜與樂、三禪的入息與出息，這種無有執著和過患的清淨境界，即是「四禪」。欲界眾生要想顯示神通，必須入於四禪的禪定。

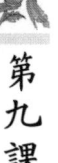

第九課

我們以四種禪定為因，依次可轉生到大梵天、光明天、遍淨天與廣果天中去㊺。具體而言，色界四禪共有十七天，其中一禪包括三處，即梵眾天、梵輔天、大梵天（龍猛菩薩以大梵天作為一禪的代表，若能獲得大梵天的果位，一禪的其他果位同樣也能獲得。因為有了禪定的因，果不可能得不到）。二禪有三處，即少光天、無量光天、光明天（光明天為二禪的代表）。三禪也有三處，即少淨天、無量淨天、遍淨天（遍淨天為三禪的代表）。四禪共有八處，分為凡夫地和聖者地：前三處為無雲天、福生天、廣果天，由凡夫居住；它的上方為五淨居天，即無熱天、無煩天、善見天、善現天、色究竟天，居住的全部是聖者（凡夫地以廣果天為四禪的代表，但五淨居天沒有代表）。我們通過修持四

㊺頌詞云：「梵天光明遍淨天，廣果天之四天界。」

禪定，可獲得色界的這些果位。

　　至於四禪定的具體修法，《俱舍論》和《大圓滿心性休息》中都講過，此處恐繁不贅。當然，作者並不是要你發願轉生到天界去，而是強調在行持善法時，心要安住，與禪定相結合，如果你發了廣大的菩提心要超越一切世間，對所有的禪定支不了解是不行的！

　　己三（後行）分二：一、總說棄惡從善；二、尤其斷除等持障之法。

　　庚一（總說棄惡從善）分二、一、宣說善惡輕重；二、教誡具足對治不善之廣大善法。

　　辛一、宣說善惡輕重：

　　　恆貪不具對治法，功德主田之事生，

　　　五種善惡更為重，故當精勤行大善。

　　什麼樣的善業最大？什麼樣的惡業最大？世間人對此不太清楚。佛陀在《業報差別經》等經典中有闡述，作者在此歸納出來給大家宣說：無論善法還是惡業，其輕重的界限，有時間、意樂、有無對治、功德田、主田五方面的差別。

　　一、時間：假如你恆常造作，如經常殺生，則罪業非常嚴重；倘若經常行善，對一部經典今天也念、明天也念，今年也念、明年也念，一直不斷行持善法，這種功德不可思議。因此，行善的時間越長越好，我認識的

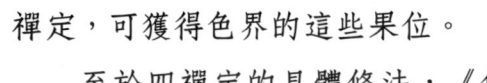

龍樹菩薩親友書講記

有些人，不管到哪裡去，白天晚上只要有時間，就開始看書、念誦、行持善法，這樣功德會越來越大；而造惡的時間越短越好，有些屠夫、妓女長年累月地造惡業，如此會成為重業之因。

二、意樂：從心的角度來講，如果對這種行為特別耽著，則成為重業之因。也就是說，你對善法非常貪執，或者造惡業有強烈的執著，如此功德或過患非常大。

三、有無對治：有沒有摧毀此業的對治法。例如你在殺生造業時，若產生後悔心，沒有繼續做下去，此業不會成為重業；你在行持善法時，若有宣揚功德等毀壞善根之法，此善業不會功德很大。

四、功德田：即功德之根本——三寶。凡是以三寶為對境，對其毀謗、挖苦、摧毀，則此惡業尤為嚴重；若對其供養、恭敬、承侍，那麼功德非常非常大。

五、主田：包括可憐眾生等苦田和父母等恩田。若以父母等作為對境，對他們進行承侍供養，這個功德非常大；如果對他們生嗔、謗、挖苦，過失也無法想像。

上述共有五方面的差別。如果我們行持善法時，這五個條件全部具足，那不用問別人，功德肯定特別大。比如我念《普賢行願品》，時間是經常念，不是念一次就可以了；念的時候非常高興，有一種強烈的歡喜心，並不是強迫或不樂意的情況下念的；念的過程中，沒有

摧毀善根的任何違緣；在三寶所依面前念誦；念完後迴向給一切眾生或者供養上師三寶。這樣的話，念一遍《普賢行願品》的功德特別大。

同樣，從惡業方面而言，就拿殺生來說，如果恆常殺生；殺生時特別樂意，有強有力的嗔恨心；沒有摧毀此業的對治，也沒有人勸你不要殺；在寺院等三寶所依面前，或於佛的誕生日殺生；對境是苦田——可憐的眾生。如此五個條件都具足，造業的過患肯定特別大。

所以，屠夫造業還是很可怕的。但若是一個出家人無意中殺生，由於他不是經常殺生；殺生時沒有強烈的意樂；並不是故意在三寶面前殺；殺生後馬上產生後悔心，拼命地懺悔，那雖然他殺了生，這個業也不一定成熟。

造業的輕重，很多人恐怕不清楚，所以學習這些教理極有必要。明白了以後，就不用天天問別人了，如果你問的人沒有佛教基礎，不一定答覆得非常正確，而龍猛菩薩所造的論典十分可靠，除了精神有問題、見解有問題的人以外，沒有一個佛教徒不承認的。

因此，大家應該觀察自己所造之業的輕重，不要認為生起一個分別念就好可怕。依靠佛經來衡量，有些業雖然屬於惡業，但它並不重，通過懺悔即可清淨。善法也是同樣如此。所以，希望大家以強烈的意樂，常於三寶所依前做供養、做功德。我最害怕有些人生邪見，以

龍樹菩薩親友書講記

前是出家人、是三寶弟子，後來以種種原因再也不學了，這種愚癡的人最可怕。有些人儘管煩惱比較重，時常犯錯誤，但天天在佛像面前懺悔，不斷地修行，他的罪業也有清淨的機會。故而，大家務必要明白取捨！

第九課

第十節課

昨天講了哪些善法功德大、哪些罪業過患大，通過五個方面作了分析。下面用比喻說明一些小小的罪業不能摧毀大善根，或者也可引申為小善法不能摧毀大罪業。

辛二、教誡具足對治不善之廣大善法：

　　數兩鹽轉少水味，非能改變恆河水，

　　如是當知微小罪，無法摧毀大善根。

比如說，一兩鹽巴倒在一碗水或一桶水裡，水的味道馬上會變鹹，但如果倒在印度四大河流之一的恆河裡，它的味道不會受任何影響。（到了印度以後，乾旱比較嚴重，許許多多的河流都乾涸了，甚至變成沙漠中的一條小溪，但是恆河完全不同，它的河水十分豐沛。）同樣的道理，我們應當知曉：不管是自性罪還是佛制罪中，所造的微乎其微的惡業，雖然它本質上是一種罪業，但不能有害於我們相續中力量強大的廣博善根。譬如你最初以菩提心攝持、中間以無緣智慧攝持、最後以利益一切眾生的迴向攝持，以三殊勝攝持的諸如此類的善根，根本不會被小小的罪業摧毀。

在現實生活中，我們偶爾會產生一些嗔恨心、貪心、嫉妒心，但自己畢竟學過佛教經論，修行過一段時

龍樹菩薩親友書講記

間，對此馬上能意識到，並盡量想辦法對治，所以它待的時間不會太長。而其他的善法，就算我們修得不好，但也從年輕到老年之間一直把心思鎖定在這方面，所以行持善法的時間比較長。例如聽一節課的話，起碼要用一個小時，而跟人吵架，每天不需要那麼長時間，因此，自己還是有一點希望。

尤其是發了菩提心以後，若能觀修這種菩提心，它的功德無量無邊，《涅槃經》云：「何人一剎那，觀修菩提心，彼之諸福德，佛陀不能量。」菩提心的福德連佛陀的智慧都不能衡量，一般的小罪業無法摧毀它，而它卻能瞬間摧毀一些大罪業，包括五無間罪也不在話下。《入行論》云：「菩提心如末劫火，剎那能毀諸重罪。」（這裡說的是「重罪」，很重的罪業也能剎那間摧毀。）所以，大悲菩提心或甚深空性智慧所攝持的善根，小小的罪業想摧毀它，無疑是「蚍蜉撼大樹，可笑不自量⑭」。同樣，以出離心攝持的善根，或者牽涉到利益眾生的大善根，或者緣三寶的廣大無邊的善根，也都不容易被輕易摧毀。

因此，大家不要總是特別擔憂：「我死了以後，唯一的途徑只有惡趣，因為我天天生惡心。」凡夫人生惡心是很正常的，但你也會生善心，而且這種時候比較多，所以要對自己有信心。沒有信心的話，很多善法都

⑭指螞蟻想撼動參天大樹，太不自量力。

不能增上。按照戒律的觀點，我們臨死時若一直觀想：「我的罪業全部清淨了，我的善法不斷地增上……」在這種善念中斷氣，會斷除一切罪業而往生清淨剎土。這些竅訣特別重要，大家務必要經常憶念！

庚二、尤其斷除等持障之法：

掉舉後悔與害心，昏睡貪欲及懷疑，

當知此等五種障，乃奪善財之盜匪。

修禪定的過程中有五種障礙，由於它能覆蔽自性，使善法不生，經論中又稱之為「五蓋」。

具體而言：

一、掉悔：掉舉與後悔合為一種。掉舉指心散亂到色聲香味等外境上，一直不能收回來，看見美色就起耽著，聽到妙音又去貪執等；後悔是對以前所做之事追悔莫及，對那段經歷放不下、想不開。從執著外境的散亂方面而言，這兩者的本體完全相同，故而安立為一個障礙。

有些人正在坐禪時，聽到旁邊有聲音，心馬上專注那裡；或者隔壁炒菜時，聞到味道就想「好香哦」；或者該安住的時候不安住，一直記恨年輕時某某人對自己不好，一邊坐禪一邊產生各種惡念……所以，這種障礙對禪定的影響非常大。

二、害心：指瞋恚，即對不悅的對境產生憤恨之

龍樹菩薩親友書講記

心。比如你在坐禪時，想起自己的錢被人偷走了，別人對自己不公平，說過什麼什麼話，於是耿耿於懷，心中充滿不滿和不快。

三、昏睡：昏沉與睡眠合為一種。昏沉指心內收，昏昏欲睡，身體漸漸沉重，但沒有真正入睡；睡眠是心極度內收，六根關閉，進入夢鄉。這兩者都是心內收，神志不清，不能清醒地入於禪定。我們有時候剛吃完飯就坐禪，結果一直打瞌睡，頭不停地一點一點，這就是一種障礙。

四、貪欲：我們作為欲界眾生，對人或財物的貪心比較嚴重。正當入座時，某某悅意的對境在心裡浮現，對有漏的欲妙就開始起慕求之心。

五、懷疑：對道果等滿腹懷疑：「我這樣修到底會不會成就？」「我修的是不是錯了？」

「上師和佛陀講的道理，究竟有沒有解脫的利益？」……

這五蓋或者五障，能將我們辛辛苦苦積累的聖者七財，或是明目張膽地掠奪，或是趁人不備地偷走，跟強盜和小偷沒什麼差別。其實我們平常也感覺得到，如果產生嗔恨心，會馬上意識到善根被奪走了；如果生起其他一些煩惱，自己雖然沒有察覺，但修行已悄然退失，原來擁有的信心、慚愧等財富，慢慢變得蕩然無存，所以這是特別可怕的一種道障。

很多修行人害怕家裡來一些賊，每天把門窗關得緊緊的，睡覺時也東聽西聽，一有狗叫就以為小偷來了。其實，賊進你家偷盜並不可怕，最多是把值錢的東西拿走，根本不可能偷走你生生世世的財富。而且作為修行人，應該對財物沒有執著。米拉日巴尊者在白崖山洞修行時，冬天的一個晚上，有個小偷摸進洞裡，在洞中摸索。米拉日巴哈哈大笑，說：「我白天都找不到任何東西，你半夜三更、漆黑一片還能找得著嗎？」真正的修行人對財物的態度應當如此。以前噶當派很多修行人，家裡從來不鎖，門一直開著，我看漢地的很多茅棚也是這樣，裡面什麼東西都沒有，小偷來了也無所謂。

可有些修行人根本不是這樣，安了一層又一層的鐵門和防護欄，還成天提心吊膽。其實，對我們修行人來講，最可怕的小偷莫過於掉悔、貪欲等五蓋，它對我們的聖者七財明搶暗偷，所以應修好正知正念的鐵門和防護欄。否則，你剛開始時修行很不錯，確實積累了大量的財富，但後來盜賊不知不覺入於你的寶庫，把所有寶藏掃蕩一空，最終你一無所有，這是極其可悲的下場。

戊六（智慧）分二：一、略說信等五根之道本體；二、廣說正念等智慧。

己一（略說信等五根之道本體）分二：一、宣說應取之信等；二、以對治所斷方式遣除驕矜。

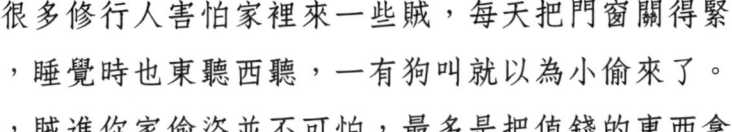

龍樹菩薩親友書講記

庚一、宣說應取之信等：

智慧分為世間智慧、出世間智慧。要想生起出世間智慧，必須產生道的功德，這些功德世間人不具備，只有出世間聖者才擁有。

所謂的道，依次可分資糧道、加行道、見道、修道、無學道㊼。我們每一個人應先入於資糧道，這在《現觀莊嚴論》中有廣說。但此處作者講的是加行道，因為加行道最接近出世間智慧，若欲得到出世間智慧，必先圓滿加行道的功德。當然，我們在凡夫位時，這些功德無法真實圓滿，只能以相似的方式具足。

信心精進與正念，等持智慧勝法位，

當勤於此稱力根，乃為頂位之本體。

此頌講了五根和五力，加行道依修持五根、五力而獲圓滿。我們應該得到這些財富，它也不會被盜賊偷走。

一、信心：指希求解脫真諦的渴求心。信心是一切道之根本，《華嚴經》云：「信為道元功德母，增長一切諸善法。」假如沒有信心，雖有精進和智慧也無法入門，所以《前行》講「人身難得」時說，信心是五種自圓滿的根本㊽。

㊼資糧道、加行道屬凡夫之道，見道、修道、無學道屬聖者之道。具體而言，資糧道：獲得是見道之基礎。加行道：獲得見道之加行。見道：一地菩薩。修道：二地至十地菩薩。無學道：究竟佛果。

㊽五種自圓滿分為：一、所依圓滿；二、環境圓滿；三、根德圓滿；四、意樂圓滿；五、信心圓滿。《大圓滿前行》中說：「只有通過體會到如來教法和證法有理有據的特徵而獲得解信之人，才是真正無謬的法器。所以說，信心是五種自圓滿的根本。」

的確，我也經常這樣想：「現在的一些科學家和知識分子，從智慧上講，完全有能力通達佛教的基本道理，可由於沒有信心，往往與佛教失之交臂。」信心對每個人來講非常重要，《大智度論》說：「佛法大海，信為能入，智為能度。」如果沒有信心，只是把佛教當作一種學術研究，自相續不一定能入於佛法大海。

二、精進：光有信心還不行，還要對善法有強烈歡喜心，身口意具備精勤的行為。俗話說：「一生之計在於勤。」如果你沒有精進，天天睡懶覺，不要說出世間的如海功德，就連做一些小本生意，如賣麵包、賣涼粉，也不會成功的。

三、正念：指對善法念念不忘，始終不忘失。你今天做一次，以後再也不做了，肯定不行，應當時時提醒自己：「我是一個修行人，必須要修持這些善法。」

四、等持：即一心安住於所緣境的禪定。不管是修菩提心也好，觀想釋迦牟尼佛也好，心要不被外境所擾，一心專注於所緣。

五、智慧：能辨別取捨善惡、功過、真假。倘若你智慧不夠，很多修行恐怕無法成功。之所以在諸大成就者中，許多智者修行能成功，而愚者卻望塵莫及，原因也在這裡。

這五種殊勝的法，是加行道的本體，也是令我們超離生死、證得聖道的直接因，對此不能僅停留在口頭

上、形象上，而應當精勤修行。

當然，這五法在不同的道位，有不同的安立：暖位和頂位時稱為「五根」，因為它能出生一切功德，不會退轉；忍位和勝法位時叫做「五力」，因為它的力量極其強大，不會被違品過患摧毀⑤。五根和五力是世間善根的頂峰，因而叫「頂位之本體」。但有些講義中解釋說，這幾個法是加行道頂位的智慧。對於這種觀點，有些論師認為不太合理，假如只是頂位的智慧，那忍位、暖位、勝法位都沒有講，加行道的功德就不完整了，故應解釋為：在世間有漏或者動搖的善根中，信、進、念、定、慧這五法是最頂巔的。

大家應該想一想，看自己具不具足信心、精進、正念、禪定和智慧？如果這幾樣都具足，那就有希望超離生死輪迴。我們這裡有些道友也許是前世的福報，也許是今世的努力，好像樣樣都具足，他的信心從表情上看得出來；對善法方面也很有信心；不管遇到什麼困難，都一直精進地修行；經常以正念觀察身口意，想著行持善法；修行的時候，包括做事的時候，能夠一心專注，對所做善法念念不忘；同時，智慧也相當不錯。一旦具足了這五種功德，雖然你現在不是聖者，但也離聖者不遠了。因為不管是哪一個聖者，肯定都具足這些法，比

⑭加行道分為暖位、頂位、忍位、勝法位，這四個階段的功德層層增上。
⑤《大毗婆沙論》言：「問：何緣此五名根、名力？答：能生善法故名『根』，能破惡法故名『力』。」

如我們所認識的高僧大德，這些功德統統具足，而世間最低劣的屠夫，信心、智慧什麼都沒有。所以，我們應該清楚自己到底離聖果有多遠，通過平時的心態和行為，也可以衡量自己的修行境界有多高。

這方面，希望你們經常觀察自己，如果有了這些善根，理應好好地守護，千萬不要被五種障礙的盜賊偷走了。有些修行人的防護能力比較強，方便方法也比較多，雖然積累的財富不多，但防護措施非常嚴謹，這樣一來，在修道過程中就不會退轉。我們修行的道路非常漫長，在這個過程中，會遇到許多強盜、小賊，還有各種坎坷不平，以及不同的違緣和障礙，但有辦法的人不會受這些影響，披荊斬棘、過關斬將，最後能達到光明安樂的金洲。

庚二、以對治所斷方式遣除驕矜：

病老死及愛別離，如此業即我所造，
如是反覆思維者，彼對治門不驕矜。

下面又是勸國王不要生傲慢心，這在《親友書》裡提得比較多。當官的人一般傲氣十足，樂行王可能有時候覺得自己特別好看，有時候以為自己財富最多，有時候認為自己是人中之王，對地位、權勢等的傲慢心比較強，龍猛菩薩也許看得出來，所以一直告誡他不要驕傲。

　　人要產生傲慢的話，最好的辦法就是讓他思維生老病死的痛苦。我們都很清楚：每一個人出生的時候，要面對各種難忍的痛苦；住在世間中，也要經歷四大不調之苦，那時叫苦連天的場面，誰看了都覺得難受；除了生與病的痛苦，還要面臨衰老的痛苦，任你再怎麼青春貌美，也抵不過歲月的流逝，最終人老珠黃、雞皮鶴髮；更可怕的是，死亡常常不期而至，使你在不情願的情況下離開人間，感受與親人生離死別。若對生老病死的痛苦有所了解，任何人都沒有什麼可驕傲的。只要你是一個人，再美麗、再強大也無法逃脫這種命運。世間上有各種選美比賽，但縱然你是世界冠軍，再過幾十年也會紅顏不再，又有什麼值得傲慢的呢？

　　其實，這些生老病死的業力，是我們前世親自所造，現在不得不感受，就算自己方方面面超過別人，但觀察它的本體時，也沒什麼可信的。釋迦牟尼佛身為太子時，曾於四門巡遊的過程中，分別見到分娩、老人、生病、送葬的景象，因而對輪迴產生極大厭離心，放棄王位而出家修道，以期超脫生老病死之苦。《仁王經》云：「生老病死，事與願違。」若能認識到這一點，你擁有再多的財富、再大的快樂，終有一天也會無常壞滅，這樣傲慢便可摧毀無餘。

　　《唯識論》云：「慢，恃己於他，高舉為性。」《孝經注》亦云：「無禮為驕。」有些人高高在上，不

願對別人恭敬，可如果了知輪迴不過是一場戲，自己只是在演戲而已，任何驕傲的心態或行為都會不復存在。一些國家領導或大富翁，因為有錢、有轎車、有地位，覺得自己在人生中演的角色最精彩，但若懂得了生老病死，明白在漫長無際的輪迴中，自己只不過是一個小「螞蟻」，就不會這麼自以為是了。在一大堆螞蟻裡，有一隻黑色的小螞蟻，唱著歌說：「我在螞蟻中最了不起，你看看我的財富：洞裡有好多草葉子，還有好多小蟲屍體，我現在再也不愁了，不求別的東西了。」但在人類眼裡，牠沒什麼可傲慢的，過一段時間下大雨，牠的財富也會變成無常。

　　所以，真正能了解得失盛衰的話，根本不會生起驕慢心。但若沒有這方面的教育，有些人覺得自己好看，就認為自己是唯一的天女；有些人稍微有點財富，就覺得自己富可敵國。其實懂一些佛教真理的話，包括樂行國王在內，也不應該生起傲慢，否則，你有再高的智慧和禪定也沒有用。因此，大家在修行過程中，即使因前世福報或暫時因緣得到一分超人的功德，也不應當以此而有驕傲之心。

　　己二（廣說正念等智慧）分二：一、宣說有寂一切善資根本即是智慧；二、真實宣說具智慧之道。

　　庚一（宣說有寂一切善資根本即是智慧）分二：

一、增上生與決定勝之根本——世間正見；二、決定勝之根本——出世間正見。

辛一、增上生與決定勝之根本——世間正見：

若求善趣與解脫，理當修習世正見，

若持邪見縱行善，亦具難忍之苦果。

這個偈頌非常重要，許多老修行人都知道，法王如意寶常引用這個教證來勸誡大家：在行持佛法的過程中，一定要具足世間正見。頌詞意思是，假設你不希求人天福報與三大解脫[51]，那就另當別論了，但如果想獲得暫時和究竟的安樂，則務必要具足世間正見。

所謂的世間正見，是對善有善報、惡有惡報以及三寶、四諦、緣起等勝法有強烈的信心，堅信釋迦牟尼佛存在、釋迦牟尼佛所說的法完全符合真理。也有些論師說，通達萬法皆空才是世間正見，這可能是不同宗派對勝義的認識不同吧。但我們一般承許，世間正見是對善法有正確的見解，如果不具足這一點，不承認三寶、業因果、六道輪迴，也不承認人身難得，這種持邪見者即使天天念咒語、講經說法、轉繞經輪、放生，表面上看來特別了不起，但所作所為也無法成為解脫之因，反而會墮入惡趣感受無邊痛苦。

頌云：「世間大正見，誰人已擁有，彼於千劫中，也不往惡趣。」可見，世間正見非常重要。上師如意寶

[51]三大解脫：聲聞緣覺、菩薩、佛陀。

以前傳講《百業經》，目的就是想以因果的真實公案，讓大家建立善惡有報的正確見解，如果連這一點都沒有，那麼禪宗的明心見性、淨土宗的往生極樂、藏傳佛教的大圓滿和大手印等高深境界，對我們來講沒有任何意義。所以說，首先打好穩固的基礎很有必要。

現在有些人看似有一定的智慧，對佛法也在不斷聞思修行，然由於缺乏因果正見，最後很容易誹謗三寶。據說個別出家人還俗後，生起極大的邪見，連釋迦牟尼佛都不承認，還寫了一些書誹謗三寶。這種人真的特別可怕，此舉是在直接或間接毀滅佛法。「文革」期間雖然有一些愚者到寺院毀佛像、燒經書，但佛法沒有受到特別嚴重的損害，而這些人學過顯宗怎麼講的、密宗怎麼講的，然後通過似是而非的道理，引用佛教的術語對佛法進行誹謗，沒有智慧的人很容易隨聲附和，認為他們言之有理。現在末法時代具有五濁中的見解濁，眾生的見解特別低劣，空性見、無常見很難生得起來，學後不可能有立竿見影的效果，而斷見、邪見等邪道見解，一聽就能接受並且隨行。佛陀在世的時候，眾生很容易生起正見，而今由於眾生福報淺薄，具足正見有一定的困難。

《華嚴經》云：「正見牢固，離諸妄見。」《勝鬘經》亦云：「非顛倒見，是名正見。」正見就是遠離虛妄見、顛倒見，不過如今有正見的人非常罕見，我平時

龍樹菩薩親友書講記

所接觸的很多人，一會兒生邪見，一會兒生偏見，一會兒生惡見，這些都輕而易舉，但我用了很多很多的精力，全力以赴讓他們產生正見，是相當費力、相當困難的。

最近我們這裡期中考試，聽了很多道友講考中觀，我確實有一種歡喜心。他們真的好像懂得緣起空性之理，若能如此，不要說這輩子，乃至生生世世在菩提道中都不會退轉。為什麼呢？因為他的見解符合事實真相，通達之後就不會退了。然而，也有人對此並沒有深入，說不懂吧也懂一點，知道中觀是講空性，但自己沒有學進去，麥彭仁波切說，只是一種小聰明，這種人最危險、最可怕。因此，大家學習佛法時，一定要把自己的智慧融入佛法當中。佛陀的教誨不會有錯，只是我們的智慧跟不上，於是產生邪見，謗這個、謗那個，最終連世間正見也沒有，高深的境界更是紙上談兵、冰上建築。

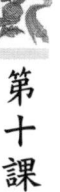

第十課

《親友書》講的這個道理，確實十分重要，非常希望各位能背下來，背完之後不要輕易忘記。昨前天學院選舉堪布時，一個老堪布大概70歲了，他年輕時所背的經論，包括《親友書》在內，至今每天都在背、都在念，開法師會議的時候，我非常讚歎他的精神。我們有些道友以前背過一點書，但背完後就再也不看了，可是別人的善根極其深厚，一直不斷地在串習。

在座很多道友都能背《親友書》，但是背一遍不行，善法要長期串習，就像我們吃飯一樣，斷一天也不行，必須要長期薰陶在善法的氛圍中。否則，凡夫人的習氣根深蒂固，對惡法方面饒有興趣、樂此不疲，而對善法方面，就像爬山一樣費勁，爬幾步就要喘半天。但即便如此，也要盡量具足世間正見。當今社會，皈依學佛的人非常多，可真正懂得佛法的寥寥無幾，所以大家不要停留在形象上，形象上雖有一點功德，但意義不大，遇到違緣就會像牆頭蘆葦一樣倒來倒去，最後很容易毀壞自他。

辛二、決定勝之根本——出世間正見：

　　當知人本無安樂，無常無我不清淨，

　　未憶念此之眾生，四顛倒見即禍根。

這裡是講出世間正見——斷除四種顛倒。正見是一切善法的基礎，《四百論》云：「寧毀犯尸羅，不損壞正見，尸羅生善趣，正見得涅槃。」一個人如果毀壞正見，那他不會再行持善法了；但如果毀犯了戒律，而見解沒有損壞，他還會懺悔，還會不斷地修持善法。雖然戒律如同大地，是一切功德之本，但它只是轉生善趣之因，只有依靠正見建立出世間的功德，才能獲得究竟涅槃。因此，每個人的正見不能失壞。

　　從人作為所化的角度來說，人們把身體執著為清

淨，感受執著為快樂，心執著為常有，法執著為我所，這叫做四種顛倒，斷除四種顛倒，則為出世間正見。《四百論》的前四品分別對此作過剖析。我們通過智慧來觀察：世間感受皆不超離三大痛苦——苦苦、行苦、變苦，被三苦所折磨的人類，不可能有真實的快樂（痛苦）。（前段時間有一個人說，他跟家人吵架後，完全懂得了佛說諸受皆苦的道理。有些人遇到違緣也能轉成順緣，感受強烈的痛苦後馬上就開悟了。若真能懂得一切感受都是痛苦，我們也想吵架。）有為法皆為無常，如春夏秋冬、年老年幼，萬事萬物剎那變遷，不可能住留第二剎那（無常）。不管怎麼樣執著，實際上沒有外道承許的像大自在等主宰一切的我，也沒有其他宗派所執著的以五蘊為設施處的我，因而「我」就像石女的兒子一樣不成立（無我）。身體的外表美麗莊嚴，非常吸引人，但若細細剖析、一一觀察，只不過是36種不淨物組成，沒有絲毫清淨成分（不淨）。通過這四種觀察，我們就能生起四念處㊿。

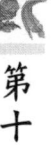

第十課

　　遺憾的是，世間芸芸眾生不知道這個道理，被這四種顛倒所迷惑，束縛在輪迴中不得解脫。《大智度論》對此分析得比較細緻。如果懂得這一點，並進一步修持，就算時間很短暫，功德也非常大。麥彭仁波切說：「若人僅於彈指頃，觀修諸行苦無常，空與無我四行

㊿《大智度論》云：「破是四顛倒故，說是四念處。破淨倒故說身念處，破樂倒故說受念處，破常倒故說心念處，破我倒故說法念處。」

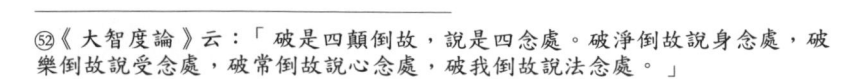

相，經云此福勝無量。」我們於彈指間修無常、觀一切皆苦，做到這個並不困難，希望大家還是要修行。如果沒有修行，自己會一直處於無明的密布烏雲中，不可能逃脫出來。

今天有個道友講考《入中論》時，我覺得一個頌詞非常好：「世有厚癡同稠雲，故諸境性顛倒現。」凡夫人四種顛倒相當於濃密的烏雲，障蔽了本有的光明佛性，因此，所見的色聲香味等對境全是「顛倒現」，就像眼翳者看到空中有毛髮、膽病者看到白色的海螺是黃色一樣，我們將本不清淨的身體執為清淨，本是無常的東西執為常有，本來沒有我而認為我存在，本來是痛苦卻妄執為快樂，依此而在輪迴中一直漂流。假如通達了空性道理，《入中論》說：「慧日破除諸冥暗，智者達空即解脫。」智慧陽光會破除一切愚癡黑暗，由於已斷無明之因，決定能獲得生死解脫。到了那個時候，我們不會像現在一樣，經常痛苦、傷心、憂愁、悲傷，飽受種種煩惱的折磨，而會像聖者一樣解脫一切束縛。（當然，你顯現上不一定是聖者相，就像密法所說，還是一般的平庸相，可是你的心早已解脫了。）

因此，我們最終的目標就是要修四種正見。即使你不會修其他法，這四種正見也沒什麼不會的──「萬法都是無常的，一切感受都是痛苦的，我是不存在的，身體是不淨的」，一彈指間思維這些道理，應該比較簡

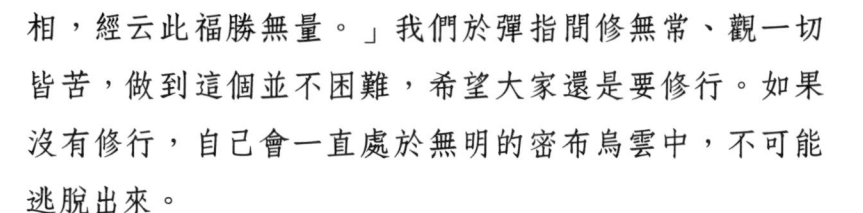

龍樹菩薩親友書講記

單，但它的功德卻不可思議。這不是別人說的，而是佛陀說的、麥彭仁波切說的，故定會有無量無邊的功德。

這些功德，也許暫時看不出來。我以前舉過一個例子，就像我們在孩童時代讀書，老師說讀書有很多好處，我們當時根本無法理解，現在長大成人了，才知道小時候如果沒有讀書，今天連字都不認識。同樣，我們修這四種正見，不一定馬上能感受到它的利益。一旦離開了煩惱烏雲，現前聖果的光明，那時候就會知道聖者的教言沒有欺惑我們，正是因為曾依止善知識精勤地行持善法，如今才有機會超離輪迴，獲得聖果！

第十課

第十一節課

現在正在講「智慧」中「廣說正念等智慧」的第二個問題。

庚二（真實宣說具智慧之道）分二：一、別說重要之見；二、真實之道。

辛一（別說重要之見）分二：一、抉擇無我；二、觀察我之所依蘊。

壬一、抉擇無我：

當悟經說色非我，我不具色非依存，

色亦不依我而住，如是餘四蘊皆空。

關於摧毀二十種薩迦耶見，佛陀在《般若經》中有詳細破斥，一一對應宣說得非常清楚，此處僅象徵性地說明「我」不存在。

為什麼不存在呢？如果「我」存在，那與五蘊要麼是一體，要麼是他體，除此之外不可能有其他方式。既然如此，我們下面進行分析：

首先，以色蘊為例來觀察，

1）一體：色蘊可用眼睛看、用手觸摸，它是眾多的、無常的，與「我」的法相完全相違，與眾生的執著也不相同，因此色蘊肯定不是「我」。就如《中論》所說，假如二者是一體，「我」要麼有眾多之過失，要麼

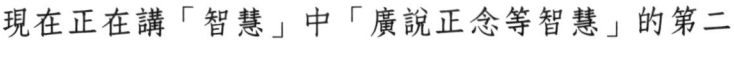

有阻礙性之過失，種種過失不一而足。（「色非我」）

2）他體：如果「我」與色蘊是他體，那麼「我」具不具有色蘊呢？如果具有，就像人具有瓶子一樣，那麼「我」必須要先成立。可是此處的「我」是一個尚待觀察的法，其本體還沒有成立，如此一來，「我」具有色蘊的說法，跟石女的兒子具有寶瓶的說法沒有差別，所以「我」不具有色蘊。（「我不具色」）

那麼，色蘊與「我」是不是互相依靠呢？如果是「色依於我」，那「我」本體還沒有成立，色蘊怎麼依靠呢？我們可以說瓶子依靠柱子，但「我」尚未成立的話，色蘊想依靠「我」也不可能。（「非依存」）

如果是「我依於色」，也同樣不成立，猶如說石女的兒子依靠地板一樣。（「色亦不依我而住」）

後三者是從他體角度分析的。進行分析時，色蘊並不是「我」，也不是除「我」以外的他體法，因為「我」的本體沒有成立，又如何與「我」是他體呢？兩個有實法之間才叫他體，就像慈氏和近密兩個人一樣，但石女的兒子與柱子之間，絕對不能承許為他體。

因此，「我」與色蘊之間的關係，既不是一體，也不是他體。依此類推，「我」與受、想、行、識這四蘊，也不是一體或者他體。五蘊各自通過四相來觀察，總共有二十種我見，如《入中論》云：「我非是色色非我，色中無我我無色，當知四相通諸蘊，是為二十種我見。」以上

述方式進行推理，可知其餘四蘊也沒有「我」，這就是佛經中常提到的「摧毀二十種薩迦耶見大山」。

關於無我的道理，在座各位聽得不少了，但只是聽了還不行，平時要在修行中反覆串習。佛陀在大乘經典中一再宣說「我」不存在，然而被無明纏縛的可憐眾生，往往將不存在的假我執為實有。其實，承許究竟義中有「我」存在的人，並沒有通達釋迦牟尼佛甘露妙法的美味，《中論》云：「若人說有我，諸法各異相，當知如是人，不得佛法味。」

在這個世間上，無數眾生將本不存在的「我」，反而執著為實有，每天為了這個「我」而奔波，由於沒有遇到善知識和大乘佛法，一直在輪迴中漂泊，還認為自己見解相當正確，並把很多人引入邪道中去。我們作為大乘修行人，必須對佛法的核心——無我法門有所了解，並經常串習這種境界。就算偶爾依靠中觀或密法的見解，明白「我」不存在，但我們無始以來的無明習氣非常深重，把佛性遮蔽得嚴嚴實實，要想一直安住在無我境界中，也有一定的困難。只有做到長期串習，對無我的定解越來越穩固，那麼凡是與「我」有關的煩惱，最終才可以銷聲匿跡。

很多人沒有學空性法門時，相續中的我執特別嚴重，不管是對色法也好、感受也好，一旦有人侵犯自己，絕對不能容忍。可是學了中觀般若方面的教言之後，現在雖然

也有我執，但只是偶爾產生一些煩惱，不像以前那樣特別可怕。有些大德用「春風」來比喻說，冬天狂風肆起的時候，非常凜冽、難以阻擋，可是到了春天，雖然也吹著風，但風力溫暖柔和，不像寒冬臘月的狂風。

我們依靠聞思修行，可以逐漸減少我執，若真正通達無我之理，則稱為名副其實的菩薩。《金剛經》云：「若菩薩通達無我法者，如來說名真是菩薩。」所謂的菩薩，又名勇識者，意即心特別堅強的人。在什麼面前堅強呢？並不是遇到怨敵時非常勇敢，拿著寶劍刺入他的心臟，而是執著實有法產生煩惱時，能用無我的境界來消除實執，摧毀自相續中的我見。看一個人是不是菩薩，關鍵要看他的我執是否比較少？是否經常不起煩惱？如果他天天愁眉苦臉，跟這個發脾氣、跟那個吵架，不一定是真正的菩薩。儘管菩薩也可以顯現忿怒相，但他內心是寂靜調柔的，悲心、菩提心如如不動，一般人是做不到的。

無我教言是佛教中最殊勝、最深奧的，福報不夠的人遇到這樣的法門很容易退失。包括學習《入行論‧智慧品》的有些居士，由於沒有積累資糧，聽聞空性法門時往往半途而廢，怎麼聽也聽不懂，最後充滿失落感而退出。所以，能不能接受般若法門，與自己的根基和福報有密切關係，假如你前世沒有承事諸如來、供養十方善逝和上師、積累殊勝資糧，今生遇到空性法門，恐怕

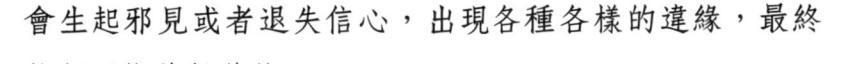

會生起邪見或者退失信心，出現各種各樣的違緣，最終修行不能善始善終。

所以，我們現在遇到般若法門，要經常觀察自己的相續，自相續稍微與正道脫離，就要祈禱上師三寶，懺悔無始以來的罪障，一定不能離開無我空性。有相、有執著的任何法門，你求得再多也比不上空性法門，這方面的教言以後會給大家傳講。

壬二、觀察我之所依蘊：

眾生執著的是什麼呢？就是自己的五蘊，由於把五蘊執著為「我」，從而漂泊在六道中無有出期。所以，我們要觀察一下：五蘊的本體存不存在？如果本體不存在，那有什麼必要去執著它呢？

當知蘊非隨意生，非時節及自性生，

非體自在非無因，乃由無明業愛生。

大家一定要觀察五蘊，因為它與我執的關係特別密切，我們每個人都執著五蘊，只不過有些人不知道而已。那麼，五蘊的來源是什麼呢？

內外道的說法各不相同：有些外道認為，五蘊是隨意而生，偶爾從「我」中產生，偶爾從自性中產生，偶爾從地水火風空中產生，或者像有些教派聲稱，由上帝或其他萬物所生。這些說法都不合理，蘊並非從這些事物中產生，否則，柱子或石頭隨隨便便就可以產生五蘊

龍樹菩薩親友書講記

183

了。五蘊不是隨心所欲就能產生的，必須要借助眾生相續中的特定因緣，因此，隨意而生的說法不成立。

　　還有外道認為，猶如春天可產生萬物一樣，五蘊從常有的時節中產生。這種說法也不對，正如《四百論》中所觀察的，時節的實體根本不成立，除了萬物的相續改變以外，並不存在一個獨立的時間[53]。退一步說，即使時節是常有，常有的法中怎麼會產生無常的五蘊呢？因此，這種觀點站不住腳。

　　數論外道認為，神我和自性是實有的，喜憂暗三德平衡時是神我，不平衡時自性產生其他二十三諦法，五蘊就包括在二十三諦法中。這也不合理，如果說自性的本體實有不變，那怎麼會出生形形色色、能變動的萬法？常法中現前無常的各種變化，這是不可能的事情。

　　另有外道認為，五蘊從自之本體「我」中產生。破斥方法也跟前面的推理完全一樣：如果說它的本體是常有，常法中不可能產生無常法；如果說本體是無常，這又不符合他們自宗的觀點。

　　大自在天派、梵天派、遍入天派等認為，一切萬物由天神來製造。這種說法也無法成立，如果五蘊是天神所生，那是他們有意而造，還是無意而造？若是有意而造，天神就不自在了，因為被欲望所牽引；若是無意而造，那他就不是萬物的主宰了，因為他無法控制萬物的產生。

[53]詳見《四百論・破時品》。

順世外道（現世美）認為，一切都是無因生。這更不符合道理，無因生是所有外道中最低劣的見解，假如無因可以產生萬法，就會有萬法隨時隨地都應該出現，或者隨時隨地都不應該出現等諸多過失。

通過以上各種觀察，可知五蘊的產生沒有一個主宰者，也不是無緣無故而生的，那麼它是如何產生的呢？按照佛教觀點，萬法在勝義中不生不滅、遠離一切戲論，而在世俗中，蘊是由無明、業、愛等相互聯合產生的。（前段時間有些道友在講考時，把這方面的因緣分析得比較清楚。）這種蘊聚假合不是自性實有的「我」，月稱論師也說：「經說依止諸蘊立，故唯蘊聚非是我。」因緣聚合的時候，「我」和五蘊可以現前，而一旦因緣不具足，由於勝義中一切皆空，世俗中無因也就不能起現，《入行論》亦云：「緣合見諸物，無因則不見。」

因此，大家要清楚，五蘊並不是像外道承認的由常法所造，而是以十二緣起所產生的。就像沒有損害的種子埋在土中，經過灌溉、施肥，苗芽可以萌發。同樣，被無明覆蓋的業，通過愛的滋潤之後，眾生的五蘊也可以現前，這就是十二緣起。無垢光尊者在《大圓滿心性休息》中細緻闡述了十二緣起，它是佛教中最重要的一環。《中論》也有這方面的教言，如頌云：「眾生癡所覆，為後起三行，以起是行故，隨行入六趣。」意思是說，眾生因無明愚癡所覆，為後世造下善業、不善業、

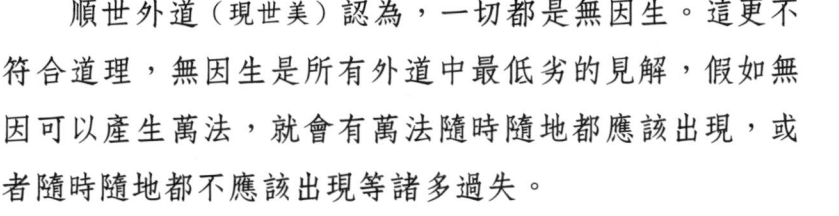

龍樹菩薩親友書講記

不動業，以此緣故，隨業入於六趣，像水車一樣在輪迴中不停流轉。

　　一切萬法均依因緣而生，這種因緣可分為外因緣和內因緣，外因緣就如同種子可以產生苗芽，內因緣則是十二緣起，依靠因緣聚合，器世界和有情世界方得以形成。這個道理非常甚深，沒有智慧的人根本無法了知。有些人認為色法是無因生，有些人認為是常因生，這些說法都不合理，除了因緣聚合的假象以外，根本沒有實有的本體。因此，龍猛菩薩說：「無因而有色，是事終不然，是故有智者，不應分別色。」認為無因而產生色法，這無論如何也不能成立，只要是具有智慧的人，就不應該耽著這些本體無實的色法。

　　大城市裡忙忙碌碌的人，對色法從來沒有剖析過，每天被各種色法所左右，非常可憐。佛說萬法遠離一切戲論、皆是空性，可很多人對這個道理無法了解，因此，大家有機會的話，應該多看一些般若空性的教言。《維摩詰經》云：「法無形相，如虛空故；法無戲論，畢竟空故。」法王如意寶也經常引用第一世敦珠法王的教言說：「眼前的虛空，就是一切萬法的本性。如果我們有一定的境界，不管眼前出現什麼顯現，人也好、器世界也好，應始終處於虛空般的境界中，這樣一來，別人對你百般挖苦或者不悅意的對境現前，你的心也不會隨之動搖。」

當然，這也不是特別容易的。但如果經常這樣串習，跟沒學過這種甚深法的人比起來，還是有很大差別。聽過般若法門的人面對事情時，對自己的耽著、對事物的耽著，跟沒有聽過般若法門的人完全不同。如果對一切萬法沒有貪執，就像在夢中做事一樣，只是在眾生面前隨緣行事，那麼，你就是安住於般若波羅蜜多的菩薩。

辛二（真實之道）分三：一、宣說道之違品——三結；二、道之順緣——精進；三、修學道之本體——三學。

壬一、宣說道之違品——三結：

通達無我有三大違緣，我們就是因為有這三個障礙，以至於無法如理如實通達無我境界。這三個障礙是什麼呢？

> 理應了知戒禁取，薩迦耶見及懷疑，
> 結縛有中此三者，阻塞解脫城市門。

我們不能通達虛空般遠離戲論的無我空性，天天執著一個「我」，不能享受無我的快樂，講課時好像處於無我的狀態中，大家都很開心，似乎回去也不用吃飯了，可過一會兒遇到不悅意的對境，強大的「我」又冒出來了，這是為什麼呢？因為我們的「病根」沒有斷。每個凡夫人都有三大煩惱，又叫三種「結」，很多論典

龍樹菩薩親友書講記

說，「結」就是煩惱、束縛之意。這三種結若沒有斷除，我們不可能照見無我實相。

那麼，這三種結是哪三種呢？

一、戒禁取見：是指見解受外道的影響，把不符合佛法、沒有功德的非戒，執取為正確而受持。比如外道認為自己生生世世與動物有關，今生中就把動物當作母親，或者學狗吃不淨糞，或者依止火瑜伽或風瑜伽，或者通過沐浴來清淨業障……以顛倒邪執妄受無義痛苦，無法獲得解脫正道。

當今社會，邪說邪見層出不窮，無不遍及，各種氣功、功法也相當多。作為一個修行人，除了秉持佛陀言教以外，其他奇奇怪怪的見解和行為，最好不要去行持。現在很多邪行此起彼伏，今天出現一個、明天出現一個，有些人覺得很新鮮，就忙不迭地趨之若鶩。很多佛教徒頭腦比較簡單，今天信這個、明天信那個，實際上這些不可能讓你得到解脫，對今生來世沒有任何意義，反而是證悟無我的一大違緣。

二、薩迦耶見：是將自身五蘊顛倒視為「我」，本來「我」不存在，卻認為「我」真實存在。《中阿含經》㉔、《大毗婆沙論》㉕等中，薩迦耶見又名為身見。除了聖者以外，凡夫人都有這種邪執：「這是我的身

㉔《中阿含經》云：「身見、戒取、疑三結已盡，得須陀洹，不墮惡法。」
㉕《大毗婆沙論》云：「有三結，謂有身見結，戒禁取結，疑結。」

體，這是我的感受，這是我的執著……」

三、懷疑：對道果之法疑團重重，不相信依靠修行之道能得聖者之果，經常尋思：「我修持佛法、學習中觀，到底能不能獲得佛果啊？」「佛陀究竟存不存在？三寶的加持會不會無欺現前？」……這樣產生各種懷疑，也是證悟無我的一種違緣。

以上三者叫做三種結。《入中論》云：「生於如來家族中⑯，斷除一切三種結。」獲得一地菩薩果位以後，就完全斷除了戒禁取見、薩迦耶見、懷疑這三種結。一地菩薩不可能生邪見，也不可能行持外道的無義行為，《涅槃經》等大小乘經典都講過了，獲得須陀洹果位（小乘初果）時，已經斷除了三種結，一地菩薩就更不用說了。當然，我們凡夫人沒有摧毀身見、懷疑、戒禁取見的種子，有時產生這些煩惱也情有可原。你生起一點懷疑時，沒有必要特別傷心：「哎喲，我今天對三寶起懷疑了，我沒有希望了！」凡夫人的根基跟聖者相差懸殊，有懷疑、有身見也是正常的，但大的身見和大的疑惑，對解脫還是很有障礙。

《俱舍論》講過，這三種結可比喻為不願意前往目的地、迷路、對路途有疑慮。比如一個人前往拉薩，如果根本不想去，就不可能到達拉薩；如果去的途中迷路了，本該去拉薩，結果到了成都，那也到不了目的地；

---
⑯登地以上的菩薩，才是真正生於如來家族中。

如果你對路途產生懷疑，認為這條路可能到不了拉薩，也無法抵達終點。同樣，我們證悟人無我也有三種障礙，如果身見很重，根本不願證悟空性，連《智慧品》都不聽，肯定跟空性沒有緣分；如果你雖然聽了空性，卻誤入歧途，趨入外道的斷空邪空中，也不能獲得解脫；如果你對空性能得解脫心存懷疑，那絕不可能證悟空性。

這三種結是修行的大障礙，我們要想斷除，離不開世間和出世間正見。如果對佛道生起無比正信，知道外道見解對自己沒有用，以這種心態修無我見，那肯定有希望。有些道友的修行很正，對無我法門極有信心，幾乎沒有邪知邪見，旁邊人說一些正法以外的話題，他根本沒有興趣聽，這確實與自己的福分有關係，也與證悟無我的緣分有關係。

經常聽有居士抱怨：「這些特別深的法語，什麼三種結啊，四種障礙啊，我根本搞不懂！」其實你應該搞得懂，樂行國王畢竟也是在家人，一個國家大大小小的事情都要他處理，他應該比你更繁忙，但龍猛菩薩仍要他斷除三種結，因為這三種結若沒斷除，在家人也不能得到解脫。如同一個人被三道繩子捆起來，不解開這些繩子就不能獲得自由，我們凡夫人也被三道「繩子」——對善法常起懷疑、我執特別重、邪見特別厲害——捆得緊緊的，所以應想盡辦法解開束縛。這一點，大家

第十一課

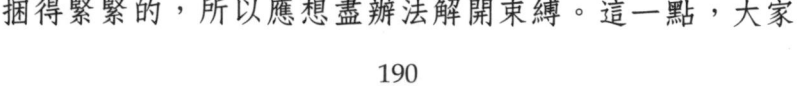

雖然沒得到聖者果位，但在平時的修行中，應該也能感覺到佛法的殊勝性。

壬二、道之順緣——精進：

解脫依賴於自己，他人不能作助伴，

具足廣聞戒定者，應當精勤修四諦。

證悟空性的解脫，完全依賴於自己的精勤，不可能僅靠他人幫助，就讓你毫不費力地出離輪迴。雖然有些論典說，依靠上師的加持和威力，可以讓弟子往生淨土，但這也要看你是否具有強烈的信心。如果沒有信心，縱然佛陀親臨也無濟於事，所以還是要靠自己。

釋迦牟尼佛曾對弟子說：「吾為汝說解脫之方便，當知解脫依賴於自己。」佛陀在度化眾生時，並不是把眾生直接拋到清淨剎土，而是宣說三寶、四諦、無我的法門，教給他們解脫方法，至於能否解脫，則依賴於各自緣分。上師也同樣如此，為你如實傳講佛法中取捨的道理、因果的道理，並教誡你要精勤修行，但如果你實在不聽，上師也沒有其他辦法。其實，世間的老師也是這樣，本來他有責任培養學生的智慧，可是學生若實在不爭氣，老師也無計可施，每天要打他罵他，老師也會生厭煩心的。所以，成就要靠自己的勤奮，對於特別懶惰的人，金剛道友可以暫時幫忙，但完全依靠別人讓你解脫，這是根本不可能的。因此，龍猛菩薩勸國王一定

好好地修行，不要認為自己是國王，上師就會把自己帶到極樂世界。

有些人自己不修行，一直依賴上師——「我的上師很了不起，我不用學法、不用修加行，什麼都不用，天天睡懶覺就可以。我想上師的時候，就祈禱一兩聲，上師的智慧眼一直關注著我，哪怕我睡懶覺，可能也看著我吧！」你對上師有這麼信心，當然非常好，可是若自己一點都不學，天天散亂懈怠、做非法事，你的上師再怎麼偉大，可能也沒有辦法。

因此，我們務必要精勤修行。修行的時候，先要對顯密教法廣聞博學，具備一定的智慧，同時，受一分以上的清淨戒律，心要專注法義。具備戒定慧三學以後，應該進一步修持四諦：首先「當知苦諦」，了知世間各種各樣的痛苦；然後「當斷集諦」，明白苦諦的來源是集諦，對此應當斷除；那用什麼方式來斷除呢？「依止道諦」，用道諦來斷；斷了之後，最終是「現前滅諦」。《瑜伽師地論》以重病、病因、病愈、良藥四者(57)，分別比喻苦、集、滅、道四諦。譬如，醫生要治療一個重病人（苦），先應知道他的病因（集），知道之後應病予藥（道），吃藥過後便可漸愈（滅）。因此，《涅槃經》說：「若能見四諦，則得斷生死。」假如真能現見

(57)《瑜伽師地論》云：「復次四聖諦說次第者：謂由此故苦，此最為初。如此故苦，此為第二。此二攝黑品究竟。由此故樂，此為第三。如此故樂，是為第四。此二攝白品究竟。譬如重病，病因，病愈，良藥。」

四諦，就可以斬斷生死輪迴的相續。

修持四諦真的非常殊勝，有關經典裡說，有漏法中，集諦為因，苦諦為果；無漏法中，道諦是因，滅諦是果⑱。如果你一點都不勤修，完全依賴佛陀讓自己解脫，這是很困難的。當然，倘若對佛陀沒有信心，想依靠佛力來往生更不可能。彌勒菩薩在《現觀莊嚴論》中說：「如天雖降雨，種壞不發芽，諸佛雖出世，無緣不獲善。」天王雖然降下雨水，但種子若已燒焦，則不可能出生苗芽。同樣，儘管許多佛陀已經出世，並轉了法輪，可是對佛沒信心、沒興趣的人，根本得不到善法解脫，只能漂泊在輪迴中不斷受苦。

所以，希望大家還是要靠自己，不要一味地靠別人，「我的上師非常了不起，我的道友非常了不起，我現在不用聽課啦！」不聽課對我們沒什麼損失，但對你而言，不聽課就不知道佛法，不知道佛法就不知輪迴痛苦，不知輪迴痛苦就不會想從中解脫，既然連解脫的念頭都沒有，那算什麼修行人呢？有些人認為自己上師了不起，其實這只是一種迷信。以前在果法期的時候，獨覺依靠身體顯示神變，可以讓有緣眾生獲得解脫，但如今是末法時期，善知識一定要通過講經說法，弟子將佛法的道理反反覆覆串習，斷除煩惱才能解脫，次第應該

---

⑱《涅槃經》卷十二：「有漏果者是則名苦，有漏因者則名為集，無漏果者則名為滅，無漏因者則名為道。」

是這樣的。可是很多人根本搞不懂，沒有通達解脫依賴於自己的道理，所以在這方面，大家一定要注意！

壬三（修學道之本體──三學）分二：一、總說三學；二、別說慧學。

癸一、總說三學：

> 理當恆常勤修學，殊勝戒律及慧定，
>
> 二百五十餘分戒，真實攝此三學中。

修道的本體是戒定慧三學，它包括佛教的所有內容，因此小乘也講三學，大乘也講三學，只不過有些內容不同而已，實際上它的大體意思沒什麼差別。我們作為修行人，一定要學習殊勝三學。為什麼叫「殊勝」呢？因為外道與世間道沒有這種教言，清華大學也好、哈佛大學也好，任何高等學府中都得不到三學教義，因此，它是極其殊勝、無與倫比的知識。

我經常這樣想：你們可以說有非常深厚的福分，否則在末法時代，不可能遇到如此殊勝的大乘法門。所以，大家應當經常勤修此戒定慧三學──「戒律」是一切功德之根本，「禪定」是令心安住於佛所傳下來的法義中，通達萬法取捨就是「智慧」。

龍猛菩薩告誡樂行國王：你應該具足這三學，因為出家比丘253條戒律完全可歸攝於此三學中。畢竟樂行國王的王妃也多，日常瑣事也多，不一定有出家的機會，

但只要好好地行持三學，出家功德也可以間接包括在這當中。

出家和在家的區別，主要是以戒律來劃分，在家人要守持五戒，而比丘有4個他勝罪、13個僧殘罪、120個墮罪、4個向彼悔、112個惡作罪，共有253條出家戒，比丘尼還有更多戒條。這些戒條是受比丘戒的人必須遵守的，可是樂行國王只要認認真真地行持三學，出家人的戒條就可以間接包括在這裡面，而且大乘菩薩戒的根本戒和支分戒也間接包括在這裡面。

現在有些居士非常虔誠，昨天我在一個地方遇到一位居士，他從18歲開始天天念度母，現在六十幾歲了，從來沒有間斷過。《二十一度母頌》比較長，但他念好幾百萬遍了，然後讓我迴向。他學佛的時間非常久，可是從來不厭煩，經常受八關齋戒，居士戒也一直沒有毀壞過，虔誠的信心從來沒有改變，縱然遭受十年浩劫等違緣，他仍一直默默地修學。當然，出家人中也有特別精進的人。不管在家人還是出家人，都應該具足三學的一切學處。

癸二（別說慧學）分二：一、說明出離染污品之理；二、說明善入清淨品之理。

子一（說明出離染污品之理）分二：一、厭離此生之方法；二、厭離一切輪迴之方法。

丑一（厭離此生之方法）分二：一、略說；二、廣說。

寅一、略說：

> 自在憶念所屬身，如來所示一捷徑，
>
> 彼當策勵勤守護，喪失正念諸法亡。

「自在」是對樂行國王的稱呼。作者說：自在大王啊，身念處的修法是佛陀為希求解脫者指明的唯一必經之路。倘若不懂得身念處，不可能獲得真實的解脫。佛陀在經中言：「能清淨一切眾生、能超離不悅痛苦、能辨別如理之法、能現前涅槃之唯一途徑，即此身念處也。」我們認識苦諦能清淨一切眾生，斷除集諦能超越一切不悅痛苦，依止道諦能辨別如理之法，證悟滅諦能現前涅槃，而修持這四諦的究竟竅訣，就是身念處。

身念處的觀想方法非常多，你可以觀想身體的來源是父母不淨種子；身體的結構是36種不淨物組成；身體的本性是吃下再清淨的食物，也能加工成臭穢的不淨糞。所以貪執身體沒有任何意義，一想到身體的種種醜陋，就沒必要天天忙著打扮、保養了。可如果忘失這種正念，任何善法功德都將毀於一旦。凡夫人對身體的執著非常強，若能將它看作是空性的、無我的、虛假的，修行會自然而然增長，但若對身體特別看重，家裡買很多大大的鏡子，門口放一個，洗手間放一個，臥室也放一個，天天在鏡子面前照來照去，這樣的話，所有的修

行時間都耽誤了。

《瑜伽師地論》說：「言正念者，不忘教授故。」所謂的正念，就是經常不忘教授，如果忘記佛陀在經典中的教授，一味耽著自己的身體，最終不可能證悟空性。我們作為修行人，應該對身體時時剖析，哪怕走路時，也要看著自己的手指想：「雖然我今天執著它，但終有一天會拋棄它，拋棄時它就不是我的東西了，所以貪著身體沒什麼可信的。就像乞丐撿到一件破爛衣服，壞了也不會傷心，同樣，假如我對身體沒有很大執著，把它看作一件暫時借用的工具，就算我得了癌症也不會痛苦。可如果沒有這方面的概念，始終把身體當作如意寶那樣保護，一旦出現損害，我肯定接受不了，修行也會以此而毀壞！」

大家理當護持這樣的正念，時常提醒自己不要執著身體。阿底峽尊者一生有三大竅訣：一是時時刻刻觀自心；二是長期修持菩提心；三就是不忘正知正念。我們也應不忘正知正念，常以正知正念觀察身體，不要跟沒有學過佛的人一樣，對自己的身體萬分耽著，出現一點點病痛，或者別人說你身體難看，就開始傷心不已。我們要認清身體的本質，只有這樣，相續中的煩惱才能得以泯滅！

龍樹菩薩親友書講記

第十二節課

寅二（廣說）分二：一、思維壽命無常；二、思維暇滿難得。

卯一（思維壽命無常）分四：一、思維死期不定而修無常；二、思維必死無疑而修無常；三、思維他理而修無常；四、此等之攝義。

辰一、思維死期不定而修無常：

這個修法對我們來講非常重要。我們學過《開啟修心門扉》和《札嘎山法》，其中都詳細描述了無常的修法，同時也講了若沒有生起無常觀，是不會重視修行的，出離心更不可能生起。所以，下面在分析的過程中，大家應該注意諦聽。

> 壽命多害即無常，猶如水泡為風吹，
> 　呼氣吸氣沉睡間，能得覺醒極希奇！

我們生命是無常，誰也無法確定何時會死。每一個人來到這個世間，生緣可謂少得可憐，而死緣卻多如牛毛——外在有人與非人的加害、地水火風的災難，內在有四大不調所引發的各種疾病，由於內外因緣所致，我們的生命很容易受到損害。甚至有些人為了生存而食用飲食、穿著衣裳，結果也是因方法不當而導致死亡。因此，《寶鬘論》中說：「死緣何其多，生緣何其少，彼等亦死緣。」

我們生存的因緣的確相當少，死緣往往突如其來，令人防不勝防。《地藏經》云：「無常大鬼，不期而到。」死亡驟然降臨時，我們只有一命嗚呼，《入行論》也說：「死神突然至，嗚呼吾命休。」每個人的生命就像被狂風吹動的小水泡，絕不會恆常停留，很快時間就會破滅。所以，我們生存的機會少之又少，甚至僅在吸氣與呼氣之間。晚上酣然入睡，在此期間沒有死去，第二天早上還能醒來，實在是太希有了。

佛陀在《遺教經》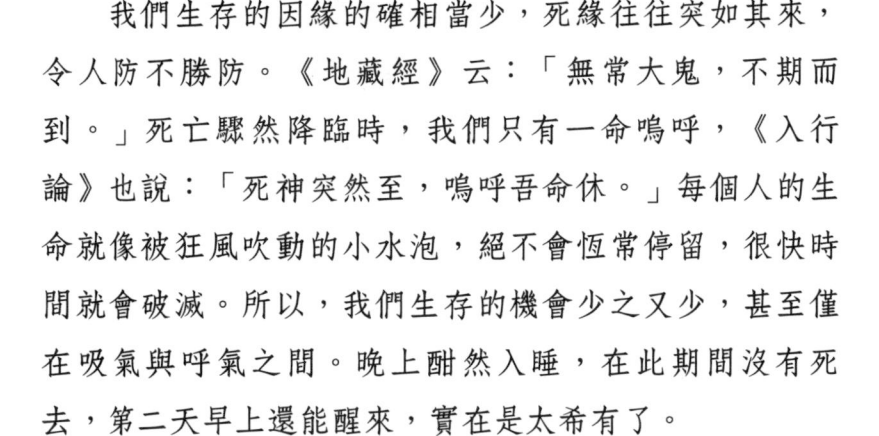⑤中說：「生命在呼吸之間。」有些人在吃飯時，猛然倒在地上，從此就沒有再起來；有些人上街時突然昏倒，趕到喊救護車拉去醫院，早已經斷氣了；有些人晚上睡時好好的，什麼都跟平常一樣，但早上就沒有醒來，永遠地睡下去了（以前學院有些出家人就是這樣）。不管你是什麼身分，遇到死亡也在劫難逃。我坐車時有時候就想，萬一司機在呼吸之間死了，我也會跟著他翻車而死，所以死亡何時來臨是不定的，生命確實沒什麼保障。寂天菩薩說：「或思今不死，安逸此非理。」如果認為自己今天肯定不會死，或是今年肯定不會死，就在放逸中度日，這是不合理的。《因緣品》也說：「明日死誰知，今日當精進。」明日你是否會死是很難說的，因此，不要「明日復明日」，

---

⑤此處指《四十二章經》。《佛遺教經》、《四十二章經》、《八大人覺經》，合稱為佛遺教三經。

當下就應該精進，否則，修持佛法不能成功。

　　有些人面對死亡時，似乎很安然、很快樂，印度詩人泰戈爾說：「我熱愛生命，我也同樣熱愛死亡！」我看了之後想：「假如他是凡夫人，連生命的真相還沒搞明白，就說一點都不怕死，恐怕是大話。但如果是有一定境界的大修行人，說這種豪言壯語也合情合理。」

　　現在很多道友都愛聞思，這是非常好的現象，但若只聞思而不修行，當你大限來臨時，可能無法坦然面對。如果你對死亡沒有把握，那現在有機會的時候，應該精進修行，最起碼要生起萬法無有實義的出離心，對輪迴真正有一種厭離心，在此基礎上，修任何法才會很順利、很成功。

　　我們學院的很多法師，以及一些輔導員，講了很多年無常的道理，包括我在內，對壽命無常、人身難得也重複過無數次。可是死亡真正降臨到頭上時，我們有沒有密宗中陰所講授的引導呢？有沒有這方面的境界呢？或者有沒有經常祈禱上師、祈禱阿彌陀佛，平時做一些準備呢？假如沒有任何準備，死亡還是很可怕的。如果你早有準備，即使發現自己得了絕症，已經病入膏肓、無力回天，那個時候你也不會哭天搶地，而會安住在自己的境界中。就算是暴死橫死，沒有時間修行，只要像《妙臂請問經》所說，一剎那間憶念善法、觀想佛陀等等，也能轉生到清淨剎土去。所以，大家平時應該多觀

修無常，為死亡做好準備，這是極其重要的！

辰二、思維必死無疑而修無常：

　　身際成灰乾腐爛，終究不淨無實質，

　　當知一切皆壞滅，各自分散之自性。

　　有些人可能認為生命雖然無常，但身體不會毀壞，怎麼給他無常道理，他也聽不進去，還要執著自己的身體。那麼，不妨讓他思維一下身體的最終結果。

　　《白蓮花經》云：「有生必有死，有聚必有散。」每一個眾生都要面臨死亡，死時不得不捨棄心愛的身體。捨棄之後，這個身體很快要被處理掉，即使是最喜歡你的家人，也會討厭你的屍體——「臭得不行了，趕緊把它處理了！」處理的時候大多是火化，有些人把屍體送到殯儀館，自己在門口等一會兒，原來的屍體就變成一把灰了，然後他捧著骨灰壇，哭哭啼啼就回家了。

　　有些人死在人跡罕至的山洞中，屍體被風吹日曬，慢慢風化乾枯，只剩下一個骨架，漸漸地，骨架也化為微塵。有些人死後作土葬，逐漸腐爛，污穢不堪。有些人死後作水葬，屍體被泡得面目全非，最後也糜爛殆盡。還有些人死後作天葬，屍體被喜歡腐屍的動物撕食。佛經中也說：「諸比丘，眾人死亡之身體，或作火葬，或作土葬，或作水葬，或被喜歡腐屍的動物啖食……」對身體的最終狀況有詳細描述。因此，我們要

認識到身體本是各自分散、支離破碎的自性。每個人特別珍惜自己的身體，生時被針刺一下也不願意，但到了一定時候，它必定會損壞毀滅，沒有任何實質。寂天論師也說：「他骨及吾體，悉皆壞滅法。」

不過，現在人確實對保護身體特別講究。有些老年人為了自己長生不老，從早到晚吃各種保健品，但無論吃什麼東西，也不能得到長壽持明的果位；有些年輕人千方百計地保養身體，希望能夠青春永駐，但誰也不能永不衰老。所以，我們一定要明白身體的本質，遭受違緣或疾病時，應當安住在以前的境界中，不必心煩意亂。同時，要對佛法生起堅定不移的信心，因為佛陀早在經典中揭示了無常的道理，過去自己只是道理上明白，今天終於親身體會到了。若能這樣修行，懂得無常的觀念，面對死亡也不至於手忙腳亂。

辰三、思維他理而修無常：

大地山王與海洋，終為七烈日所焚，

有情化為塵無餘，弱小人身豈堪言？

或許有人認為：「我的身體雖然無常不實，不得不面臨死亡，但大地、須彌山、七大海洋等器世間，應該是堅不可摧、牢不可破的，在世間上會永恆長存。」

這種想法也不正確。金剛大地、七座寶山、七大海洋、四大部洲為主的器世間，雖然壽命比我們人類要長

第十二課

得多，可它並不是永久不壞的。按佛教的說法，在壞劫時，七火（七個烈日）會將一切焚為灰塵，然後灰塵被洪水吞沒，狂風吹過後，萬事萬物變成一大虛空。《佛說無常經》也有這麼一句話說：「大地及日月，時至皆歸盡，未曾有一事，不被無常吞。」

　　所以，器世界和有情世界全部是無常的。佛經中說：「三界無常如秋雲，有情生死如觀戲。」或者說：「三界無常如秋雲，有情無常如水月。」雖有不同的說法，但不管怎麼樣，器世界的無常就像秋天的白雲，一會兒將天空裝扮得絢麗多姿，一會兒又消失得無蹤無影，沒有任何可靠性；而有情世界的無常如同看戲，一會兒這個動作，一會兒那個動作，一會兒扮演餓鬼，一會兒扮演天人，可以說千姿百態、形象萬千，沒有一個固定的。

　　器世界再怎麼堅固，最終也會被無常所吞，難逃七日所焚的命運。「七日」有不同的說法，有些經典說是七個太陽依次出現，焚毀整個器世界；有些經典說是一個太陽，不過具足七個太陽的熱量。無垢光尊者在《大圓滿心性休息大車疏》中說：「實際上，出現了一個具有百俱胝太陽熱量的太陽而焚毀一切。爾後塵埃為水所沖，為風所吹，最後成為一虛空。」

　　現在的科學預測，與此說法也比較相似。科學家預言：太陽的壽命是100億年，現在還有50億年，50億年

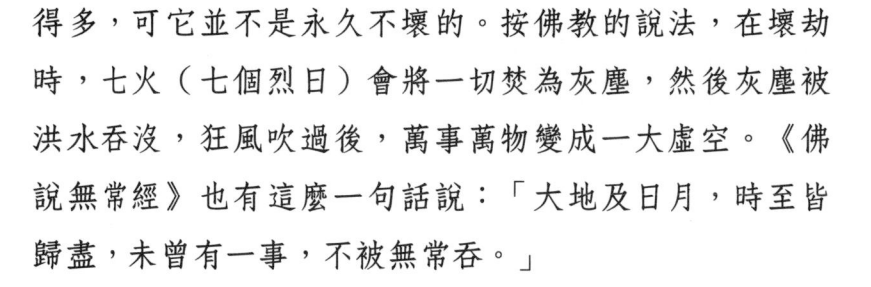

龍樹菩薩親友書講記

之後，太陽會膨脹成一顆紅巨星，吞沒離自己最近的水星、金星，地球也將變得越來越熱，甚至最終投入太陽的懷抱。這種說法與無垢光尊者在《心性休息》中的觀點幾乎一致，不管是紅巨星吞沒也好，一個具有強烈溫度的太陽摧毀也好，最後都是以「火」來毀滅世界的。

當然，科學家們的說法也有不同：有些認為在幾千萬年後，地球會與水星或火星發生碰撞，地球表面由熔岩海洋覆蓋，所有的生物都會滅絕；今年年初，澳大利亞科學家的一項最新研究還發現，太空中一個像「彩色火輪」的螺旋天體，可能會在未來幾十萬年裡爆炸，屆時將發射大量伽馬射線⑥，會導致地球毀滅。

但科學界最普遍的說法，就是太陽變成紅巨星來吞沒地球，如同佛教所說，太陽將毀滅整個世界。到了那時，按照《俱舍論》的說法，有情早已遷移到他方世界去了，在欲界連一個微塵也不會剩下，更何況是我們這個弱不禁風的身體了。如《前行》中所言，高僧大德也好、世間尊主也好，無一可以避免無常，我們脆弱的軀體更不可能恆久存在，因此應當有種無常觀，經常憶念死亡。

從前，噶當派的很多格西，覺得自己睡覺時也許會死掉，明天不會醒來，所以晚上睡前把碗扣下，一切時

第
十
二
課

⑥伽馬射線爆發是宇宙中最有力的爆炸。它在一毫秒到一分鐘之內釋放出的能量，相當於太陽100億年釋放的能量。地球上直接面對伽馬射線爆發的那一面，會經受相當於核爆炸的輻射。

分都對死亡生起信解。我們也應該像他們那樣，時時有種緊迫感：「我馬上要修行，不修的話，無常到了以後，想修行也來不及了。到了那個時候，念一聲阿彌陀佛也很困難。」現在有些人沒有無常觀——「我現在沒有時間修行啊！再過十年我準備退休，退休以後把兒子送上大學，然後我再到你們學院出家。到時候，上師您一定要攝受我啊！」那個時候你我可能都不在了，變成了兩堆塵土，什麼都化為烏有了。所以，沒有無常觀念的人說起話來，我們聽著非常可笑，但也不敢當面笑，只有悄悄地在心裡笑，一般人是瞧不出來的。

辰四、此等之攝義：

> 如是無常與無我，無依無怙無存處，
> 輪迴無實如芭蕉，人君汝心當厭離。

通過以上分析，裡裡外外、林林總總的萬法，均是無常、無我的本性，這個輪迴沒有能救護你的皈依處，也沒有能饒益你的怙主，更沒有讓你永遠不死而安身之地。上至非非想天、下至無間地獄，形形色色的法均沒有實質，感情、生活、錢財、地位、名聲等一切的一切，好似空洞無實的芭蕉。所以龍猛菩薩說：人中之王的樂行國王啊，你應當對輪迴心生厭離。

大家一定要修無常，通過修無常，才會對輪迴生起厭離之心。很多人喜歡問別人：「你得過大圓滿灌頂沒

有？你得過最無上的法沒有？《繫解脫》得過沒有？《上師心滴》得過沒有？」一直從上往下問。連幼兒園都沒讀過，就問讀過大學沒有，確實有點可笑。其實我們要問的話，應該問：「你修過無常法沒有？生起出離心沒有？」如果有，再問：「那你修過五加行沒有？」次第應該是這樣的。

宗喀巴大師說：「如果最初沒有對輪迴產生強烈的厭惡心，縱然孜孜不倦地聞思修行，也不會成為超越輪迴及惡趣之因。應當將生起次第和圓滿次第等高深的法暫時束之高閣，先精勤修持出離心，直至出離心生起為止。」藏傳佛教的基巴大師也說：「倘若不能對輪迴生起厭離心，想超離輪迴簡直是癡人說夢。」

所以，大家一定要有無常觀，否則修行不可能成功。《法句經》中說：「若人壽百歲，怠惰不精進，不如生一日，勵力行精進。」一個人即使活了100歲，但整天懈怠懶惰，一點都不精進，渾渾噩噩混日子，不如一個人只活一天，但這一天中非常精進。可見，沒有精進的人，即使住世百年，智慧、功德也無法增上。

我們務必要抓緊時間修行，如果不嚴格要求自己，一天的時間過得很快，不要說一天，十分鐘一眨眼就過了。我想休息十分鐘再看書、再修行，看錶的話，「嚓嚓嚓——」，還是有一定的時間，但如果不注意，十分鐘轉眼就過了，一天也做不了什麼事情。可是翻閱有些

高僧大德的傳記，他們一輩子就好像活了好幾百年，做的事情特別特別多，原因是什麼呢？就是因為他們會用時間。

古人言：「一年之計在於春，一日之計在於晨，一家之計在於和，一生之計在於勤。」這話講得非常有道理，跟佛法的內容不謀而合。在一年中春天十分關鍵，如果春天不播種，秋天不可能收穫莊稼，包括我們學院的一些建築，春天若沒有做好準備，秋天不可能如期完工，所以今年剛開始的時候，我要求大家安排好修行，每個人應該做好打算，現在大半年都過了，不知道你們做得怎麼樣了；在一天中清晨很重要，如果你起得早，功課、背誦、修行都會有充裕的時間，假如睡到11點鐘才起床，半天已經過完了，修行根本沒有希望了；在一家中和睦相處很重要，現在許多家庭不和，有再多財產、房屋、轎車也沒用，大家都生活得很痛苦；尤其是最後一句——一生的大計在於精進，倘若沒有精進，無常大魔往往不期而到，短暫的人生中也修不了什麼法。

法王如意寶一輩子念了九億心咒，弘法利生的事業極其廣大，又講了那麼多經論，我們凡夫人真的相差懸殊。法王如意寶是七十幾歲時圓寂的，可是世間上活到七十多歲、甚至是八九十歲的人也不少，他們一生中又做了什麼呢？儘管凡夫與聖者不能同日而語，但我們作為凡夫，也應該盡量抓緊時間精進修行。

龍樹菩薩親友書講記

卯二（思維暇滿難得）分三：一、總說轉生普通人身難得之理；二、別說具四輪之人身；三、思維遠離違緣八無暇之理。

辰一（總說轉生普通人身難得之理）分二：一、宣說轉生為人難得之理；二、譴責依此人身造罪。

巳一、宣說轉生為人難得之理：

> 大海漂浮木軛孔，與龜相遇極難得，
>
> 旁生轉人較此難，故王修法具實義。

講《前行》的時候，也引用過此頌作為教證。這是佛經中的一個假設，不是真有這麼一回事，主要是讓我們明白人身難得，尤其是修持佛法的人身更難得。

怎麼樣難得？假設整個三千世界變成一汪洋大海，海面上有個漂浮不定的木軛，它上面有一小孔。在海底有一隻盲龜，每百年上升到海面一次。盲龜並非經常浮出海面，木軛也時時隨風飄蕩、剎那不停，可想而知，二者相遇必定十分困難，但是憑著偶爾的機緣，盲龜的頭也能正好插入木軛孔中。而我們由旁生轉為人身比這更為困難。

如果旁生轉為人身都這麼難，餓鬼和地獄眾生轉為人身更是渺渺無期了。為什麼呢？因為要轉為人身的話，至少要受一分別解脫戒，可是這對旁生來講，簡直是天方夜譚。我們只能在旁生的耳邊念三寶名號，但是讓牠對三寶生起誠信，以意樂心磕一個頭，守一天八關

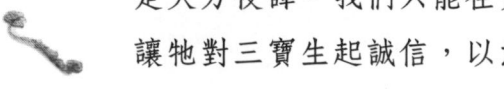

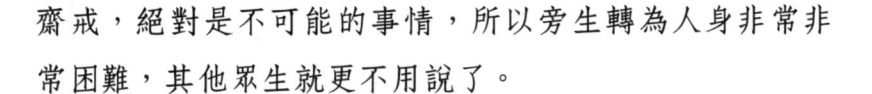

齋戒，絕對是不可能的事情，所以旁生轉為人身非常非常困難，其他眾生就更不用說了。

那麼，是不是惡趣眾生永無出頭之日了？也不是。早在多生累劫之前，它們也種過善法的種子，一旦時間和因緣聚合，種子開始甦醒，它們也有轉人身的機會，只不過這種機會非常渺茫。《涅槃經》云：「壁上撒豆，針尖著芥，如偶值者，尚較得人身為易。」由此可知，得人身有多麼不容易。

現在很多人造業非常可怕，來世很容易轉生到三惡趣。放眼整個世間，無數人每天殺生，每天造惡業，未來的前途只能是墮入地獄、餓鬼、旁生。《中觀四百論》也講過：「由於諸人類，多持不善品，以是諸異生，多墮於惡趣。」由於在南贍部洲的人類，大多數行持不善業，以此諸隨業流轉的凡夫，多半會墮於惡趣。所以，得人身非常非常困難，得一個具足十八暇滿的人身就更是難上加難，《中般若經》亦云：「轉成人身尚難得，何況暇滿皆具足？」

關於人身難得，《提謂經》也有一個比喻說：一個人站在須彌山頂，吊下一縷細絲，在須彌山下另一個人拿一根針迎著，中間刮著猛烈的旋風，要想細絲恰好穿進針眼是非常困難的，但我們得到人身比這更難[61]。

㉑佛在《提謂經》中云：「如有一人在須彌山上，以纖縷下之，一人在下持針迎之，中有旋嵐猛風，吹縷難入針孔。人身難得，甚過於是。」

有些人在大城市裡看到密密麻麻的人群，就認為得一個人身很容易，其實這種想法不對。以前佛陀看到一個螞蟻窩，有無數螞蟻在來來去去，佛陀不禁發出歎息。阿難問佛為何如此，佛陀說：「七佛都已經出世了，牠們還沒有脫螞蟻身，真是太可憐了！」

我們若沒有聽聞佛法、行持善法、守持淨戒，也不可能有機會獲得人身。因此，大家應該經常在三寶面前好好祈禱，令自己的人身具有實義，不要像世間人一樣，每天吃吃喝喝、造惡業，幾十年很快就過了，一生也沒做什麼善事，造的全部都是惡業。所以，擁有人身如意寶時，一定要學會珍惜，一旦失去了，想後悔也來不及了。

巳二、譴責依此人身造罪：

誰以寶飾之金器，清除骯髒嘔吐物，

轉生為人造罪業，與之相比更愚蠢。

若有人用鑲嵌著松石等七寶飾品的金器，清除骯髒不堪的大小便、嘔吐物，那很多人都會嘲笑他，把他貶為「蠢人」。本來，純金做的物品價值昂貴，即使世界各國體育比賽，最高的獎也是金牌，然後再是銀牌、銅牌。兩千多年前龍猛菩薩時代時，最貴的東西也是金子，如果用金器來掃廁所，或者用奧運會的金牌清除不淨糞，誰都會覺得這太愚癡了。同樣，我們獲得極其難

210

得的人身，從因緣、比喻、功能等各方面看，若沒有用它行持善法，反而為非作歹、無惡不作，沒有比這更愚不可及的了。《入行論》也說：「既得此閒暇，若我不修善，自欺莫勝此，亦無過此愚。」有些人獲得人身之後，從來不行持善法，頻頻造下彌天大罪，但是也沒辦法，眾生業力現前時，佛陀的妙手也無法擋住，我們只能默默發悲心而已。

大家有緣聽受如是圓滿的佛法，的的確確非常有福報，依靠這樣的佛法，可令無量眾生擺脫生死大海而趨入究竟涅槃的金洲。我們依此解決生死大事才是明智之舉，否則，有些人成天殺生、喝酒、抽煙、做非法事，歡歡喜喜造惡業，哭哭啼啼受報應，最終定會感受痛苦，這是絕不欺惑的因果規律，大家一定要注意。

普穹瓦格西說過：「獲得難得的人身而沒有造善業，跟擁有珍貴的金器卻不用沒有差別；得到人身後如果造罪業，則相當於把金器換成傷害自己的毒藥。」所以，我們擁有人身的時候，務必要行持佛法。依靠上師和諸佛菩薩的加持，了知人身難得、壽命無常、輪迴痛苦，對這些道理要經常思維，思維的時間越長，修行基礎越牢固。不然，今天在這個上師那裡求加持、得灌頂，明天在那個上師那裡求加持、得灌頂，自己卻什麼法都不修，跟別人談話時滿口大話：「我看過《妙法蓮華經》，我依止過某某大活佛，我念過淨土宗的阿彌陀

龍樹菩薩親友書講記

佛名號……」什麼樣的話都能從嘴裡說出來，可是心裡一點調柔都沒有，臨終時只能是手抓胸口，在痛苦不堪的狀態中一命嗚呼。我們不希望變成這樣，既然擁有了難得的人身，又值遇了能解決生死大事的佛法甘露，只要去認真修持，就沒有解決不了的問題。

對於這樣的修行教言，大家應當重視，一定要把它背下來。背《親友書》，我已經提過好幾次了，學院的道友可能不當一回事，隨隨便便就背完了，但對城市裡的在家居士而言，生活的壓力那麼沉重，可能還是有一點困難。畢竟在家人跟出家人的壓力不同，出家人的物質條件再差，生活上也不會有太多擔憂，而在家人無論有什麼樣的地位和財產，心裡始終有一種壓力，這種壓力對修法也會帶來很多影響。但不管怎麼樣，不能因為有壓力而放棄佛法，讓大好時機與自己擦肩而過。我們一定要抓緊時間把《親友書》學好，學好之後對相續一定會有幫助。自古以來高僧大德都這麼重視的法，我們後學者也值得認真修學，這樣一來，對自他均會帶來無比的安樂和利益！

第十二課

第十三節課

《親友書》正在講「人身難得」，這分為三個方面：總說轉生普通人身難得之理；別說具四輪之人身；思維遠離違緣八無暇之理。第一個已經講完了，現在講第二個。

辰二（別說具四輪之人身）分二：一、總說四輪；二、分說善知識。

巳一、總說四輪：

講「人身難得」時，有些講義側重的是十八暇滿，這裡是講具有四輪的人身很難得。

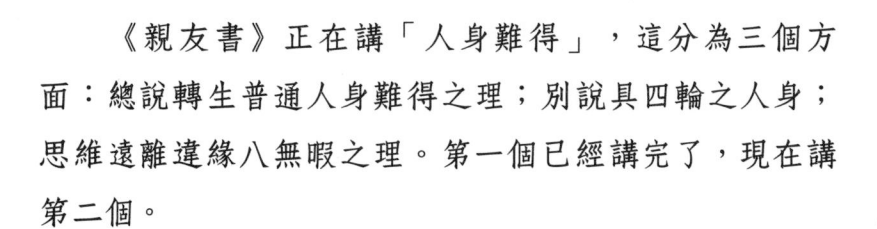

> **身處隨聖之境地，依於殊勝之正士，**
> **已發宏願積大福，此四大輪汝具足。**

四輪人身是佛經中的一個比喻。打個比方，你要到很遠的地方去，靠步行的話，很長時間才能到達，而依靠四個輪子的車，則可迅速抵達目的地。（古代沒有飛機、自行車、摩托車，在地上，四個輪子的車是最快、最安全的。）同樣，我們若想快速前往解脫之道，到達涅槃的彼岸，也必須依靠這種四輪人身。

所謂的四輪，是在修行中的四種順緣：

一、「身處隨聖之境地」：是指依止順境，處於人間或天界中。有些講義說，得到人身才有解脫的機會。

兜率天、他化自在天等也可以解脫，但從別解脫戒所依的角度講，不像人身有那麼好的機緣，不過天人畢竟比三惡趣有福報，所以有些大德或成就者也有轉生天界的現象。

或者解釋為，我們應依止適合修行的寂靜地方，遠離容易生煩惱、嘈雜喧鬧的惡劣環境。《俱舍論》中說，如果對境不清淨、煩惱種子沒有斷，再加上有非理作意，這三種因緣聚合就會產生煩惱。我們作為一個凡夫人，依止順境非常重要，自己的修行境界要想得以穩固，外在的環境有很大影響。古德先賢也特別重視環境的選擇。孔子曾說「危邦不入」、「亂邦不居」，特別雜亂的地方，他永遠不會居住。有一個上師也講過：「我願意居住的地方，是離婚率比較低、青少年犯罪現象比較少的地方。」

第十三課

現在有些城市特別亂，這樣的環境不要說修行，就連自身的財物、性命都難以保障。所以比較清淨的地方，尤其是蓮花生大師等大成就者加持過的地方，非常適合修行人居住，哪怕在那裡待幾天，也有無量無邊的功德。《月燈經》說過：「若有人數劫中於一切佛前供養鮮花、薰香、塗香、神饌、舒適資具，有人以極大厭離心向靜處僅邁七步，則此福德勝過前者無量倍。」

因此，我們首先要選擇適合修行的環境。有些人剛開始比較注意修行，希望自己不要退失道心，然而逐漸

受惡劣環境的影響，不知不覺間，信心、悲心、菩提心等就悄然退失了，最後自己什麼都沒有，非常可惜。

二、「依於殊勝之正士」：指依止殊勝大德。一切解脫均依賴於上師和同行道友，所以，我們要依止有道心、有智慧、有悲心和利他心的正士。這個問題在下一頌詞中有廣說，我在此不詳細闡述。

我們完全依靠自己的能力，想要修行圓滿，有一定的困難。為什麼我經常要求大家聚在一起共同學習？就是因為共同學習的力量非常強。即使是像我們這樣的人，將近二十年沒有離開過聞思和上師，可是若單獨一人學習修行，可能也會慢慢退失信心。因此，跟見修行果一致的大乘道友共同修行，這是非常重要的。很多人都想一個人好好修行，其實你的修行功夫尚未得以穩固之前，這樣做恐怕比較危險，如果離開了上師和道友，修行不一定會圓滿成功。

三、「已發宏願」：是指要發宏誓願。我們行持任何一個善法，均應以利益眾生的菩提心攝持，哪怕坐一座禪、念幾分鐘課誦，聞思修行、放生、轉繞等，也要迴向天邊無際的一切眾生獲得暫時與究竟的快樂，為利益眾生和成就佛果而默默發願。

若沒有這樣發願，就算做了很大的善事，善根也不會廣大。我們學過許多大小乘經典，裡面都說如果在佛前發誓願，將來定會得以現前。所以，即使你在佛前供

龍樹菩薩親友書講記

一盞燈、點一根香，心裡也應該發善願。我常看見很多男女老少在寺院裡拜佛燒香，他們發的願就是「讓我家庭平平安安」、「讓我生意興隆，多賺一點錢」，這種發願沒有什麼實在意義。

四、「積大福」：指往世中曾積累廣大福德。我們今生能遇到大乘佛法，依止殊勝上師，有機會修持無上佛道，並不是平白無故、無因無緣的，而是多生累劫中積累過廣大資糧所致。我們現在仍要不斷地積累資糧，若沒有資糧，獲得究竟佛果是不現實的，這在《寶鬘論》等諸多經論中也講得非常明白。

綜上所述，這四輪是趣入解脫不可缺少的途徑。無垢光尊者的《如意寶藏論》、智悲光尊者的《功德藏》等論典中，均引用過《親友書》這個教證宣說四輪的重要性。龍猛菩薩對樂行王說：你作為一國之君，理當全部具備這四輪。

其他的四輪馬車有沒有也不重要，最關鍵的是要依止順境、親近正士、發大宏願、積累福報，這四大輪不可缺少。倘若少了其中一個，就如同車子少了一個輪子，修行是不可能圓滿成就的。現在有些上師說：「我需要四輪轎車，否則當不上活佛，你可不可以給我啊？」這四個輪子有也可以、沒有也可以，前輩大德沒有轎車也能現前寂滅果位，你最需要的是四輪人身，看看自己是不是安住順境？有沒有依止善知識和善友？平

時的修行有沒有發願和積累資糧？如果四個因緣都具足，那你應當生起歡喜心。

這四輪與不離空性、不捨眾生也有很大關係，若能經常行持，一切邪魔外道無法加害你，因為對誓言堅定、常行善法之人，佛陀會時時加被。《般若攝頌》云：「安住空性不捨悲，如說而行佛加持。」本來，修行人有四大魔製造違緣，但有一種人不受內外魔的干擾，哪一種人呢？具有殊勝智慧，安住於空性境界中；以大悲心不捨一切眾生；在諸佛菩薩面前承諾利益眾生的誓願永不退失。具足這三個條件的人，諸佛菩薩會日夜護念加持，任何魔也不能作祟。這個教言在《前行備忘錄》中有詳細的解釋。

所以，具足四大輪的人，應該安住在智慧中，同時要不捨眾生，不放棄菩提心。若能如此，諸佛菩薩、傳承上師和護法空行會時刻加持，你不用經常膽戰心驚，每天害怕有小偷來了、魔來了，走路時也是左看右看。如果安住在空性中，空性中哪有小偷、哪有魔啊？什麼違緣都沒有。其實利益眾生時，這些違緣都是修行的順緣。

《般若經》中說，如果有人用檀香供養你，有人用兵器把你割成一塊一塊的，倘若你能如如不動，對兩個人同等對待，說明真正修到了平等觀。我們口頭上都會說諸法平等，但實際上，這個人讚歎我，我就非常高

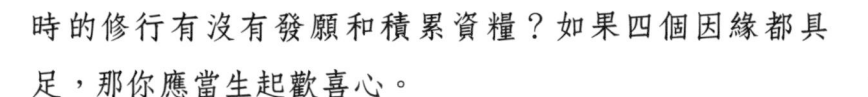

興，要給他報恩；那個人不要說用兵器殺我，僅用惡言罵我幾句，我也特別不高興，這說明沒有達到平等觀。

我們作為修行人，無論出家還是在家，都應該把這些法語牢記於心。以前一聽「四輪」就以為是四輪馬車，現在學習了之後，應當明白四輪的含義。（以後考試時，我可能會問：「什麼叫四輪？請詳細說明你具不具足這四輪。」看大家能不能答得上來。）否則，你對佛法的術語一竅不通，世間亂七八糟、甚至是罵人的教證理證非常豐富，一開口就是從古至今的種種髒話，善法方面的教證一個也沒有，這樣不太好。應該要改過來，想想以前的大德和合格的修行人是怎麼做的、怎麼修行的，自己也不要有太大差距。

巳二、分說善知識：

依止真實善知識，梵行圓滿能仁說，

是故當依諸大德，依佛多士得寂滅。

我們理當以三種承侍一心一意恭敬依止具法相的善知識，《華嚴經》云：「若令善知識歡喜，則能獲得一切佛菩提。」依止善知識能使梵淨行得以究竟，「梵淨」是指涅槃，「行」是指道或者修持。我們修解脫道而得涅槃的過程中，所有的功德均依善知識而產生，這不是凡夫人說的，而是三界導師釋迦牟尼佛親口所言。當時阿難說：「善知識和善友在我們修梵淨行時，能起

到一半的作用。」佛陀說：「錯了！不是一半，而是起到全部的作用。」因此，凡入於佛法、想前往解脫的修行人，理當以恭敬心、恆常心依止具法相的善知識。古往今來的歷史中可以看出，假如把善知識當作佛陀來依止，如理如實地修行，就可以獲得無有煩惱障和所知障的寂滅果位。

所以，大家在修道的過程中，首先要依止一位合格如法的上師。如果沒有上師，趨往菩提的漫長道路上，很可能會被違緣打敗。有些上師用一個比喻說：譬如一個乞丐，他要去遙遠的地方，路上撿到一大袋黃金，由於單槍匹馬、勢單力薄，不一定對付得了虎視眈眈的強盜。同樣，我們凡夫人有一些信心、利他心、希求解脫的心，這些功德猶如寶貴的黃金，可在菩提路中若沒有善知識的護持，很容易被煩惱的強盜搶劫一空，最終無法安然到達目的地。因此，依止殊勝上師相當有必要。若沒有上師一一開示取捨之理，我們不會懂得輪迴的過患、解脫的功德。現在很多人就是因為沒有遇到善知識，妄執常、樂、我、淨四種顛倒，不要說沒有學佛的人，就算是學習多年的佛教徒，對哪怕人身難得的道理也沒有通達。

當然，上師不能隨隨便便去依止，一定要尋找具法相的善知識。仁達瓦大師在《親友書注疏》中引用《經莊嚴論》的教證講了善知識的十種功德，如頌云：「調

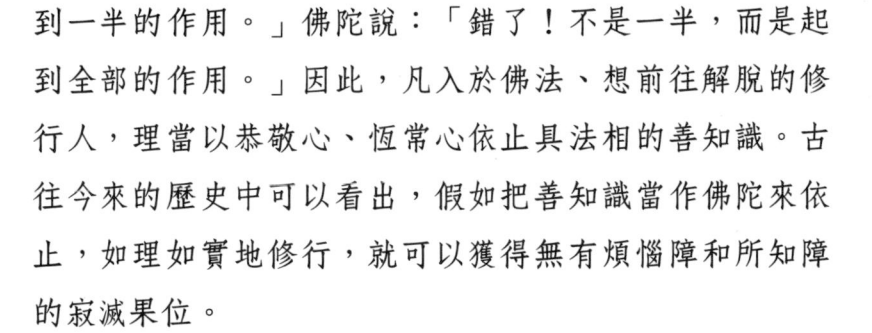

靜除德增，有勇阿含富，覺真善說法，悲深離退減。」

這十種功德分別是：

一、調柔：與戒相應故，諸根調柔，言行舉止等威儀非常如法。

二、寂靜：與定相應故，內心安住寂靜，不會很粗暴。

三、除惑：與慧相應故，具有智慧，能斷除一切煩惱。

四、德增：上師的德行不能比弟子低劣，最好能超越弟子，或者與弟子平起平坐。否則，上師一點功德都沒有，一部論典也不會背，而弟子的功德遠遠超過他，五部大論全部精通，末法時代這種現象比比皆是，這樣的上師不應依止。

五、有勇：修行極為勇猛精進。如果上師很懶惰，一點都不精進，八點鐘還在睡懶覺，弟子四點鐘就起來了，那上師應該不好意思。作為上師，起碼要超過弟子一個小時，弟子八點鐘起來的話，上師則應七點鐘就起來。

六、阿含富：指廣聞多學、教授富足，不管顯宗還是密宗的道理，都學得比較精通。不然，上師連一部論典都沒有學過，弟子卻對顯密一切經論通達無礙，那上師有什麼資格教弟子呢？

七、覺真：上師應該要現證真如，對法性有一定的

證悟和覺受，這一點必須要具足。

八、善說法：上師要能傳講佛法，無論是教證也好、理證也好，都能恰到好處地運用自如。

九、悲深：對弟子的悲心深切。倘若弟子生病了，或者有特別大的困難，上師不聞不問、置若罔聞，而遇到自己的事情時，他就顯得比較熱心，這說明上師不具大悲心。華智仁波切、智悲光尊者、無垢光尊者都一致認為：上師若具足所有的功德當然最好，但若實在無法具足，至少也要具足大悲菩提心。尤其是大乘行人所依止的上師，若連大悲心都沒有，要攝受弟子是非常困難的。

十、離退減：在修道的過程中，聽聞再深的佛法、遇到再大的違緣，也不會怯弱而生退卻。如果一個弟子稍微說他兩句，他就要收拾行李離開，那是不行的。你要想真正攝受末法眾生，就應該經得起一切違緣和邪行。每個弟子都如理如法是不可能的，假如他們像阿難、目犍連一樣三門寂靜，也沒必要讓你去度化了。正因為這些人無始以來善根微薄，沒有遇到殊勝善知識，因此，所作所為都是顛倒而行、非法而行，需要你通過各種方式以大悲心攝持，對他們不應生厭倦心。包括學院的很多法師，也不要遇到一點小事就不想教了。我個人多年的經驗是：凡夫人中不可能沒有壞人，很多人忘恩負義，即使你對他非常好，把甚深佛法都傳給他，以

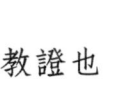

龍樹菩薩親友書講記

慈悲心關照他，他也不一定感恩圖報，很多行為根本沒有顧忌。但即便如此，我們仍要以大悲心對待一切眾生，這一點尤為關鍵！

這裡給大家簡單講了一下《經莊嚴論》的教證。上師如意寶經常引用它，記得我們去五台山時，我的書裡就夾了這個教證，看書時拿它做書簽。至今已經二十多年了，但那些字仍時常浮現在我眼前，當時的情景也是記憶猶新……

總之，我們依止上師時，一定要先觀察他是否具足法相？如果沒有，那最好不要去依止。但如果你已經依止了，則應該如理如法地恭敬，這是很重要的。

辰三、思維遠離違緣八無暇之理：

　　執持邪見轉旁生，投生餓鬼墮地獄，
　　無有佛教於邊地，轉成瘖啞野蠻人，
　　長壽天生任一處，此等即是八無暇，
　　遠離此等得閒暇，為不轉生當精進。

此處講遠離八無暇而精進修持。字面意思很好懂，有佛教基礎、學過《前行》的人，一聽就知道在講什麼，但是，你們有沒有思維過其中的意思呢？

這裡是說，有些人可能想：「四輪所依的人身雖然難得，但要我修行的話，我沒有空啊，每天有很多事情要做，怎麼有修行的時間呢？」其實作者在這裡說，真

正沒有修行機會的是八無暇，如果遠離了這八種無暇，就算你平時再忙，也可以抽出時間修行。

那麼是哪八種無暇呢？

一、持邪見者：對上師、三寶、因果、輪迴、涅槃等不起信解，自相續被邪見染污，對佛陀正法生不起信心，或者是持常見、斷見的各種外道派。我們有些人雖然不是外道，但內心的邪見很重，佛陀說的也不相信，菩薩說的也不相信，上師說的也不相信——「他們說得都不對，我的智慧應該超過他們！」有了這種邪見，你相續中的善根不會增上，即使佛陀那樣功德圓滿的人來到你面前，你也不一定起恭敬心。例如善星比丘，他於二十五年中當佛陀侍者，但是對佛陀無有絲毫信心，唯生邪見，以至於最後墮為餓鬼。

你們很多人從小就接受不正確的教育，相續中的見解非常可怕，尤其是有些人喜歡看一些邪說、邪書，這對自己沒有任何利益。對我個人而言，假如沒有駁斥等其他必要，根本不想看這些非法的書。前段時間有一本書專門誹謗因果、誹謗佛法，我大概看了一下，簡直是浪費時間，那個人完全是發瘋了，看他的瘋話而浪費自己的寶貴時間，太不值得了！不過，有些人可能以好奇心來翻閱，如果沒有頭腦、沒有智慧，就會隨波逐流、人云亦云，最終喪失修持正法的機會。

二、旁生：轉為旁生的話，不管是水裡、空中、地

上的動物，都沒有修行的機會。魚兒天天忙著游來游去，鳥兒天天忙著飛來飛去，哪有修行的時間啊？就算我們想給烏鴉講《大圓滿前行引導文》，牠也「哇哇」地亂飛亂叫，一直在說「不要、不要」。

旁生有被役使的痛苦、愚癡的痛苦、互相啖食的痛苦，飽受各種痛苦折磨，絕不可能有修行的因緣。所以，我們看到一些動物的時候，應該想「幸好我沒有轉生為這個動物」。即使是名貴的大熊貓，其實也特別可憐，牠們只是供人們觀賞而已，但連一句觀音心咒都念不來。這樣的話，還不如變成一個乞丐，有福分的乞丐每天都念「嗡嘛呢叭美吽……嗡阿吽班匝格熱巴瑪色德吽……阿彌陀佛……」，遠遠超過那些「國寶」。

三、餓鬼：轉生餓鬼的話，天天都餓著肚子，尋覓飲食而不可得，根本沒有精力修行。有些道友餓著肚子聽課時，法師講什麼都聽不進去，一直想著美味佳餚，盼望著快點下課，可想而知，餓鬼更不可能有機會修法。

四、地獄眾生：地獄有寒冷和酷熱的劇苦，稍微休息的時間都沒有，更不要說學習佛法了。

五、轉生暗劫：無佛出世的年代，遠離正法之光明，連三寶的名號也聽不到，根本沒有修行的機會。

六、生於邊地：即使轉生人間，但若於邊鄙之地投生為野蠻人，則不會了知善惡取捨，將不善業認作是善業，所作所為不如法，故也無有空閒修法。

七、喑啞：雖生於中土，但意根愚癡或者成為啞巴，這種人不堪為法器。

八、長壽天：此天界的眾生認為沒有善念惡念就是解脫，一直安住於無念的禪定中，壽命長達數劫。一旦業報窮盡，出定後就生起邪見，以此邪見之因而下墮惡趣，因此不具備修法的機會。

總而言之，這八種情況即是八無暇，人間有四種、非人間有四種，眾生無論轉生哪一處，皆無有機會修行佛法。曾有一個居士說：「我現在工作特別忙，沒有修行時間。本來佛經中說有八無暇，現在要再加一個，我應該是九無暇。」其實你的工作再忙，也不會像八無暇那樣不堪能。所謂的無暇，一方面是沒有時間，一方面是無力修行。而你再怎麼忙，也能抽出時間修法，比如在家裡一邊炒菜，一邊背《親友書》，這也沒有特別大的困難。很多人只是以忙為藉口，實際上根本沒有那麼「無暇」。

概而言之，關於八種無暇，無垢光尊者在《心性休息》中云：「吾者未生三惡趣，邊鄙邪見長壽天，佛不出世及喑啞，遠離一切八無暇。」（很多道友以前背過，我擔心你們已經忘了，沒忘的話還可以。）大家應當反反覆覆地思維：「我沒有轉生到這些無暇中，有時間聽聞佛法、修學佛法，這是諸佛菩薩和善知識的加持，我不應以各種理由和藉口隨便放棄這種機會！」這

龍樹菩薩親友書講記

並非是口頭上說的漂亮話，而應該是發自內心的想法。

丑二、（厭離一切輪迴之方法——思維輪迴過患）
分二：一、略說；二、廣說。

寅一、略說：

> 智者於此求不得，病老死等眾多苦，
>
> 根源輪迴當生厭，亦應傾聽彼過患。

龍猛菩薩把樂行國王稱呼為「智者」。可能龍猛菩薩比較害怕，一會兒說國王是自在大王（「自在」），一會兒說是通曉世間正理的大王（「知世法者」），一會兒說是賢善明智的君主（「賢明君主」），用了各種讚美詞。不然的話，擔心國王一不高興，即使是龍猛菩薩也可能——

第十三課

此處是說：智者大國王啊，你應該要明白，人生的痛苦可謂訴之不盡，行苦、變苦、苦苦三大痛苦，以及生、老、病、死、求不得苦、愛別離苦等八支分苦，佛陀在經中講得很清楚，每個眾生於輪迴中也經常感受到。《毗奈耶經》云：「輪迴具苦蘊，苦苦與變苦，行苦八分苦，終忍受具苦。」輪迴中的眾生，尤其是人類，所感受的痛苦不離苦苦、行苦、變苦。《智者入門》也說，整個人類都被這三大痛苦所折磨，還要加上前面所講的八支分苦。就算個別人有財富、有名聲，表面上看來風光無限，但痛苦與他一剎那也沒有分開過，

他生活中的分分秒秒，其實都充滿痛苦。

這並不是一種悲觀主義，公正、客觀地評價，痛苦在我們生活中俯仰即是、數不勝數。那麼，痛苦的來源是什麼呢？說簡單一點，就是三界輪迴。眾生隨著無明而流轉輪迴，上至有頂、下至地獄，全部都充滿痛苦，猶如火宅、羅剎洲、寶劍鋒，找不到少許快樂。所以，國王你應深刻認識到輪迴的本性，對這所有苦難根源的輪迴深惡痛絕，要生起一種出離心，發誓再也不願轉生到輪迴中了。因為輪迴中再有錢、有地位的人，包括國家主席、總統、總理，在沒有得到聖果之前，永遠也無法擺脫痛苦，永遠不會有真正的快樂。

龍猛菩薩還說：「我在下面的頌詞中，詳細講述了輪迴的部分過患，大王應當洗耳恭聽，並依此類推輪迴中的一切痛苦。」對利根者而言，若知道了部分痛苦，即可推知所有的痛苦。比如，監獄裡有種種無法言說的痛苦，去過那裡的人只要把部分痛苦講清楚——「監獄裡沒有東西吃，沒有水喝，我特別餓、特別渴，晚上做夢都在喝水、吃飯……」就會知道監獄是很痛苦的。對於輪迴，也是同樣如此，大家一定要有所認識。

現在有些人不願意聽「痛苦」、「無常」的字眼，可是一旦出現痛苦和無常，自己就手忙腳亂，連應對的功夫也沒有。以前學院有個法師到西方國家弘法，回來之後跟我們說，他從來不敢給西方人講出離心，一講出

離心，他們就討厭聽，為了贏得大家的尊重，他連提都不敢提。我當場反對說：「佛法的基礎就是出離心，如果他們沒有出離心，覺得我的別墅非常好、我的轎車很舒服、我喜歡的人特別漂亮，一直把水泡般的虛幻誤認為真實，那永遠不能解脫。所以，不管別人高興也好、不高興也好，都應該講出輪迴的真相！」

我現在給你們講出離心，可能有些人也有各種想法，這是因為你對佛法了解不深，如果了解很深，不說其他的，只要聞思了《四百論》前四品⑥，就會知道輪迴的痛苦確實不虛。其實，你從生活中也能體會到：如果輪迴的快樂很可靠，那為什麼有錢人不能永遠有錢？今年以來股市大跌，很多非常有錢的大老闆跳樓自殺，因為他的財富一晚上就沒有了。他死了以後，家人實在受不了，這個時候才認識苦諦，但已經太遲了。

所以，大家要認識到輪迴的本性，不但要認識，平時也要發願：「從今以後，我不願再轉生到這個監獄般的輪迴中了，我要想方設法從裡面逃脫出來。輪迴再怎麼快樂，也畢竟是一個火宅，是一個火坑，所以我不願再次轉生。」每個人應該有這樣的心態，在此基礎上，修菩提心、無上密法才有開花結果的機會。否則，連最基本的出離心都沒有，成就對你來講可以說遙遙無期。

⑥前四品分別斷除在世俗諦中，將無常執著為常、痛苦執著為樂、不淨執著為淨、無我執著為我這四種顛倒。

寅二（廣說）分二：一、宣說現似快樂不可信賴之理；二、宣說痛苦巨大之理。

卯一（宣說現似快樂不可信賴之理）分二：一、不可信賴之理；二、知此而教誡修善。

辰一（不可信賴之理）分四：一、親怨不定故不可信賴之理；二、無有滿足故不可信賴之理；三、後際不定故不可信賴之理；四、高低不定故不可信賴之理。

巳一、親怨不定故不可信賴之理：

親人與怨敵是不定的：親人不一定永遠是親人，到時候他也會欺騙你；怨敵也不一定永遠是怨敵，過段時間也許成了你最好的朋友，即使今生沒有變成你的朋友，來世也許會轉生為你最可愛的孩子。

父轉成子母成妻，怨敵復次成親友，

是故流轉輪迴者，無有少許確定性。

前世的父親轉生為自己的兒子，母親變成自己的妻子，（比如你的父母對你特別疼愛，臨死時不願放手，死後也一直惦記你，那很容易轉生為你的孩子。）往日的冤家對頭也會成為密切親友，由此可見，在流轉輪迴的過程中，無有絲毫可以信賴的固定性。

有些道友也是這樣：兩人的關係原本不好，常常睚眥必報、怒目相向。但後來不知什麼原因，突然親密得不得了，好像一個人不在，另一個人一剎那間也坐不住。可再過一段時間，不知道發生什麼事，兩人又反目

龍樹菩薩親友書講記

成仇，對對方看都不想看、聽都不想聽。所以，親怨沒有絲毫可靠性，這就是輪迴的本性。

《楞嚴經》云：「汝負我命，我還汝債，以是因緣，經百千劫，常在生死。」今生的親怨均是前世業報所感，沒有一個定理可循。藏傳佛教中嘎達亞那尊者的故事[63]，大家應該耳熟能詳了，其實漢傳佛教中也有一個類似的公案（我以前去漢地放生時講過）：梁武帝的國師誌公禪師，有一次受邀去參加一個隆重的婚禮。禪師是觀音菩薩的化現，有了不起的神通，能知人的前因後果。他去到那裡一看，脫口說了一個偈子：「古古怪！怪怪古！孫子娶祖母；女食母之骨；子打父皮鼓；豬羊炕上坐，六親鍋裡煮。眾人來賀喜，我說：苦！苦！苦！」

原來，新郎娶的是祖母的轉世。因為祖母特別疼愛這個孫子，臨終時還掛念他，一直拉著他的手，戀戀不捨地死了。死後投胎做個女孩子，長大後就給孫子做媳婦。所以誌公禪師說：「古古怪！怪怪古！孫子娶祖母。」（那天有個人的親人要死了，親人準備拉他的手，他就特別害怕，擔心死後一直纏著他，馬上說：「不要拉，不要拉！我給你阿彌陀佛的佛像。」結果親人不要佛像，一直要拉他的手。）

禪師到屋子裡，見一個小女孩正在啃豬蹄，他就

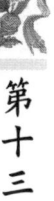

---

[63]從前，嘎達亞那尊者前去化緣，看到一位施主懷裡抱著兒子，在津津有味地吃著魚肉，並用石頭擊打正在啃骨頭的母狗。尊者以神通觀察，發現那條魚原本是施主父親的轉世，那條母狗正是他母親的轉世，前世殺害自己的仇人轉生為他的兒子來償還宿債。如此洞曉之後，尊者說了這樣的偈頌：「口食父肉打其母，懷抱殺己之怨仇，妻子啃食丈夫骨，輪迴之法誠希有。」

說：「女食母之肉。」這女孩的母親造了很重的罪業，就投生為豬，現在辦喜事被人宰殺，所以小女孩在吃她母親的肉。

又看見院子裡一個小夥子，正高興地打驢皮鼓，禪師就說：「子打父皮鼓。」他父親也是因為造罪，轉生為驢，死後被人剝了皮做鼓，正是這個小夥子在打的鼓。

禪師又往炕上一望，全都是往昔被吃的豬羊，如今投生為人，互為親戚。而在鍋裡燉的肉，卻是前世的六親眷屬。所以禪師說：「豬羊炕上坐，六親鍋裡煮。眾人來賀喜，我說：苦！苦！苦！」你們大家到這裡說大喜大喜，恭喜主人娶媳婦，其實我看輪迴真是苦啊！

我們在輪迴的長河中，以不同業力輾轉漂流，相互為親為怨無法決定。且不說生生世世，僅僅是今生的父母，死後變成什麼也不清楚。所以上師如意寶到一些老鄉家裡時，經常勸他們說：「你們不要殺門口的牲畜，牠很可能就是你父母的轉世。」

有些人對父母特別執著，對怨敵特別痛恨，但是到了來世，怨敵也許會變成你的孩子。前不久有一個居士跟我說：「我們家有四個孩子，父母永遠對我們很恨，我們從沒有感受過一絲溫暖。而我們看見父母也特別恨。」我當時就跟他開玩笑：「你們往昔是不共戴天的冤家吧！」所以，這個輪迴沒有任何可靠，大家一定要從中出離！

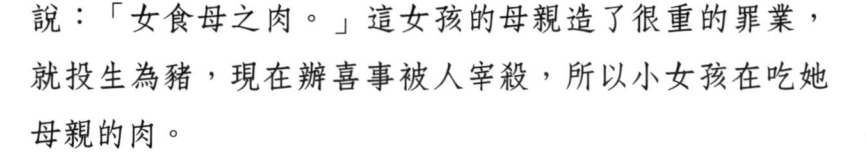

龍樹菩薩親友書講記

第十四節課

《親友書》還是在講「智慧」。其中「厭離一切輪迴之方法——思維輪迴過患」分為略說、廣說，「廣說」中「不可信賴之理」又分四方面，第一個「親怨不定故不可信賴之理」已講完了，下面繼續講。

巳二、無有滿足故不可信賴之理：

每一眾生所飲乳，勝過四大海洋水，

今仍流轉投異生，未來所飲更過彼。

無始以來眾生一直漂泊在三界輪迴中，貪執世間妙欲而造惡業，還覺得自己選擇是對的，以至於永無出頭之日。輪迴沒有一個開端，以佛陀的慧眼也不能了知，在這麼漫長的時間中，每一個眾生所飲用過的乳汁，遠遠超過四大海洋的水。（尤其是胎生，必須依靠母乳來養育。）假如我們沒有認真地修持解脫法，不能制止相續中的無明煩惱，將來仍會不斷地投生為異生。

所謂的異生，即是凡夫。《秘藏寶鑰》[64]云：「凡夫作種種業，感種種果，身相萬種而生，故名異生。」凡夫由於意樂不同，所造的業也不同，有些喜歡殺生，有些喜歡邪淫，最終感得的果報也有種種，因而稱之為「異生」。月稱菩薩在《四百論講義》中云：「眾多趣

[64]日本僧人空海著，收於《大正藏》第七十七冊。

行者，此名為異生。」因為各自的去向不同，有些轉生天界，有些淪為餓鬼，有些投生人間，故名「異生」。《探玄記》云：「執異見而生，故名曰異生。」由於執著的見解各不相同，有些喜歡色法，有些喜歡妙音，以此緣故叫做「異生」。

但不管怎麼解釋，我們漂泊輪迴的時間已經夠久了，受的苦也已經夠多了，從現在開始，應當尋求解脫道。原來沒完沒了地走凡夫路，現在應該逆轉過來，向新的方向前進，這就是聖者之道。一旦證悟了聖者之道，則不需要再流轉輪迴，也不需再飲用母親的乳汁了。大乘經典一再地宣說，眾生在輪迴中所飲用的乳汁遠遠勝過大海。如佛經言：「一眾生為母，所飲其乳汁，四大海洋量，不可相比擬。」與龍猛菩薩的教言完全一致。如果我們沒有脫離輪迴，勢必還要飲用較前更多的乳汁。

很多人以前沒有遇到善知識，即使遇到了，也只是希求人天福報，但從現在開始，我們要希求順解脫的善根。什麼是順解脫的善根呢？就是能斬斷輪迴根本的空性與菩提心，有了這種善根，我們才不會繼續流轉下去。否則，暫時獲得人天安樂，並不能解決究竟問題。就像監獄裡的犯人，應當讓自己想方設法出獄，倘若只想在監獄裡吃得好、穿得好，這是非常愚癡的。所以，在座的各位法師，今後若有能力講經說法，一定要宣講與空性、菩提心相關的法要，如此才能斬斷輪迴之根，

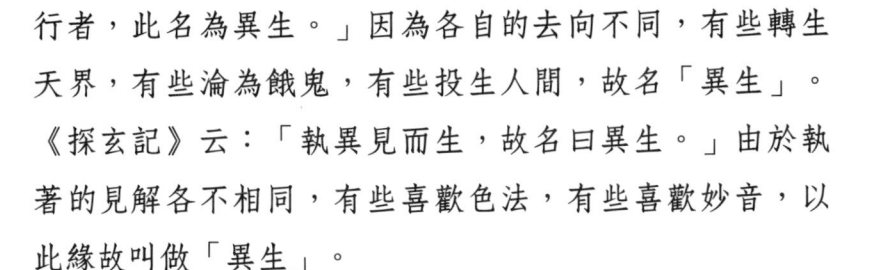

龍樹菩薩親友書講記

這是佛陀的教言，沒有任何欺惑之語。

格魯派宣講菩提心時，首先要了解知母、念恩等七大竅訣。其中對「知母」這個問題（無始以來眾生當過自己的母親），要花很長時間串習，通過教證、理證再三地修學，遣除相續中的很多懷疑，最後生起眾生都當過母親的定解，然後再對這個道理進一步修持。假如第一步——眾生都是母親的概念，還沒建立起來，修菩提心是非常困難的。

大家一定要想到，龍猛菩薩的教言並不是講神話故事，也不是講高不可攀的境界，而是實實在在的。我們無始以來流轉輪迴，從現在開始，短短的人生幾十年中，一定要在阿賴耶上建立起摧毀輪迴的種子。如果沒有建立起來，則應對自己嚴厲譴責。若能如此，你今生才有解脫的機會，就算今生沒有解脫，也能對輪迴相續有損害，來世很容易斷除輪迴。

巳三、後際不定故不可信賴之理：

> 過去每世所遺骨，堆積一處超山王，
> 地土摶成棗核丸，其量不及為母數。

剛才說眾生漂泊於輪迴中，所飲用的乳汁比四大海洋還多，此處又從兩個方面⑥分析。在無邊無際的輪迴

---

⑥「過去每世所遺骨，堆積一處超山王」、「地土摶成棗核丸，其量不及為母數」。

中，我們的身體有時非常龐大，有時候非常微小，若將累世的遺骸堆積一處，足以超過須彌山。（學過《俱舍論》的人都知道，須彌山寬八萬由旬，高是水以上八萬由旬，水以下八萬由旬[66]。）

以前華傑施主出家時，差點沒人要，後來雖然出了家，但這個老菩薩天天睡懶覺，一點都不精進。為了使他生起厭離心，目犍連尊者將他帶到海邊。那裡有一座特別大的山，大概有七百由旬，將太陽都遮蔽了。目犍連帶他到山頂上，華傑比丘問：「這座山是怎麼形成的？」尊者說：「此山是你前世的骨架。」接著詳細講述起來：

「遠古時代，你曾是一位國王，特別喜歡打牌。當時一個人犯了法，大臣將此事呈稟後，國王正忙著打牌，就順口說：『依照我的法律處治吧！』眾臣便遵照國法，處死了他。國王打完牌後問：『那人如何處治的？』大臣們回稟：『按陛下的旨意，已依法處死。』國王聽後追悔莫及，說：『我殺了人，成了昏君，以後不想再執政了。』之後便流浪在山中。

以此殺人之業，他死後轉為一條大鯨魚，身長七百由旬。造了惡業的大臣等變成牠身上的寄生蟲，以牠的身體為食。鯨魚千百年來不斷感受大量的痛苦，死後屍體被海浪沖到這裡，慢慢腐爛之後變成骨架，就形成了

---

[66]《俱舍論》云：「八萬由旬沒水中，如是上方亦八萬。」

這座山。」整個情況講完以後，華傑比丘對輪迴生起了厭離心，從此不再睡懶覺，每天都精進地修行。

其實，能知道前世還是很好的。有些人懷疑特別重，相續中有各種邪見；有些人很懶惰，人生非常短暫，卻不知道應該修行，若能知道自己的前世怎麼樣、又變成什麼樣，那肯定會想出離輪迴。我們曾在輪迴中受過無量的苦，《蓮花生大師傳記》中有一個熱扎[67]，他作了一首悲哀懺文，其中說道：「骨肉若集等須彌，膿血若集如大海，宿業若積說不盡，輾轉生死三界中。」其他教言還說，我們在輪迴中流過的淚，積聚起來超過四大海洋。現在人的眼淚特別多，什麼感動的淚、激動的淚、傷心的淚、欣慰的淚、歡喜的淚，我們佛教中還有信心的淚、悲心的淚等等，這些淚水全部積在一起的話，會比四大海洋的水還多。因此，我們對輪迴應生起極大厭離，這樣才能萌發出離心的苗芽。如果什麼感覺都沒有，覺得：「輪迴多快樂！多幸福！我在這裡不願意離開。」那任何修行都不會成功的。

無始以來，眾生互為母親的次數也非常多。假設將此大地的土搏成一個個小丸子，就像棗核一般大，佛陀的慧眼則可數盡，可是眾生互為母親的次數，連佛陀都沒辦法數清。世尊曾言：「諸比丘，譬如，某士夫將此

⑥熱扎：曾為一比丘時，因破密乘戒而墮落，後來得到解脫。《蓮花生大師傳記》中有廣說。

大地之土摶成棗核丸，說『此為我母，此為我母，此為他母』而丟棄。諸比丘，此大地之土早已窮盡，而轉為眾人之母卻非如是。此乃我說。」

有些人乍聽這個道理，可能覺得特別深奧，甚至接受不了。因為你對大乘佛教沒有長期、系統的聞思，聽到這些甚深佛法時，無法接受的現象也很正常。我們剛讀中學的時候，物理老師講一些電磁波、電的功用，因為肉眼看不見，很多人都產生懷疑，直到後來達到一定的水平，自己才能了解。同樣，大家學習深奧的教理時，也許一下子無法接受，但可以通過因明邏輯來推斷，倘若無法以分別念推斷，譬如眾生無始以來當過母親，則可依靠佛陀的經教來證明。

對於漫無邊際的輪迴痛苦，我們應當生起恐懼之心。聖天論師在《中觀四百論》中也說：「於此大苦海，畢竟無邊際，愚夫沉此中，云何不生畏？」現在一些城市裡的年輕人，似乎根本不知道死亡的存在，有些佛教徒對前世後世也從不考慮，只顧眼前無有實義的虛幻生活。這樣的人跟蟻穴裡的螞蟻沒有差別，螞蟻也會思維冬天到了如何面對、平時如何積累財物，這方面牠很聰明。而我們作為人，除了跟螞蟻想的一樣以外，更應該考慮自己的前世後世。倘若沒有前世後世，這一世過了就完了，那也不必費心考慮，但事實並非如此，人生幾十年很快就過了，之後的生生世世到底是痛苦的開

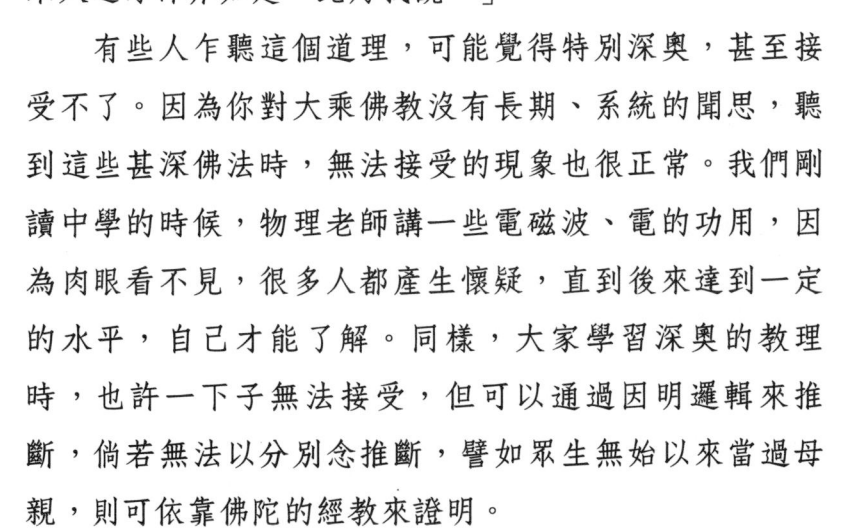

龍樹菩薩親友書講記

端，還是快樂的開端？完全取決於現在。有關教言中也說，上去下去的關鍵就是現在。這個道理不是會說就行了，也不是觀想一會兒就可以了，我們必須要長期思維，體會輪迴的漫長與痛苦，然後千方百計脫離苦海。

無始以來眾生互為母親的經歷，其實不要說我們，甚至佛陀也不例外。《百業經》中說，過去佛陀及眷屬在走路的時候，有一位老婦人見到佛陀非常歡喜，口中喊著：「我的兒子！我的兒子！」跑過來就摟住佛陀的脖子。這時眾比丘趕忙攔她，佛陀說：「她曾做過我五百世的母親，這是她往昔的習氣，你們不要阻攔。」佛陀在輪迴中尚有如此經歷，我們每個人就更不用說了，只不過是自己不知道而已。如今，大家遇到了明燈般的佛教，大概可以摸清方向，這是非常幸運的，希望你們懂得珍惜。

巳四（高低不定故不可信賴之理）分六：一、國政不可信賴之理；二、悅意友伴不可信賴之理；三、美妙住處不可信賴之理；四、安樂行境不可信賴之理；五、豐厚受用不可信賴之理；六、莊嚴威光不可信賴之理。

午一、國政不可信賴之理：

　　帝釋堪稱世間供，以業感召亦墮地，

　　　縱然曾為轉輪王，於輪迴中復成僕。

輪迴沒有什麼可信賴的，親怨也好，前際後際也

好，一切都是無常的。即使你是大領導、大老闆也不要特別執著——今天你是領導，明天可能變成僕人，今生你當眾人的老闆，來世可能就成為下屬，所以不值得特別傲慢，理應憶念輪迴的種種過患。

天王帝釋堪為世間應供處，他的財富、地位、權勢，遠勝人間的總統、國家主席。然而，一旦天福享盡，他以業力所牽也會一落千丈，墮入人間變成低賤的可憐人，或者淪為旁生受人役使。（就像印度、尼泊爾的馬匹，幾十公里的路一直拉東西，主人還用鞭子抽打牠，看起來特別可憐。）因為自己做天王時虐待過別人，利用權勢傷害過別人，所以墮入下界時也飽受別人的凌辱，更有甚者，墮入地獄、餓鬼中感受無量痛苦。

在我們人間，最有福報的，莫過於初劫的轉輪王。《俱舍論》說，轉輪王可分為金、銀、銅、鐵四種，分別統治四、三、二、一個部洲。金轉輪王的福報最大，統治四大部洲時，依靠金輪騰空而起，諸小國從彼土前來稱臣，以此大獲全勝；銀轉輪王親自前往他們面前，便可全勝；銅轉輪王擺開戰場即可得勝；鐵轉輪王則是準備降下兵器時，對方乖乖投降，獲得勝利。

他們憑藉各自的福報，獲勝方式雖不相同，但均已斷除十不善業，所以不會傷害一個眾生。當今的國家戰爭與此大不相同，不可能一個人解決一切問題。縱然是聯合國秘書長，跑來跑去也來不及調解，即使調解

了，有些國家也不一定承認，不可能讓百分之百的人都服你。可是轉輪王因福報現前，任何人都對他俯首稱臣。這樣的轉輪王，在人間的確福報最大，而且他具足三十二相，與佛陀的身相大致相同⑱。然而，他死了之後，善業窮盡無餘時，也會變成低三下四的奴僕，不可能還當以前的「官」。

所以，就算你是幾十億人口的最高領導，這也是前世的福報現前，今生才成為萬人之首，但死後會變成什麼樣，非常非常難說。因此，在漫長的輪迴中，一點小小的地位沒什麼意義。以前有個村長跟我說：「我當的官非常大，但現在已經退休了。」很多人都認為自己的官很大，但實際上，跟轉輪王比起來，就算你是國家主席也不大。而且退休之後，有些人常到茶館裡喝黑黑的茶，無聊地打發餘生，這就是無常。但如果你覺得自己了不起，曾利用權勢折磨別人、傷害別人，來世肯定要用身體償還。

世間的地位真的不可信賴，但又有多少人知道呢？很多人覺得地位實有，當了官以後，認為自己永遠高高在上。其實這是不可能的。對於地位、權勢，我們不要有羨慕之心。如果利用它來利益眾生，擁有這些也可以，但若為了貪污而爭權奪利，那實在沒有意義。

---

⑱《俱舍論釋》中說，轉輪王也具足三十二相，但與佛陀的並非完全一樣。佛陀的妙相莊嚴、明顯、圓滿，而轉輪王在這方面遠遠不如。

真正的修行人，對地位根本不會在意。以前我跟一個老修行人開玩笑說：「你會不會當國家主席啊？」他說：「不可能有人選我，即使有，我也絕不當。」他對榮華富貴沒有絲毫興趣。但世間人恐怕不是這樣，只要有機會——「請您一定要多多加持，我們正在選舉！」

午二、悅意友伴不可信賴之理：

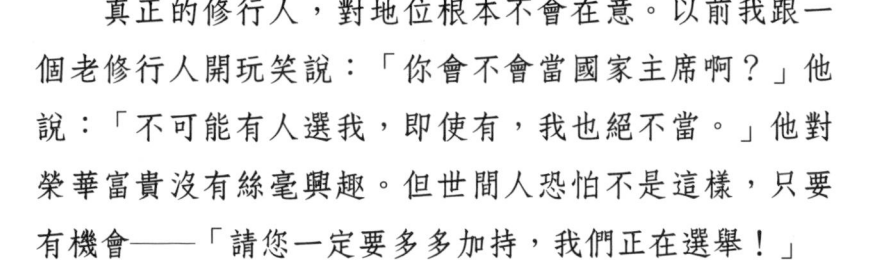

縱然長期於天界，享用婀娜之天女，
復墮地獄遭碎斷，感受極難忍受苦。

世間伴侶也沒什麼可信的。即便曾於漫長的歲月中，在欲天中擁抱嫵媚多姿、婀娜可愛的天女，盡情享受快樂，看似非常幸福。不像我們人類，結婚後生個孩子就老了，沒有時間享樂了，或者感情只是表面上的，一起生活沒有快樂，而天人以福德感召，生活可謂無憂無慮。但是福報享盡之後，他們也可能墮到地獄裡去。有些轉生於眾合地獄，被兩座大山夾在中間；有些在近邊地獄的劍葉林、燼煨坑中，被鐵狗撕扯、烏鴉啄食，不斷感受無邊的痛苦。

凡夫人最執著的就是感情，其實即使是天人，感情也不會永恆。曾有一個人對我說：「上師啊，我跟愛人的感情很好，如果有來世，我們發願還要做夫妻！」這樣的發願不一定成功，反而很可能下一輩子變成怨敵。剛開始的時候，很多人都互相執著對方，但看久了以

龍樹菩薩親友書講記

後，又開始生厭煩心、嗔恨心。

即使是天人的美好生活，最後也會淪為惡趣眾生，感受無窮痛苦，那人類就更不用說了。所以，大家應當斷除對感情的執著，這種執著經不起任何觀察，只不過是一種迷亂顛倒，世間上真正嘗過的人，方能體會到其中的苦味。

午三、美妙住處不可信賴之理：

長久居於山王巔，隨足起伏極愜意，

復淪燙煨屍糞泥，同熏難忍之苦味。

美妙的住處也無有任何實義，我們不應對自己的豪宅或者住處執著。

須彌山頂為三十三天，這是與地相連的最高欲天⑩。因為天人的福報所現，那裡有四大林苑⑪、善見城、善法堂、尊勝宮等美妙的環境，天女、天子於此享受各種妙欲，人間的快樂無法與之相提並論。在人間，我們為了得到快樂，需要百般勤作和努力，其結果卻往往事與願違，而天人享用的妙衣、美食，一切的一切全部依靠福德而現前。所以到了天界以後，那裡的生活相當快樂，幾百年一眨眼就過了。

三十三天的環境極其美好，整個大地柔軟如棉、隨

⑩在善趣天界，只有四天王天、三十三天「與地相連」，其他天界與金剛大地、須彌山等無關，所以叫「與地不連」。
⑪東、南、西、北四方，分別有眾車苑、粗惡苑、雜林苑、喜林苑。

足起伏，就像走在沙發上一樣，不像人間的大地那樣堅硬。人間的富裕家庭中，客廳裡會有一個兩個沙發，而天界處處都是沙發，走在哪裡都柔軟舒適，猶如西方極樂世界。享受如此快樂的三十三天的天人們，暫時擁有美好的生活，但福報慢慢用盡以後，他們以業力所感，會墮入燒煨坑、屍糞泥等地獄中，感受難以忍受的痛苦。

燒煨坑地獄中，遍滿劇烈燃燒的炭火，陷入此處的眾生，被燒得骨肉焦爛，痛苦不堪；屍糞泥地獄中，充斥的都是腐爛屍體，臭氣沖天，還要被具鋒利鐵喙的昆蟲啄食。昔日生活在三十三天的天人，一下子墮入地獄以後，那種痛苦簡直無法形容。聽說有一個領導，前一天晚上住在五星級賓館中，享受各種人間快樂，因為他做了一些違法的事情，第二天就被抓了，關在最髒、最噁心的牢房裡。那個時候，他確實對無常深有感觸。所以，如果你無惡不作、沒有造善業，就算住在宮殿般的別墅裡面，也沒有什麼可靠的。也許你今天住在這裡，明天死了就墮入無間地獄，在地獄的大鍋裡遭受燉煮。

因此，縱然你富如龍王、美如天仙，但對了解輪迴真相的人而言，不會生起一剎那的羨慕之心。他明白一切如夢如幻，暫時的顯現雖然美妙悅意，但它虛無縹緲，如同空中彩虹，並不值得羨慕。有這種心態，你的修行才會成功。

有些修行人越修越倒退，什麼感應都沒有，連夢中也得不到本尊和上師的驗相，原因是什麼呢？就是對輪迴沒有生起出離心。當然，假如你對前世後世都不承認，不可能生起出離心。受唯物論和無神論教育的很多人，即使學佛多年，仍對前世後世半信半疑，這樣的話，出離心和菩提心更談不上了。比如要種莊稼，首先要對荒野進行耕耘、灌溉，如果什麼都不做，直接就在空地上種莊稼，最終不可能有收穫。同樣，我們修行要先打好基礎，心比較調柔了，對輪迴生起厭離之心，在這個基礎上，什麼事情都好辦，你怎麼樣做都可以。

　　《親友書》的字面意思沒有什麼不懂的，但其含義特別甚深，涉及到了很多關鍵問題。大家一定要懂得這些竅訣，要生起真實的出離心！

　　午四、安樂行境不可信賴之理：
　　　　與諸天女相倚喜，美麗樂園共嬉戲，
　　　　復將為諸劍葉林，斬斷手足與耳鼻。
　　　　或入曼陀妙池沼，天女金花豔彩容，
　　　　捨身步入無灘河，熾門難擋受熱浪。

　　我們執著的快樂也不可信賴。有些人說：「我過得特別特別快樂，可能天人也比不上！」這是一種妄語，真正的快樂並不是這樣的，只有遠離了輪迴，通達了空性，生起了無我智慧，那個時候的快樂才不是有漏快樂。

第十四課

這裡是說，天人在天界的生活舒心悅意，天子與天女互相依偎，攜手步入美麗的花園，在如意樹下、鮮花叢中遊戲嬉樂。然而當福報享盡時，他們也會以業力感召，一瞬間墮入地獄，劍葉林的兵器落在身上，把身體割成一塊一塊，感受千刀萬剮、支離破碎的痛苦。（當然，有些人可能不太相信，對地獄的慘狀產生懷疑，這完全是一種邪見。實際上，肉眼看不見的，並不一定不存在。佛教所講的天界、鬼神、地獄，雖然肉眼看不見，但其存在真實不虛，任何人也無法否認。）

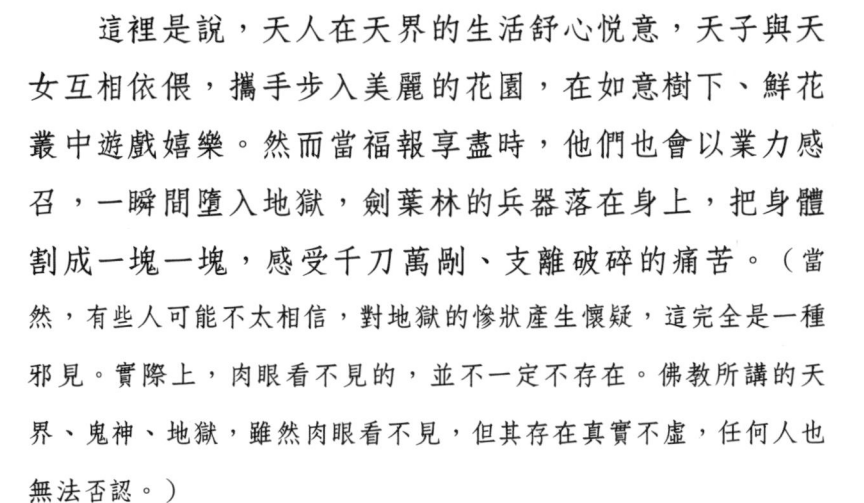

有些人擁有地位、財產，就認為自己過得不錯。其實，對這些快樂最好不要特別執著，因為它不可能長期相伴，過一段時間，你的福報用盡了，可能會墮入地獄感受痛苦。此處只是象徵性地提了幾個地獄名稱，其實就像《地藏經》所言，由於眾生造的業不同，所感受的苦果也不相同，因而，地獄的痛苦各種各樣、形形色色。我們一定要取捨因果，盡量不造惡業，即使業力現前或發心不正而造了業，也要在諸佛菩薩面前勵力懺悔，經常念誦懺悔偈。我們畢竟是凡夫人，很難以起心動念都是善法，但只要在善知識的引導下，好好地懺悔修持，就可以擺脫墮惡趣的命運。

其實，這與所依止的上師也有很大關係。以前法王如意寶每次講經說法引導弟子，都會要求大家特別注重因果，即使是他老人家自己，對念咒語、造善業也相當

重視，這樣一來，我們傳承弟子對因果非常謹慎。大家也應盡量有這種定解，知道因果是不虛的、輪迴是漫長的，自己一定要從輪迴苦海中脫離出來。

後一頌的意思是，在天界中，天人經常會入於緩緩流淌、撒滿曼陀羅花的妙池中，與容顏豔麗、光彩奪目、頭飾金蓮和鮮花的天女，一起共享快樂。可是天福享盡之後，他也會踏入熱浪沖天的無灘河，到時候兩岸有獄卒守護，不讓他出來，只能在河裡被燃燒的鐵水燒焦，想哭都哭不出來，如是反反覆覆地感受痛苦。所以，縱然轉生到三十三天等天界，也沒有永久的快樂。

說一千道一萬，就是要大家出離輪迴。很多人希求天人的福報，這種願望是不合理的，在三界輪迴中，無論是地位、快樂、伴侶，都沒有任何可靠性。你對家庭、父母、子女特別執著，實際上也沒有意義。因為親怨是不定的，今天的父母不一定是永遠的父母，今天的怨敵也不一定是永遠的怨敵，因此，輪迴沒有什麼可信的，對此理應生厭離心。就像對待一個壞人，明知他的本性不善，即使他給我一個微笑，我也不會信任他。同樣，輪迴上上下下的法都是虛妄不實的，看似美妙、實則欺惑，唯一真實的就是解脫道——這才是我們的究竟目標。

第十四課

第十五節課

《親友書》在講輪迴的一切均不可信賴，這個道理分六個方面，現在講第五個。

午五、豐厚受用不可信賴之理：

> 欲天界中大樂者，梵天離貪得安樂，
>
> 復成無間獄火薪，不斷感受痛苦也。

榮華富貴、財富受用、名聲地位等沒有任何實義，不要說人間，天界也是如此。比如欲界六天㉑的一切受用，是依靠福報而自然現前，不用像人類一樣掙錢很辛苦，積累財產特別麻煩，處處離不開汗水和淚水。色界天中的大梵天（代表性），受用的財富非常豐厚，因為遠離了欲界的煩惱，不會有特別強烈的貪欲，所以始終安住在禪定的快樂中，於數劫中享受美好生活。可是一旦前世所造的善業用完了，這些天人也會墮入人間、旁生，甚至無間地獄中變成薪柴，時時被烈火焚燒，沒有一刻歇息，於一個中劫中接連不斷地感受劇苦。天人有如是圓滿的福報，尚且也會窮盡而遭受痛苦，我們的財富受用就更不值一提了。

《正法念處經》云：「於生死中，多諸過患，無堅

龍樹菩薩親友書講記

㉑欲界六天：四大天王天、三十三天、離諍天、兜率天、化樂天、他化自在天。

無常，變易破壞。」生死輪迴中財富、快樂、美好、莊嚴等，沒有一個經得起考驗，就如空中鮮花或陽焰水一樣現而不實，瞬間即逝。沒有學過佛的人，總把財富當作一生的精神支柱，或者把所有希望寄託在一個人身上、一件事物上面，這是非常愚蠢的行為。通過以上分析可知，即使是天人的福報，最後也會泯滅，人間的美好更不值得信賴了。

午六、莊嚴威光不可信賴之理：

獲生日月自身光，照耀一切世間界，

死後復至黑暗處，伸展自手亦不見。

莊嚴威光也沒什麼可信度。天界中的太陽天子、月亮天子，因為前世做了很多善事而轉為天人，他們發出的萬丈光芒可普照一切世界。明朝一如法師等撰著的《三藏法數》中也專門講過，通過布施、持戒、行持善法，可轉生為太陽天子和月亮天子。他們的身體自然發光，照耀整個宮殿，宮殿的光芒反射到水晶或火晶的基底⑫上，依此而遣除整個世間的黑暗。（當然，這不是我們肉眼的境界，下界眾生看不到上界的威光。）《阿含經》和《毗奈耶經》中還說，他們的壽命相當長。可是福報用盡之後，他們也有死亡的時候，死後甚至會轉生到暗無天日之處，變成海底的水生動物、島嶼夾縫裡的動物，伸手

---

⑫月亮由水晶構成，會讓人感到清涼；太陽由火晶構成，有發熱的作用。

不見五指，長年累月住在黑暗中。與自己前世能照亮世間相比，如今漆黑一片有天壤之別，這樣一來，自然會對輪迴生起厭離心。

同樣，當今社會上，有些吸引成千上萬個人的大明星、大歌星，舞跳得特別好，歌唱得極為動聽，財富多得令人羨慕，不過這並不值得驕傲，輪迴是無常的，這一輩子這麼威風，下一輩子也可能會變成乞丐或盲人。無垢光尊者在《心性休息》中說：「如夢富足醒時無。」就像夢中的財富一樣，醒來後什麼都沒有了，「是故三界諸有情，莫貪有樂修菩提。」因此，最好不要貪執虛幻不實的三界圓滿，而應一心一意地修持菩提。

大家要明白，所謂的幸福圓滿，背後隱藏著虛妄，就像紙老虎一樣，表面上特別厲害，實際上都是假的。如果通達了這個道理，修行一定會成功。否則，對色聲香味的執著非常牢固，在此基礎上想修持大法，不會有什麼成果。這方面要用自己的智慧來觀察。

辰二、知此而教誡行善：

　　如是知成罪惡後，當撐三福之明燈，

　　獨自趨入日月光，無法遣除之暗處。

通過以上分析了知生死輪迴罪大惡極，不管是六趣中的哪一處，都沒有任何穩固性，懂得這一點以後，我

龍樹菩薩親友書講記

們應該撐起三福之明燈。

「三福」指的是，一、布施：自己有條件的情況下，應該盡量做財布施、法布施、無畏布施。二、持戒：要盡心盡力地受持一分以上的清淨戒律。三、修行：首先聽聞佛法，然後進行修持，以此來對治煩惱。布施、持戒、修行三者，叫做三福之明燈，它可令我們從光明趨向光明。我們每個人離開人世時，救護我們的唯有善法，《正法念處經》云：「至於死時，無人能救，唯除善業……最為能救。」一旦要面對死亡，親朋好友最多痛哭一場，除此之外誰也幫不上忙，但如果你生前造過善業，它可幫你趨入善趣安享快樂，遣除惡趣的無量痛苦。因此，最可信、最有利的就是行持善法。

依靠三福之明燈，我們可隻身趨往輪迴黑暗處，而此處的黑暗，原本連日月的光明也不能遣除。有些道友晚上出去時，沒有光亮就膽戰心驚，其實這沒什麼好怕的，拿一個電筒即可遣除黑暗。可是當我們臨終的時候，縱然有一千個光芒萬丈的日月，也無法遣除內心的無明黑暗。所以，大家生前應當精進行持善法，只有這樣做，死亡來時才會有一點把握。

因果都是自作自受的，就算是一家人，由於各自業力不同，死後的去向也不相同。《方廣莊嚴經》中說：「命終之後，精神獨行，歸於異趣。」比如一家有六個兒子，離開世間時，有的墮入地獄，有的轉生天界，有

的生於人間，六個兒子可能分別轉生於六個地方。（不過，現在有六個兒子的現象比較少，每家只有一個寶貝，這個寶貝好的話，全家都好，他壞的話，全家都壞。我們以前小的時候，一家會有很多孩子，一兩個不孝順也無所謂，但現在只有一個孩子，他不孝養父母的話，父母就沒有指望了。那天有一個人說：「我只有一個兒子，他出家了，我的生活怎麼辦啊？我的手杖就是他啊！」）總之，行持善法很重要，我們應力所能及地多做善事。對特別大的善法假如力不從心，那基本的有些善行，每天還是要堅持，尤其要多觀一下輪迴痛苦。

上面所分析的道理，並不是說如果你轉生天界，馬上就會墮入地獄。而是說，即使你轉生到天界，享受無比的快樂，福報也有窮盡的時候，最終的下場可能十分悲慘。所以，不要認為自己有財富、有名聲，就目空一切、自以為是，倘若不具足三福之明燈，一旦死亡降臨，再能幹也不一定會快樂。

有些人有傳遞奧運火炬的機會，就特別高興，眾人也用鮮花和掌聲來歡迎他，可實際上，如果你沒有傳遞行持善法的火炬，來世很可能在黑暗中感受痛苦。真正的傳遞火炬，是即生中要行持善法，有了善法資糧，生生世世才會快樂。以前不管你怎麼樣，今後要明白這個道理，對自己的行為要多思考、多反省。如果這樣說你還不明白，今後仍舊無惡不作，跟豬圈裡的老豬不分軒輕，那我們也沒有辦法。

龍樹菩薩親友書講記

卯二（宣說痛苦巨大之理）分二：一、當知輪迴乃痛苦之自性；二、知後為避免轉生需精勤。

辰一（當知輪迴乃痛苦之自性）分五：一、地獄之苦；二、旁生之苦；三、餓鬼之苦；四、天人之苦；五、非天之苦。

下面宣講輪迴中的痛苦時，唯獨沒有提及人間的痛苦，這是因為前面已基本上講了生老病死等痛苦，所以沒有再重複。

巳一（地獄之苦）分二：一、略說；二、廣說。

午一、略說：

屢屢造罪之眾生，復合黑繩極燒熱，

眾合號叫無間等，諸地獄中恆受苦。

《地藏經》、《大圓滿心性休息》等諸大經論中，都詳細描述了地獄的環境、痛苦、壽量，這些是無量無邊的，用簡單的語言無法說盡，但總體上地獄有十八種，歸納而言即寒地獄、熱地獄、近邊地獄、孤獨地獄。以下主要講了熱地獄，其他地獄只是一筆帶過，我們依此類推即可了知。

大家要知道，三番五次造罪而轉生地獄的眾生，所受的痛苦極為強大，時間也極其漫長。正如前面所講的，假如你造業時意樂特別強，時間特別長，缺乏對治力，對境也相當嚴厲，果報必然十分可怕，來世將墮入地獄，在無量劫中感受百般痛苦。

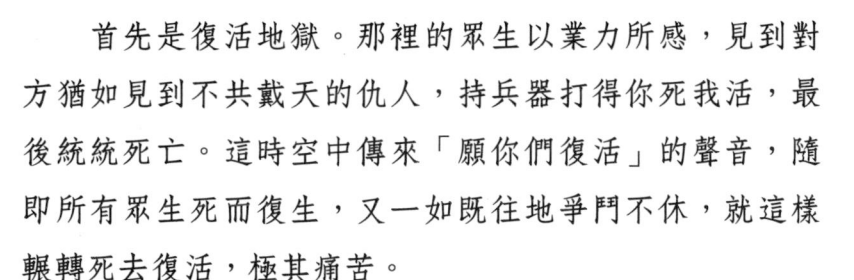

首先是復活地獄。那裡的眾生以業力所感，見到對方猶如見到不共戴天的仇人，持兵器打得你死我活，最後統統死亡。這時空中傳來「願你們復活」的聲音，隨即所有眾生死而復生，又一如既往地爭鬥不休，就這樣輾轉死去復活，極其痛苦。

黑繩地獄，閻羅獄卒用燃燒的銅漿鐵水，在地獄眾生身上畫很多線，然後用燃燒的兵器鋸割，剛被鋸開的部位馬上又粘連在一起，如此反反覆覆地感受痛苦。

還有眾合地獄、號叫地獄、大號叫地獄、燒熱地獄、極熱地獄，無間地獄。（所謂的無間地獄，指再沒有比這更痛苦的地獄了。）「等」字還包括其他種種地獄。

這些地獄中所感受的痛苦，的確無法衡量。有些佛教徒跟我說，自己不敢看地獄的一些道理，它們受苦的時間那麼長，受的苦簡直無法想像，看了之後特別害怕，所以最好不看。其實要看，看了以後才會對自己的行為有約束。以前不知道地獄的痛苦時，可能造了各種惡業，現在知道了之後，不能再這樣下去，否則定會墮入地獄，沒有解脫之日。有智慧的人會明白這個道理，而具有邪見或者特別愚癡的人，可能什麼都無所謂，依然我行我素、無惡不作，最後受到因果懲罰時才後悔莫及。

午二（廣說）分二：一、當知痛苦；二、教誡斷除

彼因。

未一（當知痛苦）分二：一、真實痛苦；二、思維何故產生之理。

申一、真實痛苦：

下面以熱地獄、近邊地獄為例，真實宣說地獄中難忍的痛苦。

其實漢地很多寺院有一些地獄畫像，畫得栩栩如生、非常逼真；還有一些表演，演地獄的各種景象，這些都有必要。如果你看了以後，毛骨悚然、不寒而慄，說明以後不會特別愛造罪；如果什麼感覺都沒有，那取捨因果可能比較危險。所以，希望大家平時多看這方面的內容，這對自己有非常大的利益。

<blockquote>
有被壓榨如芝麻，另有碎成如細粉，

有者以鋸鋸割之，有以難忍利斧劈。
</blockquote>

在眾合地獄的有情，有些被放進一個大鐵臼裡，用燃燒的鐵錘錘打至粉身碎骨，當鐵錘舉起時，又再度復原，接連不斷地感受痛苦；有些被兩座大山夾在中間，大山變成自己以前所殺的豬、雞、蟲、蚊子等的頭像，當兩山互相碰撞時，這些眾生全部死去，被擠成像芝麻細末一樣，當山分開時它們恢復如初，又像前面一樣感受著巨大的痛苦。

聽到這些痛苦，善根薄弱的人會覺得不可能。以前有一個特別愚笨的放犛牛的人，他從來沒有見過監獄，

「文革」時被關進監獄的人回來講了一些監獄裡的殘酷事情，他根本不相信：「不可能的！我們帳篷裡哪有這樣的監獄啊？」因為孤陋寡聞，他什麼都不信。有些人也像他一樣，由於想不起自己前世在地獄受苦的經歷，現在也沒看見什麼地獄，就認為地獄不存在，雖然也情有可原，但實際上是一種邪見，因果報應不會因他不承認而一筆勾銷。

黑繩地獄的眾生，被獄卒用熾燃的鐵水在身上劃分為四份、八份、十六份、三十二份等，然後用火紅的鋸子、利斧一塊一塊地砍割，砍割開的身體又馬上粘合，如是再度忍受砍割之苦。對我們而言，不要說砍那麼多刀，僅僅被刀割破手指一個小口，就非常的難忍，可想而知它們痛苦有多大。

我們應該經常憶念：此時此刻地獄中正有無量無邊的眾生在受苦，但願我們所得的善根讓它們獲得解脫。（學《迴向品》時曾專門觀想過。）同時自己也要發願：願我生生世世不要墮入地獄。除非已得登地菩薩的果位，去那裡是為了救護眾生，否則，作為凡夫人，肯定無法面對地獄的痛苦。不要說地獄的痛苦，有人說你一句刺耳的語言，你三四天都睡不著，心裡好像扎了根釘子，連這樣的忍受力都沒有，那地獄火焰和鋸割之苦就不要再想了。

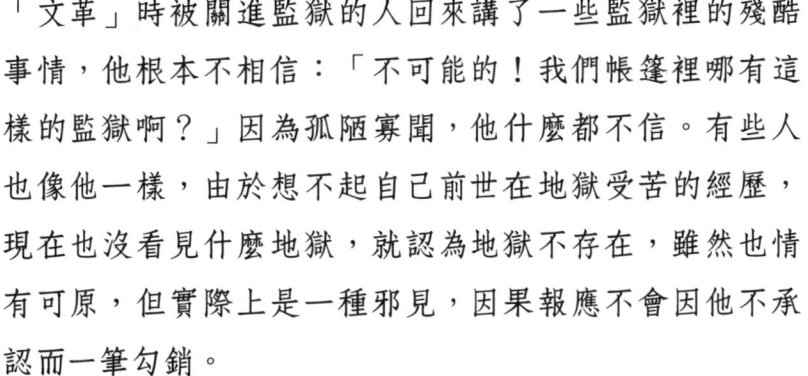

龍樹菩薩親友書講記

有於沸騰溶液中，灌注熾燒之銅汁，

有被熾燃鐵戈刺，周身纏繞利荊棘，

　　有些眾生在無灘河中，被燃燒的鐵水將身體骨肉焚焦，被獄卒用沸騰的銅汁灌入口中，內臟變成一團火焰。然後被三尖矛等鐵戈從兩個腳掌、肛門刺入，從雙肩和頭頂徑直穿出；再從頭頂刺入，又從下身穿出，如此這般穿來穿去。全身上下還纏繞著火紅的鐵皮，皮肉與鐵皮粘在一起。如《地藏經》云：「洋銅灌口，熱鐵纏身。」

　　這些悲慘的境況，很多人聽後晚上不敢睡。就像在佛陀時代，那些曾墮過地獄或者有解脫善根的修行人，聽了地獄的痛苦後，好長時間都睡不著，馬上產生出離心。以前我們那邊也有些老修行人，一講到地獄痛苦，他們經常吃不下飯。現在具有這種善根的人比較少，但大家還是要多思維一下：佛陀的教言無有欺惑，我們務必要相信地獄痛苦；然後要想到不能造惡業，不然肯定會墮地獄。

　　墮地獄的很多因，其實看起來並不起眼。比如說殺生，世間人覺得這沒什麼，只要不殺人就可以，為此還制定了嚴格的法律，但殺動物就視為理所當然，尤其是受有些宗教的影響，認為牛羊等生來就是給人吃的，殺牠們的時候理直氣壯。這些都是邪知邪見所引起的。大家以後看見這種人時，應盡量給他們講一些因果道理，無論他信也

好、不信也好，給他種下善根是很重要的。現在西方有些人自認為證悟了大圓滿、是大圓滿的開悟者，但對地獄的痛苦，根本不願意聽，這是非常顛倒的現象。

有被鐵齒之猛犬，撕扯雙手仰向天，
利喙飛禽尖爪鴉，持執身已不由己。

有些眾生在劍葉林中，聽到往昔的愛人呼喚自己，便興沖沖地前往那裡，結果根本沒有愛人的影子，自己被具有鐵質獠牙的惡狗、豺狼、豹子等猛獸拼命撕扯而驚惶失措，不由得雙手向上，仰面朝天。（聽說有些地方野狗特別多，一有人過去，好幾條野狗就撲上來，他們嚇得失魂落魄，只好仰面躺在地上，雙手舉起——「不要，救命啊！」然後好多狗圍著他看一看。但我可不敢，這樣躺著更危險。）具有鐵嘴的烏鴉、鷹鷲等也趁機飛過來，以鋒利的鐵嘴啖食它們的腦髓、內臟。

地獄眾生真的很可憐，雖然不想作身布施，但自己的身體只有給猛獸吃掉，佛經云：「復有鐵鷹，啗罪人目。」世間上以邪淫而破戒的人，往往會轉生到那裡。假如你曾造過這樣的罪，那應當經常懺悔，最好能持誦金剛薩埵心咒，通過四種對治力來懺罪，若能如此，就可不必轉生到那裡。

有以各種昆蟲類，萬數黑蠅蜂觸食，
遍體鱗傷實難忍，輾轉反側出哀號。

有些眾生在近邊地獄中，因為前世殺過螞蟻、蟑

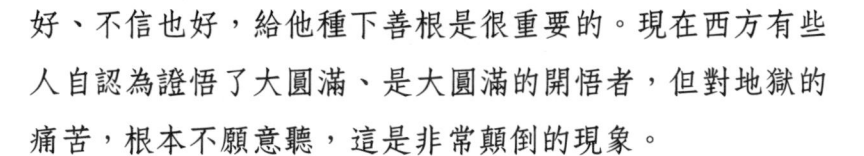

蟑、老鼠等原因，即生中被數以萬計的蒼蠅、綠頭蠅、毒蠅等昆蟲不斷吮食，毒蜂、大黃蜂等也刺入它的身體，導致身上傷痕累累，在地上輾轉翻滾也無濟於事。

在我們人間，一個人若遭受災難，其他人不會袖手旁觀，可以幫忙解除痛苦。然而在地獄裡，個個都在感受痛苦，沒有一個可以幫你。一旦落入這樣的地獄，各種痛苦肯定要嘗盡，否則，不可能輕而易舉從中解脫。所以，我們在人間的時候，千萬不要造墮地獄的業。藏傳佛教的很多修行人，對因果特別重視，哪怕遇到生命危險，也不會殺害一個眾生。可是現在有些佛教徒，不知道因果特別可怕，造起業來肆無忌憚，這完全是佛法沒有深入內心所致。倘若從心坎深處對佛陀的教誨有所認識，對佛陀的教言徹底相信，那麼你根本不會造惡業。

有者置於火爐堆，不斷被焚口亦張，

有於鐵製巨鍋中，身成小團被烹調。

在熱地獄中，遍地都是一丈高的熊熊火焰，無數地獄眾生在鐵地上被焚燒，最後全部變成火爐。尤其是在無間地獄中，眾生與火焰融為一體，根本叫不出來，也看不到它們的身體。還有些眾生在燃燒的鐵鍋裡，整個身體縮成一小團，就像煮飯一樣被烹調，真是苦不堪言。（現在漢地有些火鍋，把蟲類、青蛙、魚類一併倒在裡面，然後很多人歡歡喜喜地享用。他們只要吃這一頓飯，就已經種下在地獄中不得解脫的因。包括在座有些出家人，你們以前是帥哥美女

第
十
五
課

時，恐怕也吃過不少生命，將來用什麼方式來償還呢？自己應該想一想。）

有些經典中描寫，地獄眾生在大熱鍋裡一直翻滾，即使身體稍微浮出水面，獄卒立即用兵器狠擊它的頭，它不得不沉入沸水中，如此感受痛苦卻無法死去。不像在人間，我們茶杯裡落一隻小飛蟲，想救的時候已經死了，但地獄眾生能這麼快死倒很幸福，它最大的希望就是死去，可是因業力現前，遭受再大的痛苦也死不了。

假如生前大肆造惡業，死後確實非常可怕，因此，大家應該好好想一想：在短暫的一生中，有沒有造過墮入地獄的因？包括我自己，也經常這樣觀察，畢竟現在人老了，年齡也大了，活在世間的因緣越來越少了，來世到底是光明還是黑暗，有時候也非常難說。即便是很多聖者，顯現上也害怕自己墮地獄。以前我們寺院有一位帝察活佛，他從小時候到圓寂之間，對不造業特別謹慎，甚至挖地時也擔心傷到小蟲。在「文革」期間，很多人強迫他殺犛牛，他寧死不從，他說：「你們大不了砍我的頭，但我不能做這種事情。」他一生可以說沒造過罪業，但他經常說：「我會不會墮地獄啊？我特別害怕，每天都做噩夢，擔心自己墮地獄。」在座的老常住可能都想得起來，以前法王如意寶上課時，也經常講：「我會不會墮地獄啊？」可是我們凡夫人，以前造過很多很多罪業，以後還會繼續造，但現在沒有任何恐懼，

那自己的前途是黑暗還是光明可想而知。

　　總而言之，輪迴的的確確非常可怕，被無明愚癡所蒙蔽的眾生，切莫不知取捨而繼續造業，每一個人應該想到：「現在我依靠善知識的引導和龍猛菩薩這麼好的論典，已經明白自己的未來該如何把握。以前所造的惡趣之因，我要在諸佛菩薩面前勵力地懺悔，只要我活一天，每天都不會中斷，哪怕遇到生命危險也不再造惡業。」若能生起這樣的心念，這就是出離心！

第十五課

第十六節課

申二（思維何故產生之理）分三：一、思維生時；二、思維生而難忍之情景；三、思維感受長短。

西一、思維生時：

> 諸作罪業之惡人，斷氣受苦存活時，
> 聞諸地獄無量苦，毫不生畏如金剛。

世間上有些人罪業深重，比如造了殺人放火、五無間罪或者誹謗僧人、誹謗菩薩的彌天大罪，斷氣之後立即會感受無量痛苦，今生與後世受苦之間僅有一息之隔。可是他們聽到八熱地獄、八寒地獄、近邊地獄、孤獨地獄中不堪設想的痛苦、漫長的歲月後，無動於衷、毫不畏懼，一點感覺都沒有，甚至說「我不入地獄誰入地獄，地獄沒什麼可怕的」，這種人非常非常愚癡，作者以諷刺的語氣說，他的心就像金剛一樣堅硬。

無垢光尊者在《心性休息》中云：「微苦尚且不堪忍，難忍有苦何堪言？」我們平常連火燒、寒冷等小苦都不能忍受，那地獄中極為可怕的劇烈痛苦，又如何能堪忍呢？如果大大咧咧滿不在乎，認為墮地獄沒什麼大不了的，那麼「我心真如巨鐵球，或如石頭無有心」。

現在有些特別愚癡的人，平時給他們講：「你不要造惡業，不然的話，會墮入地獄的。」他根本沒有感覺。包括有些常聽佛法的法油子、老油條，聽過多少地

龍樹菩薩親友書講記

261

獄的痛苦，內心也麻木不仁，覺得經論中雖然這樣講，但是不是真的也很難說，只會用相似的語言來應付自己。對於這種人，《寶篋語》中說：「雖聞有苦不生厭，此人委實極愚癡，猶如石頭或鐵球。」

這些人根本不在乎因果，最終只能自作自受。俗話說：「可憐之人，必有其可恨之處。」有些人看起來雖然可憐，是乞丐，或者殘廢，或者病得很厲害，但他也有可恨之處。為什麼呢？因為他肯定前世害過別人，要麼搶過別人財產，要麼用兵器砍別人身體，因為造了種種的業，今天才變得這樣可憐兮兮。所以，世間上特別惡的人，往往要感受特別的痛苦，今世若還繼續這樣下去，所感受的痛苦必定永無止境。

我們不要變成這種人，這種人下地獄非常非常容易，雖然活在人間，但只要一閉眼，惡趣的恐怖馬上展現在眼前，進而感受無量痛苦。所以看見一些屠夫等惡人時，心裡應該產生憐憫，通過現在的學習，我們理應有一種新的感悟，這對學佛很有幫助。自己在有生之年中，應當盡量謹言慎行，否則因果不會饒你，不管是誰，上至國王大臣、下至平民百姓，只要造了業，果報遲早都會成熟。

大家應再三觀察自己的心有沒有變成金剛。婆羅門教說，金剛是一位仙人的骨頭所化，天人們用它來做法輪、做長矛等等。但不管是不是仙人的骨頭，總之金剛

堅硬無比，如果我們的心也像金剛一樣堅硬，聽了多少地獄的痛苦，一點感覺都沒有，而聽到小老鼠或者小偷的聲音就毛骨悚然，那龍猛菩薩說的不是別人，正是說你——並非讚歎你的心很堅強，而是說你愚癡得可怕！

酉二（思維生而難忍之情景）分三：一、總思維；二、別思維；三、思維比喻。

戌一、總思維：

> 即便見聞地獄圖，憶念讀誦或造形，
>
> 亦能生起怖畏心，何況真受異熟果？

一個有信心、有善根的人，平時耳聞地獄的故事，或者閱讀經論中對地獄的描述，或者親眼見到地獄的圖畫（《毗奈耶經》中要求，寺院經堂的門口要畫六道輪迴圖，裡面就有地獄、餓鬼等的痛苦），也會產生極大的恐怖心，心想：「假如我轉生於地獄，如何忍受那些劇烈的痛苦呢？冬天沒有穿衣服，或者穿得薄一點，我就冷得不得了；中午一頓飯沒有吃，肚子就不停發出抗議；夏天天氣比較熱，就揮汗如雨、滿腹牢騷，而一旦真正墮入地獄，這些苦都不算什麼了，那種痛苦簡直無法想像！」

有些人看到一些地獄的造型，也能不寒而慄、膽戰心驚。漢地的很多公園裡都有「地獄」，本來公園是人們開心的地方，但有些人為了賺錢，專門讓大家下一次

「地獄」。聽說四川豐都在被淹沒的老城舊址上，又要打造一個全新的鬼城。那裡有很多地獄的塑像造型，你進入一個黑洞後，在彎彎曲曲的隧道裡，旁邊突然冒出一個可怕的閻羅卒，前面又掉下一具屍體……種種景象特別可怕，雖然人們也知道是假的，但還是會產生極大恐怖。只是看一看就如此害怕，那我們死後真正墮入地獄中，親自感受無量痛苦，到時候又會如何呢？法王如意寶在《忠言心之明點》中說：「難忍輪迴苦支分，憶念不禁汗毛豎，重苦逼迫身心時，成為如何自思量？」僅僅是輪迴中的部分痛苦，我們去觀想、去憶念，就會嚇得汗毛直豎，那地獄的痛苦真正逼迫身心時，我們又該怎麼辦呢？這個問題，大家一定要好好地思維。

地獄有如此可怕的痛苦，有些人也許不相信，但不相信就不一定沒有。愚人不相信的事情特別多，有些愚笨的牧民從來沒有遇到高壓電，不相信一接觸會燒焦，但如果你去試一試，馬上就會告訴你答案。因果雖然不能如此快速，但後世也必定會無欺現前。

倘若你一想起地獄的痛苦，隨時都有特別害怕的感覺，那說明你有生起出離心的希望。否則，聽了多少遍地獄的痛苦，心裡什麼感覺都沒有，這就是難以調化的剛強者。所以大家平時應該觀察自己的相續，如果覺得自己的修行特別差，那一定要勵力懺悔，不要自暴自棄：「反正我修行不好，造惡就造惡吧，入地獄就入地

獄吧，無所謂！」這是最愚蠢者的行為。即使你的修行不夠，對地獄不可思議的痛苦一下子接受不了，但只要不斷地串習，慢慢也會適應的，適應之後從此不會造惡業。有些道友聽了因果法門之後，確實有非常大的改變，以前殺生對他來講不是什麼可怕的事情，但後來覺得殺生肯定受報應，不管怎麼樣也要制止自己的惡行，這就是學佛的一個進步！

戌二、別思維：

　　所有一切安樂中，滅盡三有堪樂王，

　　如是一切痛苦中，無間獄苦最難忍。

　　所有的痛苦中，最大的痛苦是什麼？所有的安樂中，最大的安樂是什麼？下面分析這個問題。

　　三界中有很多安樂，如逛花園、享用美餐，接觸色聲香味的各種欲妙，都會帶來一些相似的安樂，但它的本體不離三苦，是痛苦之因，只有滅盡一切貪執，證悟空性而遠離痛苦，這種快樂才是最大的快樂。「照見五蘊皆空，度一切苦厄。」若能照見五蘊皆是空性，那個時候痛苦就會全部消失，這種大樂無法用語言形容，必須通過佛法來獲得。《涅槃經》云：「汝等當精進，成就聖賢法，離苦得大樂。」「大樂」就是諸佛菩薩的大智慧，如果我們精進修行，即可成就佛陀所傳的聖賢法，遠離一切痛苦、獲得一切快樂，這種快樂是任何一

種世間快樂無法比擬的。

在一切痛苦中，無間地獄之苦最為難忍。《地藏經》說：「萬死千生，業感如是，動經億劫，求出無期。」若轉生無間地獄，那裡沒有彈指間的安樂，實在難以忍受。《楞嚴經》云：「若諸眾生，惡業圓造[73]，入阿鼻獄，受無量苦，經無量劫。」阿鼻地獄，即是無間地獄，此地獄所感受的無量痛苦，經過無量劫仍不能獲得解脫。因此，除了無間地獄，沒有比這更大的痛苦了。

這是佛陀親口所說，很多大成就者在《地獄遊記》中也講得很清楚，漢傳佛教也有，藏傳佛教也有，印度大德的傳記中也有。只不過有些人以前沒有受過這方面的教育，由於孤陋寡聞，對此不太相信，但不相信也是他的事。以前我家鄉有一個人，他在「文革」期間不斷造惡業，他說：「地獄不可能存在，如果有地獄、有閻羅法王，你們去轉告他，說是我不讓你們造善業的，有果報的話，我來承受！」後來他晚年時特別後悔，急急忙忙地造了很多善法，但死了以後，有神通的上師和空行母都說，他在地獄裡受煎熬，飽嘗無量痛苦。有些老鄉就幸災樂禍：「活該！誰讓他活著的時候天天說地獄

---

[73]《楞嚴經》講義中說是六根同造，這種惡業罪過最大，必定墮入阿鼻地獄。其他惡業，則不必入阿鼻獄，《楞嚴經》云：「六根各造及彼所作兼境兼根，是人則入八無間獄。身口意三作殺盜淫，是人則入十八地獄。三業不兼中間或為一殺一盜，是人則入三十六地獄。見見一根單犯一業，是人則入一百八地獄。」

不存在。（這些人的心比較黑啊！）」現在也有很多人沒有學過非常深的教義，即使知道一點地獄存在、天堂存在，也只是相似的了解。只有將自己的智慧結合佛經的教理反覆思維，對地獄的無欺存在才會產生定解，倘若真正生起這種定解，自己就會千方百計地行善斷惡、做有意義的事情。

經常思維這些道理非常重要，這即是所謂的「修行」。修行並不是要什麼都不想，而是在閉關或坐禪的過程中，再三思維地獄的痛苦，了解什麼是地獄之因，然後閉著眼思維半個小時或者十五分鐘。在這方面花的時間越長，所得到的收穫越大，最後起碼能生起出離心，有了出離心，其他功德則很容易生起。若沒有這樣修行，自稱證悟了密宗的大圓滿、禪宗的明心見性，卻對地獄一點都不害怕，這完全是說大話。假如你不怕地獄的火，那把人間的火放在你臉上看看，如果你有一定的執著，那麼地獄的火更屬害，你又有什麼把握不怕呢？

戌三、思維比喻：

於此一日中感受，三百短矛猛刺苦，

彼較地獄最微苦，難忍之分亦不及。

有些人可能說：「地獄的痛苦到底是什麼樣的？我實在想像不出來。可不可以講具體一點，舉例說明一下？」

龍猛菩薩在這裡用了一個適當的假設：在我們人間，一個釘子釘在身上，尚且非常痛苦，但若一日之中有三百短矛不斷地刺入你身體，不是一天內三百短矛只刺一次，而是從早到晚不斷地刺，那種痛苦簡直無法形容。（有個居士忽然笑出聲來，上師說：「這不是該笑的地方！你們應當體會一下。」）

如果我們看見一個人，時時刻刻都在被刺而沒有歇息，可是他還沒有斷氣，那麼你會作何感想？前兩天有個癌症患者來到學院，她的內臟全部腐爛了，三四個月了，每天都睡不著，幾個道友看到以後，都覺得這個人真的很可憐。她說自己正在受地獄的痛苦，我說：「絕對不是，跟地獄的痛苦比起來，你這不算什麼痛苦。」她吃不下飯，死也死不了，看起來的確很悲慘。然而，她的痛苦遠不及時時被三百短矛猛刺的痛苦，而三百短矛猛刺的痛苦與所有地獄中最輕微的痛苦相比，根本無法與之相提並論，就連千萬分之一也比不上。

我們凡夫人不畏懼地獄，是因為被無明愚癡所蒙蔽，假如真正現見了地獄的痛苦，可能吃都不想吃，睡都不敢睡。聖天論師說過：「若凡夫亦知，一切生死苦，則於彼剎那，身心同毀滅。」假如凡夫人有神通，能現量了知生死輪迴的狀況，尤其是自己曾在地獄中的難忍痛苦，那於了知的一剎那，身心會因無法承受而崩潰。月稱論師也說：「如諸佛照見，諸業之果報，若凡

夫亦知，剎那即昏厥。」可是我們無法回憶這些痛苦，甚至講到地獄痛苦時，還有些人哈哈大笑，真的很愚癡，非常愚癡！我們每次講到地獄，想到地獄有無數眾生正在感受這樣的痛苦，就會覺得很難受，但有些人對自己的輕微痛苦很耽著，對於其他眾生的劇烈痛苦，卻熟視無睹、置若罔聞。

「菩薩畏因，凡夫畏果。」凡夫人只怕惡果，卻不知惡果起源於惡因，尤其是大城市很多人，平常任意胡為，只圖一時快樂，根本不管地獄的果報。地獄的痛苦，其實超過任何一種痛苦，法王如意寶常引用這個教證來教誡四眾弟子，可是你們相續中生起了什麼樣的境界呢？自己應該反反覆覆觀察。假如對地獄的痛苦不在乎，對地獄眾生也生不起悲心，即使你口頭上說得再漂亮、行為上再偉大，也是修行的一大失敗！

龍樹菩薩親友書講記

西三、思維感受長短：

　　如是劇苦極難耐，百俱胝年親感受，

　　乃至惡業未窮盡，期間必定不離命。

剛才講述了地獄痛苦的劇烈程度，現在講地獄痛苦的感受時間：地獄裡哪一個痛苦都極為漫長，感受百俱胝[74]年也不能止息。即使是痛苦最輕微的復活地獄，用人間的時間來換算，人間五十年是四大天王天的一日，

---

[74]《玄應音義》云：「俱胝，即中土所稱之『千萬』，或『億』。」

四大天王天五百年是復活地獄的一日，復活地獄的眾生需要在自壽五百年中感受痛苦，壽量長達人間的一萬六千二百億年[75]（360×500×360×500×50＝1,620,000,000,000年）。

在我們人間，被判無期徒刑的人很可憐，假如他再活100歲，那在監獄裡100年也不能出來。然而與地獄相較，他的痛苦微不足道，因為地獄眾生乃至惡業沒有窮盡之間，絕不會有生命止息的可能，而將一直受苦，無有出期。

《華嚴經·入法界品》云：「一切諸報皆從業起，一切諸果皆從因起，一切諸業皆從習起。」在地獄長期受苦之果，完全是惡業之因所生，我們造業的時候不知不覺，而死後感果極其難忍。《未曾有因緣經》[76]中有一個教證，我覺得非常好，經云：「善人樂死，如囚出獄；惡人畏死，如囚入獄。」一生行持善法的人，比如很多高僧大德和瑜伽士，他們死的時候很快樂，猶如囚犯從監獄裡放出來。而一輩子造惡業的人，死的時候特別害怕，一剎那也不願意離開人間，就像自己馬上要入於監獄一樣。

一切痛苦是有因緣的，業力沒有盡的話，果報也不

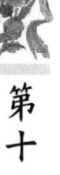

[75]《念住經》云：「復活地獄眾生壽量，達人間十六萬二千俱胝年（即一萬六千二百億年）。」
[76]《未曾有因緣經》：又名《未曾有經》。（一）全一卷，東漢時代譯，譯者佚名，收於《大正藏》第十六冊。（二）凡二卷，南齊曇景譯，收於《大正藏》第十七冊。

270

會盡。《毗奈耶經》云：「不思議業力，雖遠必相牽，果報成熟時，求避終難脫。」不可思議的業力雖然相距遙遠，可是一旦因緣成熟，它必定會來找你，想逃避也不可能。因此，我們在有生之年，不要故意殺生等造惡業，而應當盡心盡力地行持善法。

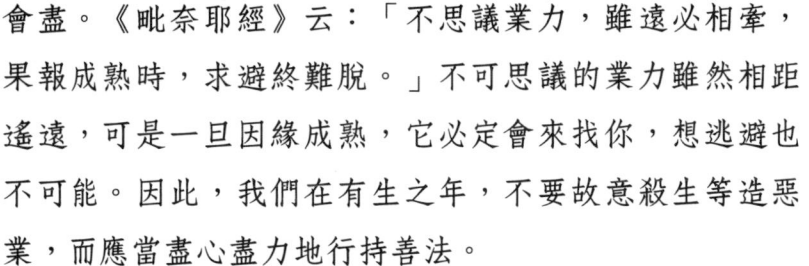

未二、教誡斷除彼因：

諸不善果之種子，即身語意造惡業，

盡力不染纖塵許，汝當如是而精勤。

龍猛菩薩諄諄教誡道：上述所有痛苦果報，並不是無因無緣產生的，它來自於我們所造的業。造了什麼樣的業呢？歸納起來，即身口意三門的惡業——身體：殺生、偷盜、邪淫；語言：妄語、惡語、綺語、離間語；意：貪心、嗔心、以愚癡引起的邪見。依靠這十種不善業，產生了三惡趣的種種果報。《長阿含經》云：「但造三惡業，不修三善行，墮堆壓地獄，苦痛不可稱。」假如造身口意三種惡業，沒有行持身口意的三種善行，這樣的人會墮堆壓地獄（眾合地獄），所受的痛苦不可稱量。

當然，若能發自內心地懺悔，昔日所造的惡業也能得以清淨。佛陀在《大集經》中言：「百年垢衣，一日而浣，可得鮮淨。」穿了一百年的衣服，肯定髒得不得了，但用一天來清洗的話，也可以變得乾乾淨淨。「如

龍樹菩薩親友書講記

是百千劫中所集諸不善業，以佛法力故，善順思惟，於一日一時，能盡消滅。」其實懺悔並不難，《涅槃經》云：「修一善心，破百種惡。」自性罪、佛制罪等百種惡，通過修一善心即可遣除。

業力真的不可思議，造一個小小的惡業，成熟率特別高，比如以惡心殺一個眾生，來世會墮入地獄成熟異熟果報；反過來說，行持一個小小的善法，如念觀音心咒、用轉經輪、磕大頭，它的能力也非常強。所以，《大智度論》中說：「業力最為大，世界中無比。」業力之網的範圍是無限的，有些人認為聯通網很大、移動網很大、電信網很大，其實它們只覆蓋了部分面積，只有業力之網才是無不遍及的。大家理應對此認真思維，知道行持善法的力量很強，哪怕一天念一遍觀音心咒，也能像熊熊烈火般，燒毀無始以來的罪業。反之，一剎那產生嗔心或以惡心殺害一個眾生，這個果報無法想像。

有些智慧淺薄的愚人，對業力的不可思議不太相信，但不相信也沒辦法。打個比方說，你會用電腦上網的話，通過手指敲幾下，整個世界就可以顯現在小小的屏幕上。然而，沒有見識過網絡的牧民或農民，對此根本不相信，但不相信也沒辦法，因緣本來就是如此不可思議，只要因具足了，其果定然會現前。

我們在今生中，縱然無力成辦廣大的弘法利生和積

累資糧的大事，至少也要守護自己的身口意，千萬不要受惡友引誘，毀壞自他相續。如果是上等者，不但自己修行很好，還能度化無量眾生，引導他們步入解脫，就像很多高僧大德和發心大的菩薩一樣。倘若沒有如是大的善法因緣，保護自己也應該很容易，不管自己的生活怎麼樣，盡量不要摻雜惡業因素。假如你造惡業特別嚴重，那活在世間也沒有多大意義。

相信因果，是修行中非常重要的一環。我們平時應當多祈禱上師三寶，就像守護菩提心那樣來守護對因果的定解。很多人剛開始有這種定解，但慢慢就會變成法油子。我個人來講，不管遇到什麼違緣、處於什麼環境，幸好對因果有特別牢固的定解，堅信造惡業肯定墮惡趣，這種定解始終非常堅定，依靠這樣的見解也容易生起出離心。

總而言之，大家應通過各種方式思維地獄的痛苦。有些人關在房間裡觀想時，對地獄有情會生起悲心，自然而然流下眼淚，同時，自己也不願意造惡業。就像曾在監獄中受過很多苦的人，不是特別愚癡的話，出獄之後不會再犯法，不想再被關進監獄。我們也是同樣，真正體會到地獄的痛苦後，絕對不願意造罪業，不願意再墮入地獄中。

當然，若能回憶起以前在地獄所受的痛苦，今後更不會造惡業，但凡夫人被胎障遮蔽，不一定有這種能

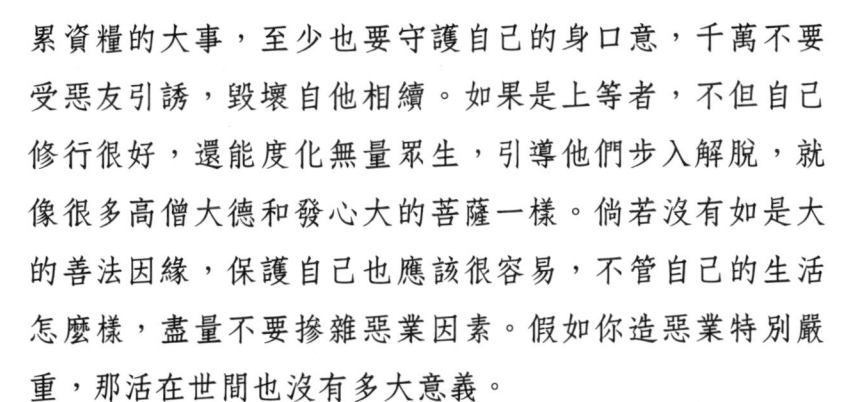

力。如果真的有宿命通，能憶念自己前世所受的痛苦，佛陀時代就有比丘為之恐懼得全身流血，將僧衣都染成了花色，故而佛陀特別開許他穿一些特殊的衣服。而現在，很多人不必有這種擔心，因為他們的心就像金剛一樣堅硬，對地獄的悲慘無動於衷，能夠讓他們傷心的，就是失戀了、破產了、親友死了，那時眼淚嘩啦啦地流下來。其實，世間的悲歡離合並不值得掛懷，如果真的要哭，應該是想到地獄眾生的痛苦。

　　然而，不管出家人還是在家人，有這種定解的並不多。但藏傳佛教的許多高僧大德，包括我們學院的一部分法師，每天都在觀地獄的痛苦，確實收穫非常大。希望大家今後不要變成「氣球」（徒有其表而缺乏內在），而應該變成名副其實的修行人，有一點真實的修行境界。假如什麼境界都沒有，短暫人生中演什麼角色都沒有意義。當你離開人間的時候，該怎麼樣面對前途的黑暗？應該也要反問自己。

第十七節課

巳二（旁生之苦）分二：一、總痛苦；二、散居旁生別苦。

午一、總痛苦：

> 旁生生處亦遭殺，捆綁毆打各種苦，
>
> 棄離趨寂諸善法，相互啖食極難忍。

在三惡趣中，旁生的痛苦算比較輕微，但與人類相比，牠們的痛苦仍非常多。

旁生，一般分海居旁生、散居旁生兩大類。龍猛菩薩在《大智度論》中說，依旁生之住處，可分為空行、陸行、水行三種，或者依晝夜，又可分晝行、夜行、晝夜行三類。不管怎麼樣，只要轉為旁生，就難免被人宰殺、遭人食用，以及生性愚笨、對善惡無有取捨等許多痛苦。我們人類再怎麼笨，誠如《前行》所言，天冷的時候，最起碼也知道去撿柴生火、烤火取暖。但是作為旁生，卻連這種能力也沒有，只有呆呆地在那裡等死。

只要屬於旁生界的範疇，就會面臨內部的互相啖食、外在的遭人捕殺等險情，時時處於萬分恐懼的心態中，吃一口食物也不得安穩。我們平時看得到，院子裡飛來一些鳥雀時，牠們吃一口東西也東看西看，始終有一種恐懼感。旁生免不了被繩索捆綁、鞭子抽打，什麼取捨都不知道，尤其是行持善法方面，捨離了趨入寂滅

的一切隨解脫分善根。旁生中雖然也有聰明伶俐的，可是讓牠念一百遍觀音心咒，這一輩子都沒有這個機會。人類即使再無能，不會說話、反應遲鈍，但也可以轉繞佛塔，默默地持誦咒語。而旁生完全不相同，不要說具有空性大悲心，就連最基本的皈依、發心、思維輪迴痛苦，牠也沒有這種能力。可是造惡業方面，牠什麼都可以，「大魚吃小魚，小魚吃蝦米」，或者「鷂鷹捉鳥雀，鳥雀吃小蟲」，這些充分表明了旁生無時無刻不在造弱肉強食的惡業。

其實旁生跟人類一樣，刀割在身上也會痛，沒有水喝也會渴，沒有東西吃也會餓。因此，我們看見可憐的旁生時，應盡量想辦法幫助牠，並默默地發願迴向：願牠獲得正等覺的佛果。然後，願自己生生世世不要變成旁生，一旦不小心轉生為旁生，那做任何事情也無能為力。

午二、散居旁生別苦：

> 有因珍珠有因毛，血肉骨皮而遭殺，
> 毫無自由受人打，鞭抽鐵勾等役使。

散居旁生分為兩類：一是有主人的家養旁生，一是沒有主人的野生旁生。無論是哪一種，都會因自己身上的骨、肉，成為狩獵者的目標，自己的身體反而成了送命之因。比如，貝與蚌就是因為自身的珍珠而被破殼（以

276

前在藏地，珍珠、貝殼非常罕見，價格之昂貴可與黃金等同。但現在隨著交通的便利，再加上人工養殖的珍珠越來越多，珍珠已經不像以前那麼珍貴了）；蠶因為蠶絲要做綢緞而喪命；牛羊豬等因為肉而被宰；大象因為骨頭、牙齒而遭殺（在印度，大象是非常可憐的。牠經常用來馱運貨物、被人乘騎，人們拿鐵鉤來役使牠。忍受各種折磨之後，為了得到牠的牙齒、骨頭，很多大象的下場都是被殺）……

作為沒有主人的野生動物，由於互相吞食、被獵人捕殺，時刻處於恐懼當中，甚至一見到人就跑。而作為主人所飼養的動物，一點自由都沒有，被殺也不知道逃避，始終被控制著、束縛著，牛馬等遭人腳踢、用鞭子抽，大象被鐵鉤和鐵絲做成的鞭子毆打。尤其是馬戲團裡的動物，為了馴服牠們以取悅遊客，馴獸員天天強迫牠們訓練，把牠們打得遍體鱗傷，之後才能表演一些精彩的節目。由此可見，旁生無一不遭役使、飽嘗苦痛。

因此，我們作為佛教徒，平時不要穿真皮之類的衣服、鞋子，因為此舉直接威脅到眾生的生命。佛教徒這麼多人，如果每個人都吃血肉、穿皮衣，為此將會殺害多少旁生？其實現在的條件非常優越，吃的有琳瑯滿目的蔬菜水果，穿的有不計其數的人造衣服，沒有必要剝奪動物的皮和肉。

藏地過去有個很不好的傳統：很多人喜歡用牛羊的皮做衣服，用狐皮做帽子，用水獺皮做衣服的周邊裝

龍樹菩薩親友書講記

277

飾，口裡吃的也是牛羊的肉。但最近幾年來，海內外很多大德一直提倡改掉這種習慣，各方面也有不錯的改觀。希望漢傳佛教的在家人和出家人，在力所能及的範圍內，只要涉及到眾生生命的用品，也盡量不使用。若能如此，使用的人越來越少，商家無利可圖之後，害眾生的手段也就越來越少了。

我們一定要用悲心和愛心維護所有眾生，這是每個大乘佛教徒應有的責任。同時，自己也應該斷除趣入旁生之因。《辯意經》⑦中講了五種旁生之因，經云：「一犯戒私竊；二負債不還；三殺生；四不喜聽受經法；五常以因緣艱難齋會。」尤其是「不喜聽受經法」這一條，很多人都容易犯。薩迦班智達說過，倘若今生中對聞法一點興趣都沒有，說明你前世曾於無數劫中當過旁生，聞法的意樂非常淺薄；如果你今生中不願聽聞佛法，來世仍會墮落為旁生。

《業報差別經》中也講了轉成旁生的十種因，如云：「具造十業生畜生：一身惡；二口惡；三意惡；四從貪起惡；五從嗔起惡；六從癡起惡；七毀罵眾生；八惱害眾生；九施不淨物；十邪淫。」

還有《正法念處經》中說：「近癡離智慧，愛欲遠

---

⑦《辯意經》：又稱《辯意長者子所問經》。全一卷，北魏法場譯，收於《大正藏》第十四冊。內容記述佛陀應辯意長者子之所問，宣說生天、生人中、墮地獄道、墮餓鬼道等十事之要義，每一事復有五事之因緣。辯意長者子聞五十事之法義，欣然歡喜，得法眼淨。

正法，貪食樂睡眠，佛說畜生因。」親近愚癡、遠離智慧；貪愛世間欲妙，遠離正法；貪著食物，喜樂睡眠。總共講了旁生的三種因，若一一分開，則有六種因。

所以，我們獲得人身的時候，不要天天好吃懶做，一直想著睡覺吃飯，除此之外，既不想背誦也不想看書，什麼善法都不做，對造惡業卻樂此不疲，這樣完全是旁生之因，我們應該盡量杜絕。

巳三（餓鬼之苦）分二：一、略說；二、廣說。

午一、略說：

> 餓鬼所欲不遂意，屢生痛苦不可轉，
> 飢渴寒熱疲畏懼，所生極其難忍苦。

投生為餓鬼，所求皆不遂意，時時感受飢渴的痛苦，希望得到食物，卻無法得到滿足，每天都在奔波流浪，屢屢產生各種痛苦。由於惡業沒有窮盡，這種境遇無法逆轉。不要說凡夫人，縱然是佛陀也改變不了它們的命運，到餓鬼界的時候，只能為它們說法，以便將來脫離這種痛苦。而目犍連、晝辛吉、嘎達亞那等阿羅漢，除了默默迴向，也沒有其他辦法。因此，我們務必要注意，千萬不要轉生到三惡趣，一旦淪入三惡趣，想改變就不容易了。其實世間上也是如此，你最好不要被判刑，判完刑之後，想通過勢力或關係讓你得以釋放，這有一定的難度。

餓鬼最主要的痛苦，就是得不到飲食，口乾舌燥也無計可施。我們人類不吃不喝幾個月，必定無疑會死亡，但餓鬼的業力非常可怕，據經典記載，十二年中連水的名字也沒聽過，可還是死不了。除此之外，它們還要飽受畏懼之苦，其他餓鬼、非人侵害之苦，甚至感受地獄的痛苦。《諸法集要經》⑦⑧中講了三惡趣的很多經歷，經中云：「由先造惡業，墮餓鬼趣中，為獄火燒炙，長受飢渴苦。」（「獄火」是地獄之火，地獄之火燒炙它，長期感受飢渴的痛苦。）從這部經典中看，餓鬼不但感受餓鬼界本有的痛苦，同時還要感受地獄的痛苦。

有些餓鬼⑦⑨就是大家口中的「鬼」。有些人特別怕鬼，晚上睡覺不敢關燈，一直開著，否則就睡不著。以前小的時候，我們很多同學輪流講鬼故事，一個講完，另一個又接著講，最後誰也不敢出門，大家只好抱在一起，睡在一個人的家裡。這種鬼其實屬於餓鬼，佛經中說，餓鬼有兩種，一種住在人間，一種住在餓鬼世界。住在人間的鬼，有鬼眼的人晚上可以看見⑧⓪。

但是，蓮花生大士、傳承持明者等所加持的聖地，絕對不可能有鬼。以前我也說過，在我們這個佛學院，

⑦⑧《諸法集要經》：宋朝日稱等譯，收於《大正藏》第十七冊。
⑦⑨即空遊餓鬼，包括妖精、王鬼、死魔、厲鬼、鬼女、獨角鬼等等。
⑧⓪《正法念處經》云：「餓鬼所住，略有二種：一者人中住，二者住於餓鬼世界。是人中鬼，若人夜行，則有見者。」

敦珠法王、法王如意寶降伏了所有的鬼神，除非是個別眾生分別念前的迷亂顯現，真正的鬼肯定不會有。蓮花生大士所降伏的鬼神，已經承諾永遠不害他的傳承弟子。但在一些城市裡，如果有人是橫死的，那個地方可能會鬧鬼。有些人晚上夢到去世的親友，一方面是自己的習氣，另一方面，也是奪他命的那個鬼，以他的形象在你夢中顯現。那麼我們要做什麼呢？第二天要念經、念觀音心咒、做煙供，這樣對鬼神也有利益。

夢到自己的親友，不一定就是亡人托夢[81]。這個人已死好多年了，之所以會在夢中出現，上師如意寶說，一般是奪命鬼所變的，因為對其他形象你不一定執著，但以親友的形象，你跟他之間有感情，天天夢到就會有些害怕，你越是害怕，鬼神就越高興。但如果安住在空性中，或者根本不在乎，那鬼神也無機可乘。所以，我們平時做噩夢時，應當念一些緣起咒[82]，以空性來攝持。假如不奏效，晚上還夢到那種景象，則可請僧眾念經，或者自己念《金剛經》、觀音心咒，這樣以後，分別念中的鬼神會自然消失。

其實餓鬼之所以害人，是因為它橫死以後，每隔七天，就要感受一次以那種方式死亡的痛苦。它們希望把這種痛苦轉移給別人，所以無論到哪裡都是損人不利

---

[81]當然也有例外，是自己的親人托夢，不過這種現象特別罕見。
[82]緣起咒：嗡 耶達瑪黑德抓巴瓦 黑頓得堪達塔噶多哈亞挖達 得堪雜喲訥若達 誃望巴德瑪哈夏瑪呢耶索哈。

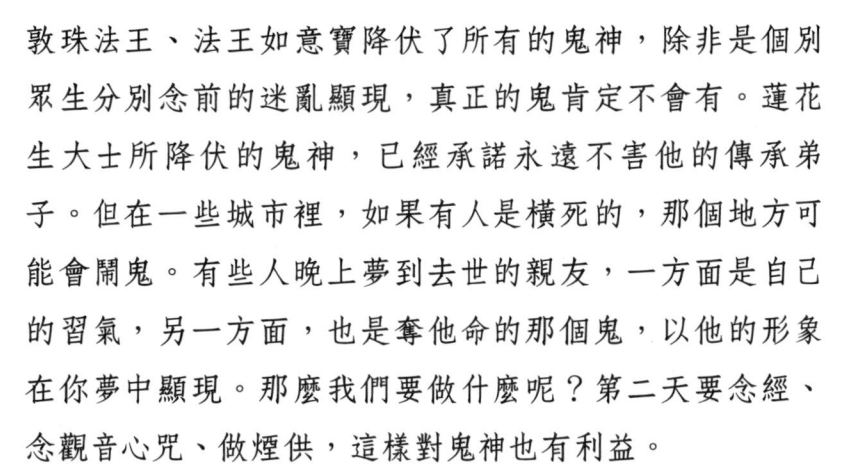

龍樹菩薩親友書講記

己。這些餓鬼實際上非常可憐，我們理當以最強烈的悲心給它念經迴向，只要能對它有一點利益，將自己的身體布施給它也無所謂。若有這樣的悲心，瑪吉拉准空行母說，那遠遠超過很多降伏法。反之，你越執著、越害怕，餓鬼對你造的違緣越大。而你越不執著，連身體都布施給它們，餓鬼就會心滿意足，最後也不會加害你。這是一個殊勝竅訣。

午二（廣說）分二：一、痛苦；二、苦因。

未一（痛苦）分二：一、真實痛苦；二、感受時間。

申一、真實痛苦：

餓鬼的真實痛苦分幾方面，

一、飢渴之苦：

> 有者口小如針眼，腹如山丘飢所纏，
>
> 雖得少許不淨物，然無享用之能力。

有些餓鬼身體極為龐大，如同盆地、山丘，有好幾百由旬，但以業力所感，喉嚨細得像吉祥草或馬尾一樣，口細得像針眼一樣，腹大如山難以填滿，故常遭受飢餓逼惱。即使得到些許食物，接近它的口時，也馬上變成糞便等不淨物。而就算是不淨物，它也沒有享用的能力。因為餓鬼的口是有毒的，當食物接近時，就開始燃火而把食物變成熱沙。還有拿著兵器的獄卒毆打它，

別的餓鬼跟它爭奪，所以，縱然擁有食物也享用不了。

二、身形枯瘦、食物變成火焰之苦：

> 有者裸體皮包骨，瘦骨嶙峋如乾薪，
>
> 有者夜晚口燃火，投火飛蛾吞入口。

有些餓鬼整個身體只剩下外面的皮膚和裡面的骨架，瘦骨嶙峋，赤身裸體，乾癟得就像燒焦的枯樹，沒有一點血肉，只剩皮包骨頭。另有些餓鬼每天晚上口中燃火，與內障餓鬼一樣，燒盡心肺等所有內臟。即使吃些食物，也都變成燃燒的熱沙。（唐譯中說，即使吃些食物，也只不過是那些撲火的飛蛾。）全身都被火焰焚燒，口中也冒出滾滾濃煙，實在苦不堪言。

這些只是總體上的痛苦而已，具體的痛苦無量無邊，沒辦法一一說完。就像世間中的監獄，我們只能象徵性地說幾個痛苦，而無法道盡每一個眾生所受的不同痛苦。

三、餓鬼中惡劣種姓的特殊痛苦：

> 有者劣種排膿血，糞等髒物亦不得，
>
> 相互毆打從喉中，出生腫瘤化膿食。

餓鬼中有高貴種姓者（如守財餓鬼），也有低劣種姓者。對後者而言，甚至連膿血、糞便等也得不到。以前哲達日去餓鬼界時，見到一名有五百個孩子的餓鬼母，它的丈夫遠行覓食達十二年之久，後來有位清淨的比丘擤鼻涕時，眾多餓鬼蜂擁而上爭奪，它才得到了一

龍樹菩薩親友書講記

點點，除此之外一無所獲。所以，具有慈悲的出家人和居士，在倒洗臉水、大小便時，應該念一些觀音心咒，觀想布施給餓鬼們。此時成千上萬個餓鬼都聚在一起，可是我們根本看不到，能看到的只是夏天糞便裡的小蟲。佛經中說，這些小蟲是餓鬼業力稍輕後，轉成了低劣旁生，因業力的關係，乾淨的食物沒辦法享用，只能享用不淨物。

餓鬼即使得一點點不淨物，也都爭奪得很厲害，手握鐵錘刀斧相互砍殺，最終的結局——有兩種解釋方法：1）在互相毆打的過程中，其他餓鬼體外的腫瘤裂開，流出膿血，它去搶奪這些膿血享用。2）在互相毆打的過程中，它喉嚨裡所長的肉瘤裂開，流出的膿血吞到肚子裡，以此來維持生命。

還有，餓鬼因其業力顯現，清澈的河流在它們眼裡也是膿血。我們曾講過，同樣的一碗水，天人看來是甘露，餓鬼看來是膿血。它們雖然日夜渴望清淨的食物，可是始終也得不到，這種痛苦非常難忍。對於遣除餓鬼之因，過午不食、守八關齋戒有非常大的功德，通過這種功德力，完全可以燒毀轉生餓鬼的種子。

四、四季顛倒之苦：

> 諸餓鬼界春季時，月亮亦熾冬日寒，
> 樹木不生諸果實，僅望一眼河亦乾。

整個餓鬼國度中，具有很多顛倒的現象，《致弟子

書》中也說：「餓鬼顯現種種顛倒相。」比如，乾淨的食物變成膿血，茂密的樹林頓時乾枯，清澈的河流現為骯髒的糞坑等等。尤其是時節也完全顛倒：在本來酷熱的夏季，月亮竟然熾熱難耐、火燒火燎；而在冰天雪地的冬天，太陽居然顯得寒氣逼人、異常寒冷，簡直是受盡折磨。

本來是鬱鬱蔥蔥、果實累累的綠樹，然而當餓鬼看見時，忽然間所有的果實都不復存在，潺潺不息的江河也乾涸無餘，佛經云：「以惡業故，見海枯竭。」因此，餓鬼的顛倒相和苦受非常強烈。

申二、感受時間：

餓鬼感受業力的時間，不是短暫的幾天，而是十分漫長的歲月。

連續不斷受痛苦，有為所造罪業索，
緊緊束縛之眾生，五千或萬年不死。

餓鬼有接連不斷的痛苦感受，之所以如此，是因為它往昔造過很多惡業，以惡業的鐵鐐緊緊束縛著，期限未滿之前，想解脫也沒有辦法，需要在漫長的時間中一直受苦，長達五千年甚至上萬年。

《長阿含經》中說：「餓鬼壽十萬歲，多出少減。」《俱舍論》云：「餓鬼月日五百年」。（餓鬼一日相當於人間的一個月，如是計算它們自壽達五百

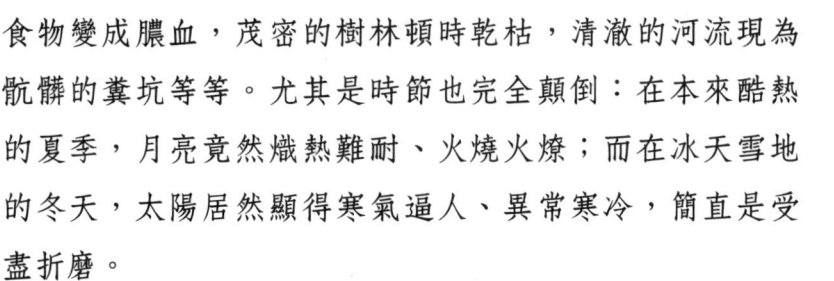

龍樹菩薩親友書講記

年。)《觀佛三昧經》言:「極長壽者八萬四千歲,短者不定。」說法雖不盡相同,但五千年也好、八萬四千年也好,感受的痛苦都非常漫長。懂得這個道理之後,我們盡量不要轉生到餓鬼中,擁有的財產要作上供下施,這是非常好的一種選擇。

未二、苦因(轉生餓鬼之因):

如是一切諸餓鬼,一味獲得種種苦,

彼因愛財如命士,非聖吝嗇佛所說。

以上餓鬼的不同業感,唯以愛財如命的吝嗇所致。這種吝嗇並非聖者之法,是凡夫最可怕的一種煩惱,以此煩惱會讓我們淪為餓鬼。

《正法念處經》有「地獄品」、「餓鬼品」、「畜生品」,專門闡述了三惡趣的各種痛苦,並對其壽命、生因等講得比較細緻。《攝集經》(《般若攝頌》)中說:「吝嗇者轉餓鬼界,雖生為人彼世貧。」有些人今生為什麼非常貧窮呢?就是因為他剛剛從餓鬼界中「改行」過來,不想貧窮也沒有辦法。從前有個國王為了所有臣民平等,就把國庫中的財產均分為每個人,但由於各人福報不同,有的眾生無勤中就可以獲得錢財,逐漸越來越富,而有的眾生特別吝嗇,其下場是越來越窮。所以,佛經中說:「離施無福因,當墮餓鬼趣。」假如不願意布施,沒有積累福報,則很容易墮為餓鬼。

《正法念處經》中講了墮餓鬼的幾個因——「慳嫉苦惡語，放逸行離善，心常貪他物，聖說餓鬼因。」特別吝嗇、經常說不如法的語言、放逸而行、遠離一切善法、貪執別人的財物，這些都是餓鬼之因，我們凡夫人也很容易造。

希望大家有時間的話，多看一下《正法念處經》，裡面講了三惡趣的諸般痛苦，無垢光尊者在《大圓滿心性休息》中也引用了很多教證，倘若認真翻閱，定會對輪迴生起厭離之心。我去泰國的時候，泰國很多比丘特別重視這部經典，不像漢傳佛教和藏傳佛教，只是讀一下就可以了，他們對經典的內容逐一觀想，通過畫像等各種方式讓人們了解其中道理。雖然每個國家、每個民族學習佛法的方式不同，但這種修行會令很多人產生特別強烈的出離心。

大家平時應當看一些佛經教典，最好不要浪費時間去看亂七八糟的書。很多人喜歡看報紙、雜誌、武俠小說，這對今生來世沒有任何實義。人生本來就很短暫，如果你有時間，理應學習佛陀如意寶般的金剛語，或者善知識的金玉良言。人身這麼難得，有限的時間要充分利用，多思維有意義的事情，不要讓貪心、嗔心、嫉妒等煩惱把內心全部占滿了，或者整天漫無目的地與人瞎聊，打發極其難得、寶貴的時間。我們要經常思維利益眾生、佛陀的功德、佛法的功德，有一些時間的話，口

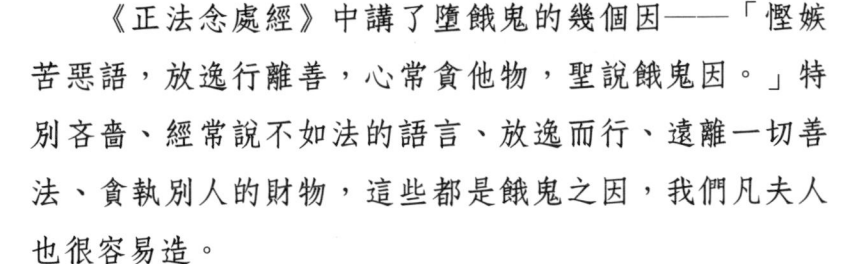

裡也要不斷地念誦經咒。

　　我們學院有些法師、輔導員或普通修行人，他們的習慣非常好，一有空就持誦心咒。我有時候開會商量事情，比較反對他們一直念咒語，什麼話都不說，但這個習慣還是很好。以前在「文革」期間，有一些老喇嘛被批鬥時，口裡還在默默念經，從來不改變自己的習慣。我們每個人也應當效仿，自己的時間要精勤於善法。這個人身畢竟不是特別堅固，就像水泡一樣，終有一天會破滅，若能利用它多積累善法資糧，臨終時有不墮三惡趣的把握，這是非常有價值、有意義的！

第十七課

第十八節課

巳四（天人之苦）分二：一、略說；二、廣說。

午一、略說：

> 天界雖具大安樂，死墮痛苦大於彼，
>
> 如是思維高尚士，不貪終盡之天趣。

相較於三惡趣的痛苦，天界、非天、人間三善趣相當快樂，尤其是天界的快樂無可比擬，有幸轉生到那裡的眾生，應有盡有，盡情享受一切受用圓滿的大安樂。然而，這樣的快樂並不長久，雖然天人壽命長達數劫，但因為生平放逸過度，在他們自己的感覺中只是一剎那，不知不覺生命就到了盡頭，最後面對死亡時，其痛苦遠遠超過以前所有快樂的16倍。其實極快樂的人經不起痛苦，人間也是同樣如此，有些大老闆、大官員平時生活揮金如土、極其享樂，而一旦遭受衰敗貧窮，他們無法接受事實，那時候的痛苦哪怕只有一天，感覺上也過了好多年。

天界中其實也不離痛苦，思維此理之後，我們不應貪執瞬息即逝、終究窮盡的善趣安樂，這種安樂完全是墮落之因。佛經云：「或有生勝處，放逸而墮落。」縱然轉生於最殊勝的天界，也會因放逸度日而墮入惡趣。很多人即生中行持善法，就是為了升入天堂，卻不知天界的快樂具有很強的束縛，由於生活太享受，會不自在

龍樹菩薩親友書講記

地被五欲牽著鼻子走。尤其在欲界天，最大的束縛莫過於女色，佛在《薩遮尼乾子經》中說：「諸天大繫縛，無過於女色，女人縛諸天，將至三惡道。」以此欲妙所引誘，大多數天人都在放逸中虛度時光，並以貪嗔造下了各種惡業，其下場只能墮入三惡趣。

我們通達這個道理之後，就會明白三界中不管是哪一處，均無有真實的快樂，也不值得去羨慕。一切萬法如夢幻泡影，只有對輪迴生起厭離心，才算是真正的修行人。《法句經》也說：「萬物如泡，意如野馬，居世若幻，奈何樂此？」萬事萬物就像水泡一樣瞬間即滅，眾生的意識也如野馬般剎那不停，我們何必對此戀戀不捨呢？如果對輪迴有芝麻許的貪執，定會招來山王般的痛苦，因此，我們要斷除一切貪欲。

當然，這裡主要講的是欲界天。而處於禪樂中的色界、無色界，雖然沒有現行的死亡痛苦，可是一旦引業[83]窮盡，也會因生起邪見而墮入下趣。概言之，天界中並沒有實在的快樂，對這一點要有堅定的信心！

第十八課

午二、廣說：

　　身色變得極醜陋，花鬘枯萎不喜座，

　　衣染污垢身體上，前所未有汗汁流。

天人的生活雖然幸福美滿，可是遲早都要感受死亡

---

[83]引業：引發總報，能令生於某處某趣之業。

的痛苦，一旦出現死亡，他們會有各種各樣的死相，其中有五種比較明顯。《涅槃經》云：「一者衣裳垢膩，二者頭上花萎，三者身體臭穢，四者腋下汗出，五者不樂本座。」與本論中所講的完全相同。

具體而言，一、天人身體以前美妙莊嚴，但即將死亡之時，身體的色彩變得極其醜陋；二、天人頭上、脖子上裝飾的花鬘，原本多久也不會枯萎，可是臨近死亡時，花鬘會變得枯敗凋謝；三、以前無論在寶座上坐多久，都不會心生厭煩，沒有太硬或太軟的不適，而此時卻悶悶不樂，不願意坐在寶座上；四、以前天衣如何污染也不會沾上污垢（不像我們的衣服，穿兩三天就髒了），但接近死亡的時候，天衣陳舊、沾滿垢穢；五、以前身上從來不會流汗，但此時腋下等部位出現前所未有的汗水。

這五種衰相，諸經論中所說不一，還有些說身體會失去威光[84]，或者曾與他享樂的天人眷屬悉皆遠離，不願意理他。就像世間有些富人，他們興旺發達時，人人都來歌功頌德、親近恭敬，而一旦衰敗失落，誰都遠遠地躲避，與他老死不相往來。天人將死之際，同樣也有這種痛苦。

　　天境天人已出現，天界死墮之五相，
　　猶如地上臨終者，所示一切之死兆。

---

[84]《佛本行集經》云：「天壽滿已，自然而有五衰相現。何等為五？一者頭上花萎，二者腋下汗出，三者衣裳垢膩，四者身失威光，五者不樂本座。」

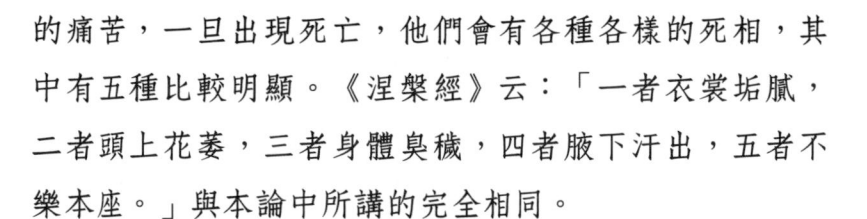

龍樹菩薩親友書講記

善趣諸天人原本非常快樂，整天無憂無慮，在花園中嬉戲遊玩，可他們臨死時會出現預示死墮的五相。這時通過自己的天眼觀察，了知後世轉生何處，當看到轉生之處的痛苦時，本來死亡的痛苦還沒消除，現在又加上墮落的痛苦，遭受這兩種痛苦的折磨，內心極為憂傷。

由於受用十分圓滿，天人平常在散亂中消磨時光，根本沒有修持正法的念頭。智者大師在《淨土十疑論》中引用《西國傳》的一個公案說：從前，世親論師、無著菩薩、師子覺菩薩共同發願求生兜率天，並約定誰先見到彌勒菩薩就回來相告。後來師子覺先往生，但很多年杳無訊息。之後世親菩薩往生，三年之後，才回來轉告無著菩薩。無著菩薩說：「為什麼耽擱這麼久才回來？」他說：「我到兜率天後，才只聽了一座法就立即回來，沒想到人間已經過了三年。」無著菩薩又問：「見到師子覺了嗎？」世親菩薩說：「他轉生在兜率天外院，因為生活太享受，一直貪執色聲香味的欲妙，自升天以來，從未見過彌勒菩薩。」

由此可見，即便是所謂的菩薩，在天界五欲面前，顯現上也無法把持，更何況是一般凡夫了。天人沒出現死墮之前，放逸得特別可怕，但若接近死亡的邊緣，並以神通發現後世的悲慘，他們才如夢初醒，非常傷心。這種悲慘情形要延續七天，三十三天的七天相當於人間

第十八課

七百年，對受苦者來講極其漫長。

不過，關於天人五衰，有些經典中的說法相差比較大。《正法念處經》中講到[85]，一、以前世偷盜的業力所感，死時諸天女搶奪他的花鬘飾品，送給其他的天子；二、以前世拿美酒供養持戒人，或者自己飲酒的業力，死時神志迷亂，失去正念，直接墮入地獄；三、以前世說妄語所致，死時聽到天女所說的話，往往生顛倒解，誤認為在惡罵自己；四、以前世殺生的果報現前，壽命短促，很快就會死去；五、以前世作邪淫的原因，死時特別愛戀的天女都不理他，隨別的天子一起遊戲。

有些論典說，天人面臨死亡時，其他天子天女只是在遠處散花祝福：「但願你從此死後，轉生在人間，行持善業，再生天界。」之後就紛紛離開了，只留下他自己孤孤單單，淒淒慘慘。這種痛苦對他來講，跟地獄沒有什麼差別。

天人死前所出現的死墮預兆，其實就像人類臨死前的死兆一樣。有些人臨死的時候，眼睛向上翻，鼻子歪在一邊，口水不斷地流出，或者說些顛三倒四的語言，依此就可斷定他肯定活不長了。同樣，天人如果五衰相現，也說明很快就會死亡。

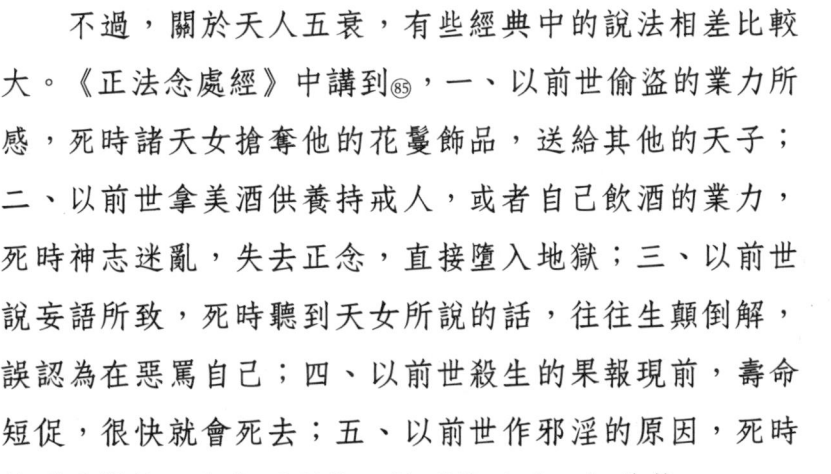

⑧⑤《正法念處經》云：「諸天報滿，命終時，若先世有偷盜業，爾時見諸天女奪其所著莊嚴之具，奉餘天子；若先世有妄語業，聞諸天女所說，生顛倒解，謂其惡罵；若先世以酒施持戒人，或破戒而自飲酒，臨終迷亂，失其正念，墮於地獄；若先世有殺生業，壽命短促，疾速命終；若先世有邪淫業，見諸天女皆悉捨己，共餘天子，互相娛樂。是則名為五衰相也。」

由天界中死墮者，設若善根毫無餘，

後不自主而投生，旁生餓鬼地獄處。

　　不僅如此，而且從天界中死墮的天人，假如善根福德已然耗盡、一無所剩，那麼來世必定身不由己地下墮惡趣。《諸法集要經》云：「彼天福將盡，親屬皆捨去，當其墮落時，是苦無相似。」

　　從有關經論中看，天人的生活遠遠超過世間的快樂。世間富翁、領導表面上好像很快樂，實際上內心非常痛苦，即使住在五星級賓館裡，每天晚上也睡不著。以前有一個富翁帶著一家人到九寨溝旅遊，結果還沒開車就開始吵架，到了那裡也沒有停息。九寨溝的風景美不勝收，瀑布的聲音也很動聽，可他們根本沒心思欣賞，在賓館裡也互相打罵，回來時一路都在哭……很多人羨慕他們開那麼好的車，去那麼美的地方遊玩，他們就故意裝出恩愛的樣子，說這次旅遊非常好玩，但到底好不好玩也心知肚明。其實很多人都是這樣，因為缺乏內在的修行，故而對如幻般的萬法看不透，在強烈欲望的控制之下，儘管擁有富可敵國的錢財，卻不一定擁有真實的快樂。

　　不管是什麼樣的眾生，縱然是天人，福報用盡後也會墮入惡趣。《法句譬喻經》有一則公案說：帝釋天在臨命終時，以神通力觀察，知道自己將轉生為一個陶師家的驢。就在他身體出現五大衰相、憂心忡忡之際，他

及時想起佛陀是三界中的唯一怙主，所以趕緊去找佛陀尋求庇佑，專心一意虔敬皈依佛陀。正在這個時候，他忽然發現自己竟然投生在驢腹中，不知什麼原因，母驢掙脫繩索四處亂撞，弄壞了陶師的許多陶器，陶師一怒之下痛打母驢一頓，傷及腹內胎兒，帝釋天也因此逃過一劫。

所以，一切萬法都是無常的。今天你是天人，明天可能就成了旁生；今天你以人的身分狠狠地打狗，但如果沒有懺悔，再過一段時間，你可能也會變成狗。假如對老母有情沒有悲心、沒有感覺，那你做什麼都沒有實在意義。讚歎釋迦牟尼佛的《殊勝讚》中說：「外道用眾生的身體來供養，而佛陀您，用自己的身體布施眾生。」二者有鮮明的差別。我們佛教與外道的不同點在什麼地方？就在具不具足大悲心。假如一點大悲心也沒有，那已經脫離佛教甚至出家的範疇了。你們平時的言行舉止，希望自己能再三地觀察！

巳五、非天（阿修羅）之苦：

非天嗔恨天福故，心中生起大痛苦，

雖具智慧以趣障，無法現見真實諦。

⑧在講課之前，有一隻野狗在經堂外狂吠，好長時間都不停止，影響上師講課的錄音效果。一位道友出去打了牠，把牠趕走，牠被打時發出慘叫，上師聽到狗叫後，狠狠地呵斥他，說外面正下著大雨，這隻狗沒有地方去，沒有東西吃，本來就非常可憐，你竟然還去打牠。然後很長時間都沒有說話，強忍著淚水，還是流了出來。

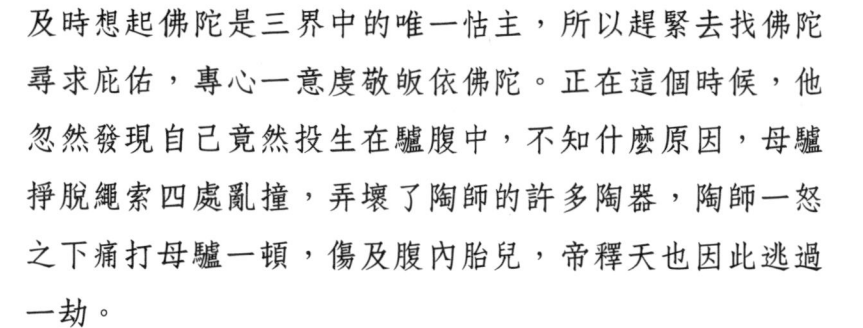

龍樹菩薩親友書講記

非天在善趣中屬於天界。《俱舍論釋》說，非天的福報受用均可與天人媲美，但因其妒賢嫉能、爭強好勝，有天之福而無天之德，故而被稱為「非天」。他們的宮殿在須彌山北，大海之下，有些旁生也屬於非天⑧。《正法念處經》中將非天歸類為旁生，而《瑜伽師地論》將非天歸在天界中。

大家都知道，如意樹的根長在非天境內，而果實生於天界，非天看見天人財富、受用盡善盡美，一切所需都是從如意樹上產生，於是怒火中燒，在無法容忍的嫉妒心驅使下，全副武裝與天人決一死戰。不過在浴血奮戰的過程中，他們經常慘遭失敗，感受極大的痛苦。

非天包括在天界中，雖然與我們人類相比，他有很多超勝的福報、智慧、神通，然以往昔的業力所感，非天的嫉妒心、爭鬥心極其猛烈，因而依靠這種身分無法現見真諦。（在佛教歷史上，從來沒有聽說非天在不捨棄他身的情況下，獲得了一地菩薩的果位，或者小乘預流果。）

非天的痛苦其實非常多，但簡略言之就是這幾種。我們不可能發願要轉生為非天，但是酷愛打仗、喜歡競爭、嫉妒心強的人，很容易感召這種果報。因此，大家平時要經常觀察自己的心，看自己有沒有特別嚴重的嫉妒心，有沒有特別嚴重的競爭心？

⑧《正法念處經》云：「……名阿修羅。略說二種，何等為二？一者鬼道所攝，二者畜生所攝。鬼道攝者，魔身餓鬼，有神通力；畜生所攝阿修羅者，住大海底須彌山側，在海地下八萬四千由旬。」

辰二（知後為避免轉生需精勤）分二：一、需避免轉生之理由；二、因此為避免轉生當猛厲精勤。

巳一、需避免轉生之理由：

> 輪迴自性即如此，天人地獄餓鬼畜，
>
> 生於何趣皆不妙，當知乃為多害器。

綜上所述，人間、非天、天界、地獄、餓鬼、旁生這六道中，的確沒有任何快樂，輪迴自性即是如此，它是痛苦的本體、痛苦的所依。上至天界，下至地獄，無論投生到哪一處，皆不會有快樂可言。

只要相信因果的人，就不會想墮入地獄，但現在有些人自以為是，說起話來口無遮攔。曾有一個人到法王面前發願，說自己死後要到地獄去度化眾生，法王在課堂上批評說：「這個人實在是自不量力，如果他已經證悟了人無我，發這種願也無可厚非，但若沒有證悟空性，到地獄中一定會後悔的。不要說到地獄中，就算在特別炎熱的夏天，讓他到城市裡給我打工50天，他也不一定願意。假如連這一點都做不到，那到地獄去度眾生是非常可笑的想法，這說明他沒把地獄當作特別痛苦的地方。」

輪迴的三惡趣中絕不會有快樂，那麼，三善趣中是不是就有快樂呢？也不是。倘若你明白了輪迴的真相，絕對不會產生一絲羨慕之心。《正法念處經》中說：「輪迴猶如針之尖，何時何地皆無樂。」彌勒菩薩也

龍樹菩薩親友書講記

說：「五趣之中無安樂，不淨室中無妙香。」輪迴是一切痛苦、一切禍害的來源和依處，就如同廁所是不淨糞的盛器，而輪迴即是痛苦的盛器，依靠它能產生層出不窮的痛苦。

然而，眾生經常把這種痛苦誤執為快樂，就像把火坑視為安樂處一樣。無垢光尊者在《大圓滿心性休息》中云：「貪輪迴樂諸眾生，如愛火坑受苦已。」《妙法蓮華經》也說：「輪迴六趣中，備受諸苦毒。」從這些經典中完全能了知，輪迴中除了受苦以外，絕對沒有任何快樂。尤其三惡趣的可憐眾生，沒有吃的、沒有穿的，即使是發了菩提心的人，也拿著棍棒來害它，這樣的話，真正的救護者、依怙者究竟在哪裡啊？

巳二、因此為避免轉生當猛厲精勤：

> 頭或衣上驟燃火，放棄一切撲滅之，
> 精勤趨入涅槃果，無餘比此更重要。

為避免一再地流轉輪迴，我們務必要精勤。怎麼樣精勤呢？譬如，你的頭髮或衣服著火了，那你定會放下一切，以最快的速度去奮力撲滅。而我們要想擺脫輪迴、趨入涅槃，其精進程度要超過滅火，甚至火燒眉毛也不要管它，理應奮不顧身、不惜生命地精勤修持寂滅涅槃法，因為再沒有比推翻輪迴更為重要的事了。

有些人認為自己的事業很重要，有些人認為家庭很

重要，有些認為理想的住處很重要……每個人都覺得自己執著的事情最重要，但在智者的眼裡，這些都沒什麼價值。即使你的衣服被火燒著了，也無損你生生世世的解脫；即使你的房子被火一掃而光，也並非永遠沒有立身之處。我們最應該注意的是，解脫的種子千萬不要被燒毀，就算身上著火了，也應把撲火放下來，一心一意地保護解脫的種子，以希求解脫之果，誠如經中所言：「但念無常，如救頭燃。」

我們在希求解脫的過程中，精進理當貫穿始終。無垢光尊者在《竅訣寶藏論》中說：「未得成就之前永精進。」（大家應該記得吧？我當時講的時候，要求你們一定要背下來。）乃至沒有成就之前，我們永遠都要精進，並不是學習時要精進，老了就不用精進了，也不是當上法師就不用精進了。只要沒有脫離輪迴而成就，我們今生中離不開精進，生生世世也離不開精進。

當然，明白這個道理後，不行持也沒有用。《楞嚴經》中云：「雖有多聞，若不修行，與不聞等。如人說食，終不能飽。」縱然你對經教廣聞多學，但沒有修行的話，與未曾聞法無有差別。就像你對各種美食如數家珍，但不吃也不能飽一樣，我們若沒有精進地修行，佛法的甚深義不可能在自相續中了然呈現。

子二（說明善入清淨品之理）分二：一、當誠信解

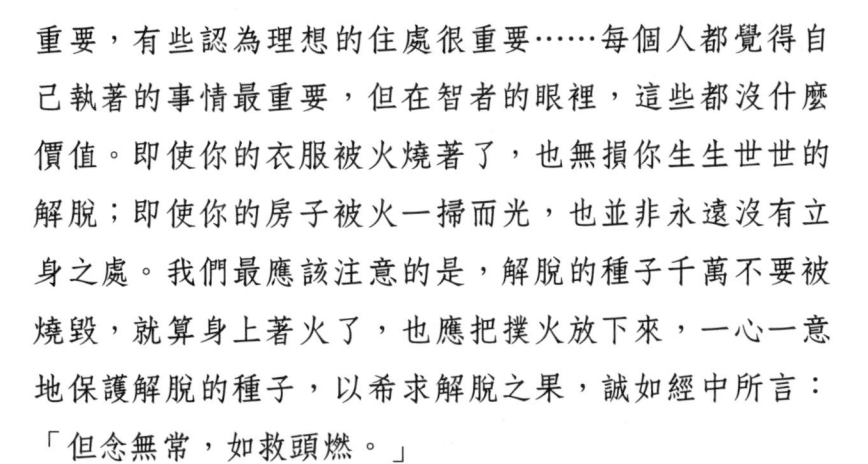

龍樹菩薩親友書講記

脫果；二、實修因之道諦。

丑一、當誠信解脫果：

以戒定慧趣涅槃，寂滅調柔無垢染，

無有窮盡無老死，得離四大日月果。

那麼，通過什麼方式來精進呢？理應修持戒定慧三學，如此才有獲得涅槃的機會。

《楞嚴經》云：「所謂攝心為戒，因戒生定，因定發慧，是則名為三無漏學。」守護自己的心，不為煩惱散亂所轉，這就是「戒」；在清淨戒律的基礎上，可以產生「定」；有了定之後，方可證悟萬法無有自性的智「慧」。依止戒定慧三學，可趣入遠離一切煩惱障和所知障的寂滅涅槃。

涅槃分為兩方面：滅盡有漏之蘊的「寂滅」，稱為無餘涅槃；遠離不善、諸根調順的「調柔」，稱為有餘涅槃。有餘涅槃和無餘涅槃沒有任何煩惱，因而叫做「無垢染」。這樣的涅槃滅除了輪迴中的生老病死，恆常存在、永無窮盡，同時，也遠離了外道所假立的各種解脫。

許多外道教派宣揚，今生中若精進修持，能獲得地水火風四大所攝的果位。例如，勝論派認為色法實有，地水火風是神我的自性，通過修行可獲得四大自性的聖者果位；順世外道認為，人死之後入於地水火風四大當中；裸體派（勝者派）認為，所謂的解脫是一種色法，

第十八課

它位居一切世界之上，形狀如倒置的白色傘蓋。還有些外道聲稱，依靠修行可獲得太陽、月亮的果位。這些解脫都是一種邪說，並非是真實的涅槃。

由於法身中無有執著與相狀，所以，我們希求的「涅槃」其特徵是——寂滅、調柔、無垢染、遠離生老死病。得此涅槃之後，智慧法身功德圓滿，依之而示現色身（報身和化身），事業自然而然具足，任運自成地度化眾生。因此，為了斷除三界輪迴的苦因和苦果，我們應該依靠三學，希求遠離戲論的般若波羅蜜多境界，這種境界與佛果無二無別，得到之後，佛陀的事業會自然呈現，進而利益天下無邊的眾生。

龍樹菩薩親友書講記

第十九節課

丑二（實修因之道諦）分二：一、宣說見道；二、宣說修道。

寅一（宣說見道）分二：一、宣說道之本體七覺支；二、宣說別相與寂止相聯甚深智慧瑜伽。

卯一、宣說道之本體七覺支：

下面講的是見道，即見道時有什麼樣的功德與智慧。

> 正念擇法及精進，心喜輕安及等持，
> 等捨此七謂覺支，證得涅槃之善資。

修行人在經過一大阿僧祇劫積累智慧資糧與福德資糧之後，終於成就了一地菩薩，也就是證得見道。見道時有七種菩提的覺悟功德——七覺支，哪七種呢？

一、念覺支：見道者不像凡夫人一樣，今天以正知正念攝持根門，修持善法非常不錯，可是過一段時間，正念就無影無蹤了。作為一地菩薩，始終不會忘失自己的所緣，無論專注於什麼善法，入定時當然不用說了，即便是出定之後的行住坐臥，也不會忘失所緣的正念。

二、擇法覺支：凡夫人的智慧有限，通達這個法的，不一定通達那個法。而一地菩薩抉擇一切法的實相為空性，辨別人無我與法無我、善與惡等的智慧無有障礙。

三、精進覺支：對所修的善法精勤不懈，沒有時而

鬆、時而緊的現象。凡夫人有時候雖然精進，但不能長期堅持，上師如果說一下，兩三天內還可以，每天早上起來磕頭，但過幾天又不行了。而聖者的精進常年如一日，專心一意，無有間歇。（可見，得到一地菩薩時還要不斷地精進，正如昨天所說：「未得成就之前永精進。」只要尚未獲得究竟佛果，精進是永無止境的。）

四、喜覺支：對善法的歡喜心、希求心非常強烈，而且由於心契悟於真法，時時處於喜樂當中。有些凡夫人算是樂觀主義、開心派，但不可能永遠都開開心心、笑逐顏開，今天開朗活潑、心情舒暢，明天可能就愁眉苦臉。對大多數人來講，也許觀輪迴的痛苦觀得太多了，看什麼都不順眼，動不動就給別人擺一張黑臉，這說明你並不是時時都歡喜。但具有喜覺支的聖者，一直住於真正的法喜中。

五、輕安覺支：身心得以堪能——身體在一個坐墊上住多久都沒問題，心專注在哪一個所緣上都非常聽話，想生信心、悲心就可以馬上生起。不像我們凡夫人，很想生起大悲心，卻始終生不起來，而不願意生嗔心、貪心，可它一直此起彼伏。

六、定覺支：心一緣安注於善法的境界中，不容易出現散亂、煩惱等各種違品。

七、捨覺支：在修行過程中，內心寂靜平等，不會出現特別強烈的貪心、嗔心等高低不平的心態。

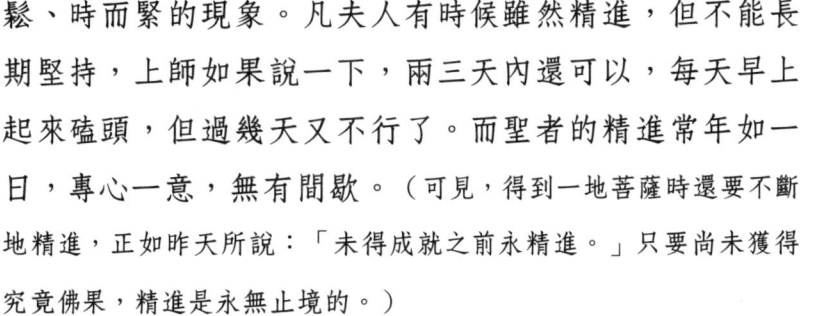

以上這七種法，稱為七覺支。所謂的「覺」，是指涅槃或成就，即一地菩薩的功德得以成就；所謂的「支」，則指依靠上面這些功德，菩提妙智可以顯現出來，它是一種甚深的修行方便。

七覺支是一地菩薩的功德，但我們凡夫人也可以相似地具有。漢地智者大師說：「修此七覺，即得入道是也。」修持這七種覺支，未入道者可以入道。此處的「道」對凡夫而言，是指資糧道、加行道；對聖者而言，則是一地菩薩斷除見惑而現前的見道。

在《經莊嚴論》等大乘論典中，用了轉輪聖王的七輪寶來對應一地菩薩這七種覺支：

一、念覺支喻為「輪王寶」：因為正念是始終不忘失善法，依此善法遣除以前沒有斷除的障礙，獲得前所未有的功德，就如同輪王寶能勝伏一切前所未伏的諸國，對沒有降伏的地方可加以降伏一樣。它是菩提的依處支。

二、擇法覺支喻為「大象寶」：一地菩薩的擇法智慧，能摧毀人法二我的執著相，如同大象寶能摧一切敵軍。它是菩提的本體支，也叫自性支。（即菩提的本體是無我智慧。）

三、精進覺支喻為「駿馬寶」：依靠精進能迅速獲得殊勝功德，達到自己所希求的彼岸，如同駿馬寶能飛快趨至嚮往之地。它是菩提的出離支。

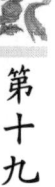

四、喜覺支喻為「神珠寶（摩尼寶）」：得一地時因現量證悟了真如，故而身心恆時歡喜，如同神珠寶以光明遣除一切黑暗，令轉王生起歡喜之心。它是菩提的功德支。

五、輕安覺支喻為「玉女寶」：見道時斷除輪迴的一切束縛，身心獲得輕安之樂，如同玉女寶以所觸令輪王快樂。此後三者是菩提的無煩惱支。

六、定覺支喻為「大臣寶」：一緣安住、不外散的等持，能產生神通等功德，如意成辦一切所願，如同大臣寶能成辦一切所需財物。

七、捨覺支喻為「將軍寶」：能令菩薩恆時心無貪嗔等煩惱，依此無貪無嗔的境界，摧毀一切修行違品，獲得一切未得功德，如同將軍寶摧毀一切應降伏者，攝受一切應守護者，安住於無有危害的地方。

我們講《俱舍論》的時候，也從不同方面講述了七覺支。小乘認為依七覺支可以獲得四果[88]，雖然大乘與小乘的解釋方法不相同，但不管怎麼解釋，大小乘均承認七覺支攝於無漏法，依靠這些法，不可能令你生起煩惱。而五力、五根等法，既是有漏法也是無漏法。（凡夫資糧道、加行道所攝的為有漏法，聖者三道所攝的菩提分法為無漏法。）

─────────

[88]《雜阿含經》云：「如是比丘修習七覺分已，多修習已，得四種果、四種福利。何等為四？謂須陀洹果、斯陀含果、阿那含果、阿羅漢果。」

我們身為凡夫人，以七覺支來攝持行為有一定的困難，畢竟自己還未得一地菩薩，具一地菩薩的功德是不現實的。有些人自稱為一地菩薩，他都不具足的話，我們還沒有承認的人，已具足大成就者、瑜伽士的功德是不可能的。但是到了一定的時候，每個眾生都會具足這種功德，因而現在希求這些善法很有必要！

卯二（宣說別相與寂止相聯甚深智慧瑜伽）分二：
一、略說；二、廣說。

辰一、略說：

> 當知無慧無禪定，無有禪定亦無慧，
> 何者定慧兼有之，輪迴海成蹄跡水。

大家通過以上分析，應該清楚地認識到，若沒有抉擇人無我和法無我的空性智慧，則不會有解脫之因的殊勝禪定。因為要入於禪定的話，首先應以智慧證悟萬法真相，然後才能安住於這種境界中，假如沒有證悟，那又如何安住呢？很多人都渴望入定，卻沒有學過空性法門；想在悲心中入定，卻不知道什麼叫悲心，所以首先一定要有智慧，有了智慧以後，才有入定的機會。反過來說，如果沒有禪定，同樣也不會有真實的智慧。因為智慧是內心安住後才生起的，只有入於禪定，方可了達一切事物的真相。假如心都靜不下來，則不可能生起通達一切的智慧。

因此，禪定（寂止）與智慧（勝觀）是相輔相成、缺一不可的。你有了出世間智慧，必定具足禪定，而有了非常好的禪定，也肯定具足智慧。禪定若未以出世間智慧攝持，只會成為世間禪定，就像外道修行的各種瑜伽，好幾個月中可以不生起粗大的分別念，但這並非真正的入定，只是相似的入定。如果既具足通達萬法為空性的智慧，又能在這種境界中安住，這才是定慧雙運或定慧圓融，若能如此，無邊輪迴大海就會漸漸變成牛蹄跡的水窪，遲早都會乾涸的。

《六祖壇經》也說：

「定慧一體，不是二。定是慧體，慧是定用。」智慧與禪定一味一體，禪定是智慧的本體，智慧是禪定的妙用，二者的關係猶如燈與燈光[89]。佛在《法華經》中云：「佛自住大乘，如其所得法，定慧力莊嚴，以此度眾生。」佛陀所說的大乘境界，其實每個人都可以獲得，但要得到的話，最主要的莊嚴是定慧雙運，有了它，才能救度無量無邊的眾生。

只有單一的智慧或禪定，根本不可能度化眾生。尤其是世間禪定，很多高僧大德都說，若未以無我智慧來攝持，功夫再好、修行再高，早晚也會毀壞的。以前有一個仙人，他在深山裡修得四禪八定，以定力啟發五

龍樹菩薩親友書講記

---

[89]《六祖壇經》：「定慧猶如何等？猶如燈光。有燈即光，無燈即暗。燈是光之體，光是燈之用，名雖有二，體本同一。此定慧法，亦復如是。」

307

通，可於空中自在地飛來飛去。他每天都飛到皇宮裡接受供養，國王和眷屬對他非常恭敬。有一次，在供養之後，王妃恭敬地頂禮仙人，看到仙人的腳，覺得很可愛，就悄悄地摸了一下。仙人見到王妃貌美，也動了凡心。因為一念不覺，貪愛心起，定力隨之散失，神通也沒有了，飛也飛不起來，只好走路回家。

仙人覺得很慚愧，修道數十年卻在一剎那間頓失，於是又發願重新來過，繼續再修四禪八定。

當他走進山林準備打坐時，聽到樹上鳥雀的叫聲，覺得很煩躁，就離開山林，到河邊去靜坐。到了河邊，剛坐下來，就聽到水裡魚兒跳來跳去的聲音，擾人清修。他又離開河邊另覓住所，最後總算找到一個沒有人、沒有鳥、沒有魚的山谷，仙人在山谷中慢慢修煉，終於又修成了四禪八定。不久，他往生到非想非非想天（有頂），天壽八萬大劫。

然而天壽享盡之後，仙人卻墮為旁生，變成一隻飛狸。這是為什麼呢？因為他當時被鳥聲、魚聲干擾，心中起了惡念：「這些魚、鳥竟然跟我作對，將來一定要把你們趕盡殺絕！」由於這個惡念沒有轉為道用，天福享盡以後，他就變成飛狐，專門吃鳥和魚。

釋尊的讚歎文中說：「外道所謂的禪定境界，雖然暫時能壓伏分別念，轉生到天界中，可是終究會掉落下來，變成惡趣眾生。而佛陀您以無我智慧攝持的禪定，

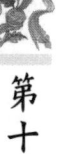

第十九課

究竟可以超離輪迴。縱然是沒有成就世間禪定的人，依靠無我智慧，也能獲得超離世間的殊勝果位。」由此可見，定慧雙運非常重要。薩繞哈尊者也說：「離開方便的空性不是正道，離開空性的方便也不是正道，何人具足這兩者，則此人已得解脫道。」

辰二（廣說）分二：一、宣說所淨顛倒趨入實相之未授記見；二、宣說對治清淨實相緣起之義。

巳一、宣說所淨顛倒趨入實相之未授記見：

> 所謂十四無記法，世間日親所言說，
> 於此等法莫思索，依之非令心寂滅。

佛經裡講了十四種無記法，《中阿含經》、《雜阿含經》中都有這方面的說明[90]。你們方便時應該多看一下佛經和論典，否則，對佛經只看一兩部，而世間小說全部都看遍了，《紅樓夢》也看了，《三國演義》也看了，《水滸傳》也看了，現在準備要看《史記》，其實這些看也可以、不看也可以，而對自他今生來世有利益、如意寶一般的大小乘經典，多多翻閱才有很大利益。

---

[90]《雜阿含經》第408經載：佛住王舍城迦蘭陀竹園時，一日以天耳遙聞眾比丘在食堂討論世間有常無常等十四個問題，便去往食堂教誡眾比丘：「汝等莫作如是議論，所以者何？如此論者，非義饒益，非法饒益，非梵行饒益，非智、非正覺、非正向涅槃。」應討論那能使人得到實益、趨向涅槃解脫的四聖諦。
《中阿含經·見經》載，佛入滅後不久，有一婆羅門徒向佛的侍者阿難請教世間有常無常等十四個問題，阿難回答說：「世尊對此類問題從來不予置答，不作講說。」

龍樹菩薩親友書講記

關於十四無記法，世間日親（佛陀）鄭重地說：「對於此等問題，可以了解一下，但沒必要特別詳細地探究。因為對智慧淺薄者而言，依此並不能得到符合真相的答案，這些法對他們不一定有利。」

這十四無記法，是外道向佛陀提出的十四個問難。比如一個叫鬘童子的年輕人，曾向佛陀請教了這十四個問題，當時佛陀置而不答。為什麼不答呢？因為這些玄奧問題非解脫之根本，不能使人趨入覺悟涅槃。對一般人而言，了知苦諦，斷除集諦，以從生老病死中解脫，才是急需著力解決的迫切問題。就像身中毒箭者，趕緊找醫生拔箭療毒，才是當務之急。假如一直在研究毒箭是什麼製成的、它從什麼地方射來的……那沒有等他弄清楚，可能已毒發身亡了。

因此，佛陀在眾生面前，尤其在外道、非法器者面前，倘若不會給他們帶來利益，那麼佛陀會閉口不言。這種方法，我們後學者也值得效仿，不要看見一個人，還不知道他是不是根器，就隨便給他講中觀、密法、《上師心滴》。儘管我們不像佛陀有他心通，但也要依靠自己的智慧觀察，看對方與這樣的佛法是否相應，這是很重要的！

所謂的十四無記法：1）我與世間是常有？還是無常？或者既是常有也是無常？既不是常有也不是無常？這四個叫做前際四邊。佛陀對此不予回答，因為對方實

第十九課

執非常重，若說「我與世間常有」，他們就會執為實有；若說「我與世間無常」，他們又會墮入斷滅；既然常有和無常都不是，那二者兼具、二者皆非也不成立，因此佛陀沒有回答。下面的問題，依此可以類推。

2）我與世間是有邊？還是無邊？或者既是有邊也是無邊？既不是有邊也不是無邊？這四個叫做後際四邊。本來從空性角度講，我與世間都沒有本體，而從世俗角度言，我與世間又依緣起不斷地流轉。但這種甚深法理，非法器者根本不懂，所以《中觀寶鬘論》云：「如是甚深法，非法器不說。」（對中觀大空性和密法甚深見解，現在很多人也無法通達，我們有時候講得太詳細了，對他們不一定有利。）

3）佛陀涅槃後現？還是不現？或者既現又不現？既非現又非不現？這四個叫涅槃四邊。

4）身體與命是一體？還是他體？

對於這十四個問難，佛陀知道在什麼場合中說有，在什麼場合中說沒有，《四百論》中云：「佛知作不作，應說不應說。」我們後學者也應盡量隨學，別人問一些不該問的問題時，自己可以三緘其口、不用回答。

當然，另一種解釋方法是：在勝義中一切皆空，佛陀沒辦法回答；在世俗中，只要因緣具足，什麼樣的如幻顯現都有，可是對方尚未通達緣起之前，給他說常有接受不了，說無常也接受不了。根基沒有成熟的人，邪

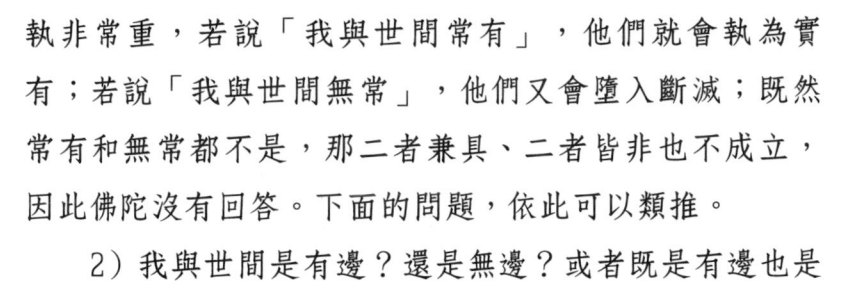

見比較重，說什麼都無法接受，那我們可以不說話，或者顧左右而言他：「你吃飯了嗎？是不是要下雨了？」沒必要跟他講太多，因為他不可能依此而斷除一切煩惱，趨入寂滅道。

巳二（宣說對治清淨實相緣起之義）分二：一、真實緣起；二、讚評彼之優點。

午一、真實緣起：

無明生行行生識，由彼中生名與色，

由名色中生六處，從中生觸能仁說。

觸中生受彼生愛，由愛生取彼生有，

從有出生若有生，出憂病老求不得，

死與畏等劇苦蘊，生滅則令一切滅。

這裡是講十二緣起。我們學習《大圓滿心性休息》、《中論》時都詳細講過，此處只是從字面上作簡單解釋。

我們若懂得十二緣起，就會明白在世俗中，不像順世外道所說，人死如燈滅，死後什麼都沒有。眾生乃至未得涅槃之間，以業力所牽，會在輪迴中不斷循環、漂泊。如果你對前世後世不太相信，那一定要依止善知識通達十二緣起的道理。許多人以前受這方面的教育比較少，所以無垢光尊者在《大圓滿心性休息》裡，把十二

緣起歸入最甚深的所量法藏之理⑨中，若能通達此理，對世俗的緣起就會完全明白。

根據無垢光尊者的觀點，緣起共有三種，即本性緣起、輪迴緣起、涅槃緣起。一、本體緣起：萬法顯現的當下即為空性，不生不滅、不常不斷。二、輪迴緣起：三界眾生就像旋火輪一樣，在輪迴中不停地流轉。三、涅槃緣起：又分道緣起和果緣起，講了涅槃的獲得方法及果位功德。

通達緣起法相當重要。我曾翻譯過宗喀巴大師的《緣起讚》⑨，主要是講在這個世間中，唯有佛陀才能宣說這樣的緣起法，其他任何一個智者，都沒有能力揭示勝義中的空性緣起和世俗中的十二緣起。所以，大家在學習過程中，對十二緣起要有堅定不移的信心和定解。

十二緣起分別是，1）無明：將五蘊的假合執著為我，進而產生我所，它是十二緣起的根本；2）行：以無明造下善業、惡業、不動業⑨；3）識：依靠行業，趨入六道中任何一道，生起彼趣的識；4）名色：從結生剎那起到顯露出六處之前的五蘊，「名」是有名稱而無實

⑨《大圓滿心性休息》中講，想要真正通達諸法自性之人，應當以聞法來抉擇，抉擇的方式有能量珍寶鑰匙之理與所量法藏之理兩種。能量珍寶鑰匙之理，分為了義之理與不了義之理；所量法藏之理，分為二諦之理與緣起自性。在「緣起自性」中，則詳細闡述了十二緣起。

⑨現收錄於《顯密寶庫01─教言匯集》。

⑨不動業：是指四禪八定。這種業不像欲界的業，遇緣就會轉到其他趣成熟果報，它異熟果報的界、地都是決定的，而且此種業為禪定所攝，故名「不動」。

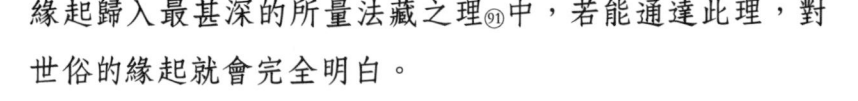

體的色法——受想行識四蘊，「色」即是色蘊，指住胎時的凝酪等㉔；5）六處：爾時，形成眼、耳、鼻、舌、身、意六根；6）觸：在此之後，由根、境、識三者聚合而產生觸；7）受：由觸生受，從悅意、不悅意、中等三種對境中，產生快樂、痛苦、不苦不樂三種感受；8）愛：受中引生愛，即對可愛的對境樂意接受之貪愛、對不可愛對境不願接受之畏愛㉕、中等感受中產生之等捨愛；9）取：依靠愛產生取，對喜歡的對境進行接受，對不喜歡的對境進行拋開；10）有：依靠取而形成業因，能招感來世果報；11）生：從有可以產生後世的五蘊；12）老死：有生必有憂愁、生病、衰老、求不得、死亡、畏懼、悲哀、意苦等巨大苦蘊。

從無明至老死之間，是一個環環相扣、相互牽連的過程。如果我們把無明滅了，那麼無明滅則行滅，行滅則識滅……無明一滅掉，其他十一支因緣就會一起斷滅㉖，最終可斬斷輪迴、脫離生死。這種修法非常重要，聲聞緣覺以及大乘菩薩都是通過修持十二緣起，從而獲得了覺悟。

不過，這次因為時間關係，只能簡單地給大家介

㉔中陰身進入受精卵後，第一個七日形成凝酪，第二個七日形成膜皰，第三個七日成為如拇指形的血肉，第四個七日成為如蛋形的堅肉，第五個七日形成如蓮花瓣狀的支節，第六個七日如魚形，第七個七日手足稍稍突出，如烏龜狀。
㉕在此處，強烈的欲求或渴望，即是愛。世間人把不喜歡、想拋開的心態叫嗔恨，但這裡把這種心態也稱為「愛」。
㉖譬如砍樹一樣，先砍樹根，樹根一斷，整棵大樹便自然倒下。

紹，有智慧的人應該會明白它的道理。其實，在很多寺院的經堂門口、禪房裡，以及一些日用品上，都有十二緣起的介紹，可是真正懂得的人並不多。所以，我們不管出家人還是在家人，務必要通達十二緣起。

有些人對此半信半疑，不相信自己死後能再投生。以前有個出家人對我說：「我已經出家好多年了，如果真正有來世，我還是要好好守戒。但我有個特別可怕的懷疑，始終覺得來世不存在。」這種人真的很愚笨，若通過聞思、辯論來分析十二緣起，這方面根本不會有懷疑。以前我們講《前世今生論》時，也用了各種比喻證明來世存在，很多人生起不同程度的定解。尤其是講《大圓滿心性休息大車疏》時，當時大家都感覺良好。但凡夫人的感覺，就像山頂上的雲霧一樣，時而有、時而沒有。因此，大家要長期努力，將珍貴的定解永遠留在相續中，不然的話，很多境界漸漸會煙消雲散的。

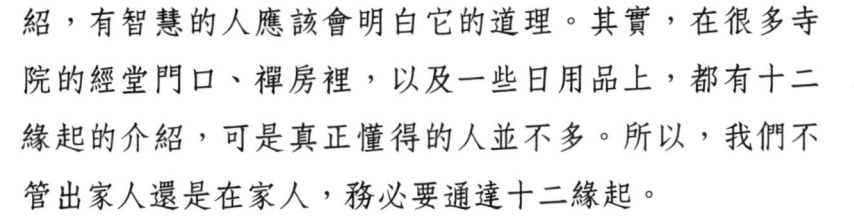

午二、讚評彼之優點：

　　　此緣起乃佛語藏，彌足珍貴最甚深，

　　　何者若能真見此，已睹真如佛法身。

前面所講的這一緣起（世俗中的十二緣起、勝義中甚深的空性緣起），是佛陀四十幾年說法中[97]於浩如煙海的佛經

---

[97]佛教中對釋迦牟尼佛的說法時間歷來頗有爭議，有人認為是49年，有人認為是45年。

裡最精華、最珍貴的醍醐，恰似如意寶王一般。這些道理十分深奧，何人若通過聞思等途徑完全明白了十二緣起的真義，並且始終不退轉，那他已親睹了如來智慧法身，或者說，他親自見到了文殊菩薩、觀音菩薩、釋迦牟尼佛。（有些人做夢時夢到上師，或者夢見觀音菩薩，自己就特別開心——「今天好舒服啊！中午要好好吃一頓。」但這只是一場夢而已，只不過是你好習氣的顯現，其實並不重要。最重要的是什麼呢？就是要通達佛陀所說的緣起法。）

根登群佩大師圓寂之前，讓弟子在他耳邊念一遍《緣起讚》和《大圓滿願詞》，聽完之後就心滿意足而示現圓寂了。我傳講《中論》的時候，關於緣起空性是佛教的殊勝特點，也講過很多次，若能通達這樣的緣起法，則與親見佛陀無異。仁達瓦大師在《親友書講義》中引用《稻稈經》的教證說：「見十二因緣，即是見法，即是見佛。」

十二緣起的各自本體，學《俱舍論》時講過，有部、經部及大乘宗派的觀點各不相同，很多道友可能也心中有數。但不管怎麼樣，緣起法的確很重要，《中論》云：「若人能現見，一切因緣法，則為能見苦，亦見集滅道。」若有人能現見一切緣起法，則能徹見苦諦，亦能徹見集諦、滅諦和道諦。

掌握十二緣起，是一件非常重要的事情。有些人覺得自己的事業、家庭很重要，但這些只是你的迷亂顯

現，就好像你做夢時變成總經理，夢中的工作很重要，而你醒過來之後，原來的工作根本不存在。同樣，我們世間的事情也不重要，最重要的就是解脫。想解脫就要通達勝義與世俗的真相，這對每個修行人來講不可缺少。

通達十二緣起後，還有很多很多的功德，比如，遣除認為前世後世不存在的愚癡；斷除自生、他生、共生、無因生的邪見；對輪迴生起厭離心，對解脫具有嚮往之心；甦醒前世的種姓——往昔你曾於佛陀或聖者面前，聽過空性和十二緣起法，可是在流轉輪迴的過程中，這個種子就像被放進箱子裡，一直沒有萌發，現在你把它播入地裡，馬上就可以讓它甦醒。為什麼有些人今生聽到空性便開始痛哭？就是因為他甦醒了前世的種姓。藏傳佛教、漢傳佛教中也有很多大德，沒有遇到善知識和佛法之前，他只是一般的俗人，後來依靠種種因緣，他的聖者種姓得以恢復、現前，很快時間就獲得了聖果。

所以，你們是出家人也好、在家人也好，表面上看可能修行一般，但實際上，很多人以前依止過大乘佛法和諸佛菩薩，即生只需一點小小的因緣，馬上就可以開悟，通達緣起真理。因此，大家一定要注意啊！不然，你走路的時候突然開悟了，不知道怎麼回家了。

龍樹菩薩親友書講記

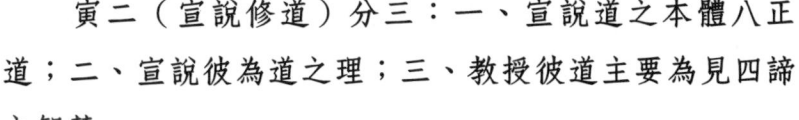

　　寅二（宣說修道）分三：一、宣說道之本體八正道；二、宣說彼為道之理；三、教授彼道主要為見四諦之智慧。

　　卯一、宣說道之本體八正道：

　　　　正見正命與正勤，正念正定與正語，

　　　　正業正思八聖道，為獲寂滅當修此。

　　這裡講修道的功德。所謂的修道，是從二地到十地末尾之間，因而此頌所詮釋的八正道，是登地菩薩的境界。我以前在《藏密問答錄》中也說過，八正道中的「正見」，至少是二地菩薩以上才具有的功德，這對凡夫人而言望塵莫及，我們現在的正見、正業、正思、正語等，只是一些相似的功德罷了。

　　一、正見：以前在見道中已證悟的法性，如今再次完全斷定。

　　二、正命：斷除詐現威儀等五種邪命[98]。修道菩薩不可能以邪命養活，通過狡詐、不如法的手段來生存。不要說修道菩薩，即便是資糧道的有些修行人，他們的生活也特別清淨，到了修道就更不用說了。

　　三、正勤：見道時已證得萬法的真如空性，二地菩薩以上對此還要精進修持。

　　我三番五次地提醒大家，精進不能到一定的時候就

　　[98]五種邪命：詐現威儀、諂媚奉承、旁敲側擊、巧取訛索、贈微博厚。詳見《入行論廣解》第五冊。

放下了，乃至未得菩提之前，大家一定要精進。有些人想：「我現在老了，不用精進了，念個觀音心咒，好好休息就可以。」每天都在想什麼時候休息，一直盼望著星期天，這是非常不好的習慣。我們既然已經發了菩提心，就要把身口意奉獻給眾生，只要有一口氣在，就要盡心盡力地饒益眾生，有這種精神才是真正的菩薩。否則——「我已經發心幾個月了，該休息一下了！」利益眾生還要談條件，這不叫精進。

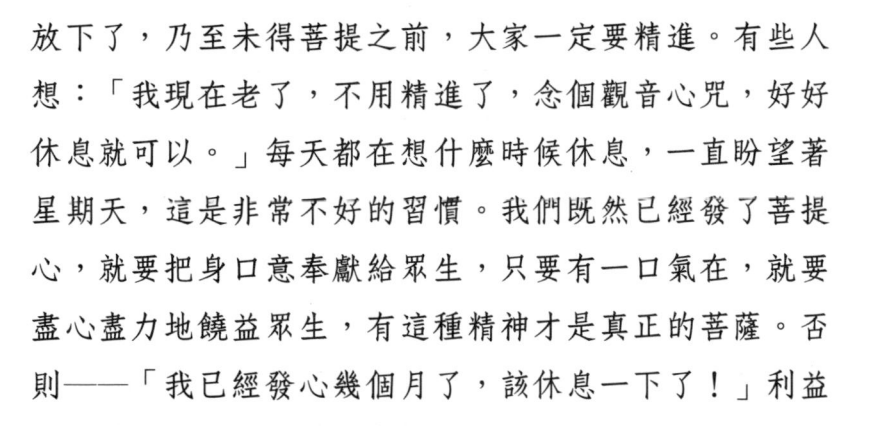

世人為了追求沒有意義的目標，尚且日日夜夜都在精進，我們為利眾生而希求圓滿菩提果，何嘗不需要精進呢？即使到了二地菩薩，他也從來沒認為自己可以休息了，我們初學者又怎麼敢懈怠呢？其實境界越高，精進和利他心越強，而境界比較低的人，一般不太願意精進。

四、正念：對自己所了悟的境界念念不忘。當然，與見道的正念（念覺支）比起來，肯定是修道的境界高。

五、正定：指一緣安住。它也超過了見道的境界。

六、正語：將所證悟之義傳授給他眾的清淨語言。修道菩薩以上說的話才是正語，我們凡夫人再怎麼樣，語言中也夾雜一些不正之語。一個人就算講得頭頭是道，可他的動機也有自私自利，以自私自利引發出來的語言，必定摻雜著很多假的成分。所以，修道聖者的語

龍樹菩薩親友書講記

言才是真正的正語。

以前我有幸依止上師如意寶時，在他老人家講經說法的時候，我經常私下裡想：「這就是菩薩的正語！不摻雜任何自私自利所發出來的語言。」但有時候自己習氣比較重，覺得「今天上師這個地方說錯了，那個地方可能不是這樣」，在底下也有一些邪分別念。這就是凡夫人的習慣，也沒辦法。有些人很害怕產生一個惡念，其實作為凡夫人，不產生惡念是絕對做不到的，只要沒有長期產生、毀壞自己的善根，就已經算不錯了。

七、正業：三門尤其是身體和語言，斷除一切不善業，所作所為如理如法。

八、正思：由於證悟了諸法實相，沒有執著、沒有自私自利，所以發心和思維完全清淨。

上述此等即為八正道，是修道菩薩的功德。我們為了得到這八種功德，應該精勤努力地修行，這樣才能獲得如來的無上果位。

第二十節課

「宣說修道」中「宣說道之本體八正道」已經講完了，現在講第二個科判。

卯二、宣說彼為道之理：

> 此生即苦稱謂愛，愛即彼之集諦因，
>
> 滅盡此等即解脫，能得即八聖道支。

八正道為什麼立為「道」呢？因為在四諦當中，它屬於道諦，能夠斷除集諦而獲得解脫。

生是痛苦的事相，只要有產生，必定有痛苦。人們認為生了孩子很高興，值得慶祝慶祝，其實只要孩子生下來，從那一天開始，母親已經陷在苦海中了，沒死之前都要辛苦操勞。（有孩子的人可能感覺更強烈，我們沒有孩子的人，旁邊看也能體會到父母的痛苦。）佛陀在經中也說，近取五蘊即是痛苦。有了這樣的產生，就會導致愛著——對喜歡的事物起貪愛、對不喜歡的事物起畏愛，有了愛著即會產生無量痛苦。而這一切痛苦的來源，究其根由則是集諦，也就是由業和煩惱而生。

那業和煩惱通過什麼方式斷除呢？正如《寶性論》所言，首先要了知苦諦的本體，然後斷除它的因——集諦，就像你先要知道自己生病了，接著再找出病因一樣。針對病因對症下藥之後，我們才能恢復健康，同

龍樹菩薩親友書講記

樣，依靠道諦滅盡集諦之後，才能得到真實解脫。

很多人經常抱怨道：「我好苦啊！我不要這麼苦！」其實叫苦連天也沒有用，如果你真想消除痛苦，就要通過聞思修行，將無明、煩惱、我執統統斷掉，那時所得到的快樂，在佛教中稱之為解脫。當然，解脫不可能無緣無故獲得，那依靠什麼方式獲得呢？就是前面所講的八種正道。這八種正道屬於道諦，依止道諦以後，才能現前滅諦。

因此，為了斷除一切痛苦，需不需要修道呢？肯定需要。這種道最好是八正道，雖然我們凡夫人無法真實具足，但也可以相似的方式修持。

卯三、教授彼道主要為見四諦之智慧：

> 事實如此故為見，聖者四諦恆精勤。

倘若你想離苦得樂、永脫輪迴，必須掌握四諦的修行，其他法不一定成就，就好比外道，天天在恆河裡洗澡，或者以五火焚身，結果卻離解脫道越來越遠。為了現見四聖諦的真如性，我們應當恆常精進修道。

四聖諦之所以有個「聖」字，是因為它唯是聖者的境界，具一切煩惱的凡夫人無法通達。誰能現見這樣的聖諦，誰就見到了萬法的實相。然有些凡夫不要說現見，就連相信恐怕也沒有，但不相信也無法改變它的本體，《遺教經》云：「月可令熱，日可令冷，佛說四

第二十課

諦，不可令異。」縱然令月亮變熱、太陽變冷，佛陀所說的四諦，其本體也不可改變。愚者的各種懷疑，根本不會泯滅真相、毀壞真理。

作為修行人，我們理當精進修持四聖諦，因為它涵攝了佛陀的所有教言。釋迦牟尼佛的第一轉法輪是四諦法輪，若再深入了解，在它的滅諦和道諦中，間接包括了第二轉法輪和第三轉法輪的教義。因此，按照大乘的觀點，即使在第一轉法輪中，也具有補特伽羅獲得成就的完整圓滿的方便法。由此可見，四聖諦涵攝了佛陀的所有教言。

丁三（教誡實行彼等之義）分三：一、以劣身亦能成就之理賜安慰；二、以簡要實修之理賜安慰；三、以力所能及實修之理賜安慰。

戊一、以劣身亦能成就之理賜安慰：

龍猛菩薩安慰說：雖然有些人身體比出家人低劣，但只要好好地修持，也同樣會獲得成就。

> 未拋捨財諸俗人，了知取捨越惑河，
> 現前聖法之彼等，亦非從天而降臨，
> 非如莊稼由地出，昔隨惑轉之異生。

樂行國王是個在家人，很多在家人都有這種顧慮：「佛陀在大小乘的經典中，講了出家的百般功德，出家人如住涼室，而在家人如處火坑，總之在家人遠遠不如

龍樹菩薩親友書講記

出家人，那以我在家身分到底能不能成就呢？」包括樂行國王自己，有關歷史⑨中說，他也想在龍猛菩薩面前出家，想把國家大大小小的事全部放下來，依止寂靜的地方精進修行。但龍猛菩薩沒有答應，勸他回去繼續利益全國人民，不要放棄國政。

本來出家的功德非常大，但對有些人來講，在家身分也照樣能成就。很多在家人經常考慮：「我到底要不要出家啊？不出家會不會得不到解脫？」其實也不一定。在印度84位大成就者中，只有5位是出家人，其餘79位都是在家人。從佛教歷史上看，佛陀在世時，波斯匿王等很多國王，還有一些虔誠居士，後來都獲得了聖果。而且在藏傳佛教中，很多大成就者也沒有出家。在家人即使是身居紅塵，沒有拋棄妻兒、財富，但如果了知取捨，懂得善惡有報、輪迴痛苦以及空性道理等等，也能越過業和煩惱的江河，現前聖果。

已現前殊勝果位的釋迦牟尼佛與文殊、觀音等大乘菩薩及目犍連、舍利子等小乘阿羅漢，他們的成就並不是像雨水一樣從天而降，也不是像莊稼一樣從地而生，其實，他們在往昔學道的過程中，也是業障深重、受煩惱左右、地地道道的凡夫人。米拉日巴尊者曾說：「你們弟子認為我是金剛持或某位佛菩薩的化身，這說明你們對我有虔誠的信心，但對正法來說，恐怕再沒有比這

⑨詳見《八十四大成就者傳》之十六——《咕嚕龍樹菩薩傳》。

更嚴重的邪見了⑩。我只是具有一切束縛的凡夫人，因為對佛法有信心，集中精力修持正法，安忍無量苦行，如今才獲得了圓滿功德。但不僅是我，你們任何一個人，若對佛法也有像我這樣的信心，誰都可以生起同樣的功德，到那時，你們也可以稱為是金剛持或佛菩薩的化身了。」

因此，在家人只要懂得取捨，精進修行，也有機會獲得解脫，不一定提倡所有人都出家。昔日很多成就者也是在家人，他們未成就之前，同樣具足煩惱。包括佛陀在因地時，也有貪心嗔心，也有妻子兒女，布施時也捨不得，就像我乳輪王的故事⑩一樣，從很多方面看，他都是凡夫人，但這樣的凡夫人，最終亦可從煩惱束縛中得到解脫，獲得成就。

尤其是藏傳佛教寧瑪巴中，很多大成就者表面上沒有出家，家裡有妻兒老小，但他們臨死時所顯現的瑞相、成就相，令無數人對佛法生起極大信心。我們作為凡夫人，最好不要輕易誹謗別人的行為，有些事情確實說不清楚，尤其是密法的殊勝行為，的的確確難以一目了然。

以前我講過恩扎布德國王的公案：當時一些阿羅漢到其他洲時，凌空飛過他的花園。因為相距遙遠，國王看不清楚，便問大臣：「那些紅色的大鳥飛來飛去幹什麼？」大臣說：「那些不是飛禽，而是釋迦牟尼佛的

龍樹菩薩親友書講記

---

⑩因為他最初受親人的欺負，依靠咒力降冰雹殺了很多人，造下彌天大罪。
⑩詳見《顯密寶庫11─白蓮花論》上冊。

弟子。」因為國王是利根者，一聽到釋迦牟尼佛的名字，頓時生起大信心，問：「我怎樣才能一睹佛的尊顏呢？」大臣說：「佛在很遠的地方，不可能來我們這裡。」當晚，國王向佛陀所在的方向虔敬祈禱。第二天一早，佛與五百阿羅漢以神變飛來應供，國王竭盡全力，做了極為廣大的供養。

應供結束時，他向佛求取成佛的方便之道。佛陀說：「如果你要成佛，就要捨棄一切妙欲，勤修戒定慧三學，行持六度。」但國王不願意，他說：「我想要一個能與眾妃共享妙欲而成佛的方便法。」並隨即唱道：「贍部花園極愜意，寧可我成為狐狸，釋迦佛位永不欲，願具妙欲共解脫。」意思是說，王宮裡的贍部花園令人留戀，我寧可變成一隻狐狸，也不願意求取你的佛果。如果有解脫，那我要不捨妙欲與妃嬪一同解脫。

此時，所有聲聞阿羅漢從他視線中消失了。佛陀知道他是利根者，於是幻化出無量壇城，為他授以灌頂，他當下證悟了密宗的一切境界。佛陀把所有續部都交付給他，他對鄔金地區的眾生作了廣泛弘揚。後來，該地區的所有眾生，乃至昆蟲等微細生靈，全部都變成了虹身。這是可靠歷史中記載的。

釋迦牟尼佛曾給國王恩扎布德為主的部分人，親自傳講過密法，《時輪金剛》、《文殊真實名經》等都是佛陀親口所宣。但顯宗個別人認為佛陀從來沒有講過密

第二十課

法，這是一種偏見，也是一種邪見，就像小乘宗認為佛陀從未宣說大乘空性一樣。其實在密宗中，有各種各樣的甚深竅訣，即使是在家身分，依靠它也完全能成就。

對外面的很多居士而言，今生不一定有出家的因緣，就算出了家，對年幼的孩子不負責任，對年邁的父母也不負責任，這樣的話，如果你戒律清淨、修行圓滿倒可以，對他們也是一種回報，但若還俗或者行為不如法，那還不如當一個虔誠的在家人，經常修持真正的佛法。

戊二、以簡要實修之理賜安慰：

要想修持佛法的話，千經萬論浩如煙海，短暫的人生中不可能修完，因此，作者給我們講了一個關鍵且簡單的竅訣。

離畏何須更繁述，有益竅訣此義藏，

汝當調心世尊說，心乃諸法之根本。

「離畏」是對國王的恭敬詞，也是對他的一種讚歎。遠離了外在怨敵攻擊、內在煩惱畏懼的國王啊，我不需用繁多的言辭給你說明，把所有的竅訣歸納，就是在一切時處調伏自心。倘若你無法掌握《親友書》的全部內容，那只要學會調伏自心即可，不要被貪嗔等惡心所轉，而應恆常處於善心中，對眾生心懷慈悲，內心寂靜調柔。

什麼叫做調柔呢？藏傳佛教的大德用羊毛比喻說，羊毛上沒有灑水時，它隨時都在動搖，哪怕一陣小小的

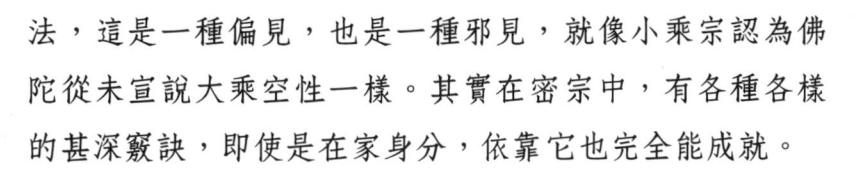

微風，它也能隨風飄走，但若在上面灑一點水，羊毛馬上就不動了。我們的心也是同樣，假如沒有聽過佛法，起心動念會隨煩惱所轉，而聽經聞法之後，則可控制自己的心。所以一個人是否聽過法，看他的行為就能知道。有的人一舉一動、一言一行很粗暴野蠻，那他肯定沒有聽過佛法，身體裡不可能有一顆調柔的心。而有些人的言行舉止非常如法，那他的心也會比較調柔。

調伏自心非常重要，佛陀說：心是一切法的根本。如言：「內心調柔最善妙，內心調柔引安樂。」心是解脫與束縛的關鍵，華智仁波切在《自我教言》中說，眾多竅訣可歸納成一條，即自己要觀察自己的心，這是世間法和出世間法的精要[102]。《大乘本生心地觀經》中也說：「三界之中，以心為主，能觀心者，究竟解脫。」

像樂行國王這樣的在家人，日理萬機、國務繁忙，一會兒來一個大臣啟奏事情，一會兒來一個大臣商量國策，有些故事中說，樂行國王統治著八百四十萬人民，當時他的國家挺大，事情也肯定非常多。所以，他不可能有時間修很多法。

如今有些在家人也很忙，但每天忙的都是各種散亂。我有時候看到社會上的有些人，從早到晚的語言，沒有一句是有意義的。

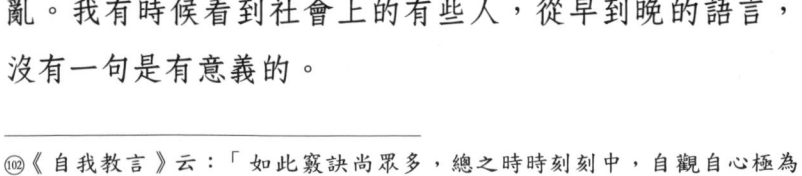

[102]《自我教言》云：「如此竅訣尚眾多，總之時時刻刻中，自觀自心極為要，世出世法亦歸此。」

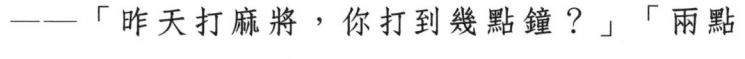

——「昨天打麻將，你打到幾點鐘？」「兩點鐘。」「沒意思，我都打到四點鐘了。」

——「那個單位有沒有錢啊？錢不多的話，我才不去呢！」

——「昨天你吃得如何？那個餐廳怎麼樣？」

……

整天就是吃喝玩樂，還有很多不清淨的話題，調伏自心根本談不上。但是作為修行人，即使你有做不完的瑣事，抽不出時間念這個經、念那個經，也應該常常觀自己的心。龍猛菩薩在這裡說了，你什麼都不用做，什麼經也不用念，只要觀心就可以了。開玩笑！不是這麼簡單，但還是要抓住修法之根本。

戊三、以力所能及實修之理賜安慰：

> 如是奉勸汝教言，縱是比丘難盡行，
>
> 隨力能修其一德，當令人生具實義。

以上對大王你所宣講的整部《親友書》，不要說在家人，甚至是拋棄一切俗世的比丘，也難以完全做到。龍猛菩薩可能有點害怕吧，所以語氣很婉轉。很多上師調化眾生的過程中，對一些領導也有特別慈悲的開許：「你這樣的大菩薩，念觀音心咒的話，一天只念一句就可以了，沒問題的！」其實《親友書》只有一百多頌，內容很簡單，作為真正的比丘，不一定受持不了，但龍

猛菩薩說：不要說你這樣繁忙的國王，我們受了近圓戒的比丘，已經捨棄了世間一切瑣事，也難以全部行持《親友書》的法要。然而，你在力所能及的範圍內，哪怕行持一個善法，也是非常有意義的，依此功德可令你得來不易的人身沒有白費。

佛法猶如浩瀚無際的汪洋大海，所有經論要一一修持的話，這有一定的困難，因此，我們應掌握關鍵竅訣，選擇性地行持。以前上師如意寶去不丹國家時，給國王桑格旺修傳了蓮花生大士的一些略修法，還灌了金剛橛的頂，國王很高興地說：「像我這樣俗務比較多的人，特別適合修這麼簡單的法，因為太忙，沒有時間修廣的法。」所以，我們雖然不能修持全部內容，但只要根據自己的情況，選擇一個適合自己的法門長期修持，也可斷除生活中的煩惱，得到人身也算沒有虛度了。

記得《水木格言》中有這樣一個教言：「諸法縱難全知，少知亦得大利。江河雖難全飲，少飲亦能解渴。」我二十多年前讀甘孜師範學校時，特別喜歡這個偈頌。確實，所有佛法和所有知識，要全部瞭如指掌比較困難，但即便了知少許，對自己也有很大利益。例如，《薩迦格言》的整篇你不一定能背，但只要背下一個偈頌，並經常串習運用，對你的生活也有大利；《親友書》的全部你不一定懂得，但只要懂得一個偈頌，用它經常來觀察自己，就像仲敦巴尊者那樣，天天憶念摧

第二十課

毀世間八法的那個偈頌⑩，這樣完全可以調伏自己的心。

以前恰卡瓦格西於六年中，專心修持「虧損失敗自取受，利益勝利奉獻他⑩」這一偈，最後完全斷除了珍愛自己的執著。這就如同所有的江河你無法飲盡，但只要喝一碗，也能解除自己的乾渴。我覺得貢塘丹畢准美——《水木格言》的作者，他有些教言非常殊勝。佛法不一定要全部精通，《般若經》有多少卷，《阿含經》有多少卷，一個一個精通是不現實的，但若能掌握一分，對自己也有莫大的利益。

既然如此，那是不是上師只講一句話就可以了？並不是。畢竟每個眾生的根基截然不同，如果只講一句話，那無法普被一切眾生。就像商場裡的貨物應該琳琅滿目，若只擺一個百事可樂，其他什麼也沒有，則無法招攬顧客光臨。因為有人喜歡這個，有人喜歡那個，擺很多商品才能供他們挑選，最終人人都心滿意足。⑩

同樣，佛陀之所以宣說那麼多法，也是為了讓每個眾生各取所需，找到與自己相應的法門。就像《親友書》有一百多個頌詞，有人對這個頌詞讚不絕口，有人對那個頌詞頗有感觸，最後大家都能從中得到利益。所以，這個教言真的很重要，大家務必要悉心體會！

整個論義已經講完了，下面是末善尾義。

⑩即《親友書》中的「知世法者得與失，樂憂美言與惡語，讚毀世間此八法，非我意境當平息」一偈。
⑩《修心八頌》中的一偈。此故事請詳見《大圓滿前行》。

乙三（末善尾義）分二：一、教授隨喜與迴向；
二、以攝上述道果諸義而教誨。

丙一（教授隨喜與迴向）分二：一、迴向；二、彼
之果。

丁一、迴向：

　　　隨喜諸善三門善，為得佛果普迴向。

　　對所有聖者與凡夫三門所造的一切善根，我們應當
滿心歡悅地加以隨喜，並以此隨喜功德和自己身口意所
行的一切善法功德，迴向於一切眾生，願他們獲得無上
圓滿正等覺的佛果，而不是有吃有穿就足夠了。

　　假如你實在不會迴向，那可以念誦：「文殊師利勇
猛智，普賢慧行亦復然，我今迴向諸善根，隨彼一切常
修學。」並觀想隨學文殊菩薩和普賢菩薩：文殊菩薩怎
麼迴向，我就怎麼迴向；普賢菩薩怎麼迴向，我就怎麼
迴向。或者想上師如意寶怎麼迴向，我就怎麼迴向。

　　他們迴向肯定是直接或者間接利益眾生，不可能貪
圖自己享受，為了生活快樂而迴向。寂天論師也說：
「直接或間接，所行唯利他，為利諸有情，迴向大菩
提。」大菩薩們的迴向，就是為利眾生而求無上大菩
提。所以，我們迴向時也要以大願來攝持。

　　丁二（彼之果）分二：一、暫時道果；二、究竟佛
果。

戊一、暫時道果：

> 如是以此善福蘊，汝於無量生世中，
>
> 擁有天人世間福，猶如聖者觀自在，
>
> 攝受數多苦難眾，出世除老病貪嗔。

我們講聞《親友書》以及龍猛菩薩著此殊勝論典的善根福蘊，迴向給一切眾生，願他們於無量生世中擁有人天福報。此人天福報分兩個方面：一是具有自在修道的福分，獲得禪定、智慧、神通、悲心、菩提心等殊勝功德；二是像大慈大悲的觀世音菩薩一樣，遣除無邊眾生的一切苦難，引導他們趨入安樂。

每個人都應該這樣發心，看到眾生的痛苦，當以此策勵自己精進，作為發菩提心的一種動力。我今天遇到一個我資助的學生，他講述了自己的家庭狀況、生活經歷，我聽後生起很強的悲心。當然，我的悲心只是凡夫的相似悲心，但有些人貧病交加、窮困潦倒，確實很可憐。一首佛教歌曲中唱到：「眼角中的淚，是延續生命的水，你讓我見到了光和美。[105]」其實，我們憐憫苦難眾生的淚，就是延續他們生命的水，有了這種大悲心的促動，就願伸手去幫助他們脫離困境，讓他們撥開絕望的陰霾，見到生命中的光和美。

---

[105]《我在，因為你的愛》——人生旅程（主題曲）：

　人間福禍　很難說　瞬間過，年少輕狂　生命無常　轉眼絕望，在黑暗中是誰給我無限希望，凋零花朵　也會美麗復活，我存在　是因為你的愛，在命轉彎中　變成了大愛，因為捨　得到的永恆已無掛礙，眼角中的淚　是延續生命的水，你讓我見到了光和美。

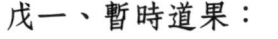

龍樹菩薩親友書講記

在日常生活中，我們對任何一個可憐眾生，都不應該視而不見。不過，我們講《入菩薩行論》那麼長時間，可昨前天有個道友竟用棍棒打狗，無論你是不小心也好、故意也罷，大家聽到狗叫的聲音之後，有些人有感覺，有些人沒有感覺。但我聽到之後，不是假裝的，心裡非常難受，當天晚上輾轉難眠，一直想了很多很多。我們講了那麼久菩提心，引用了那麼多經論教證，可一點一滴也沒有融入你的心，對很多人而言，菩提心是另一回事情，悲心是另一回事情，對眾生的痛苦置若罔聞，那你到底修了什麼樣的法？！

所以，大家要發願像觀世音菩薩一樣。經中言，觀世音菩薩的悲心特別大，佛陀也說過：「汝於娑婆世界，有大因緣。若天若龍、若男若女、若神若鬼，乃至六道罪苦眾生，聞汝名者、見汝形者、戀慕汝者、讚歎汝者，是諸眾生，於無上道必不退轉，常生人天，具受妙樂，因果將熟，遇佛授記。」我們應該像觀世音菩薩一樣救苦救難、度化眾生，哪怕為一個眾生做一點好事，也要盡心盡力去行持。

戊二、究竟佛果：

猶如阿彌陀佛尊，世間怙主壽無量。

最後發願：在無學道（佛果）時，就像阿彌陀佛一樣，建立自己的剎土，乃至輪迴未空之前，利益眾生的

誓願也一直不空。

　　阿彌陀佛因地時曾是一位國王，後於世自在王如來座下出家，號為法藏。當時他發下四十八大願，其中有一願是：「設我得佛，十方眾生至心信樂，欲生我國，乃至十念，若不生者，不取正覺。」發了這樣的大願後，他於無量歲中廣度有情，最終成就圓滿佛果。我們也要像阿彌陀佛一樣發願，利益無量無邊的眾生，這是究竟的發願或迴向。

　　丙二、以攝上述道果諸義而教誨（上述道理以總結的方式進行教誨）：

　　　　戒慧施生淨大名，遍及虛空大地上，
　　　　人類天眾妙齡者，喜樂生愛定寂滅。
　　　　盡息惑纏苦有情，壞生死證如來性，
　　　　超離塵世名亦息，證得無懼無罪果。

　　最後歸納本論的主要內容。簡而言之，我們要勵力行持持戒、智慧、布施，具足這三種功德的人，名聲將會在天上人間傳遍，而且能息滅對妙齡者的貪愛煩惱。但願我們在此功德的引導下，斷除自己的所有煩惱，獲得究竟寂滅的智慧法身。同時，還能遣除其他眾生的業、煩惱、薩迦耶見，摧毀他們不斷流轉的生死輪迴，令其獲證圓滿如來正等覺的果位，超離世間中如夢如幻的塵濁，證得無死亦無得、不來亦不去的殊勝境界。

龍樹菩薩親友書講記

也就是說，願天下無邊的一切眾生，通過清淨戒律、具足智慧、行持布施，暫時獲得人天善趣的快樂，究竟證得像釋迦牟尼佛那樣斷證圓滿的功德，度化無量無邊的眾生，乃至虛空未盡之前，利他事業也永無窮盡。這就是我們所發的殊勝大願！

甲四（尾義）分二：一、著跋；二、譯跋。

乙一、著跋：

阿闍黎聖者龍樹勸勉摯友樂行王的《親友書》撰著圓滿。

乙二、譯跋：

印度堪布遍知天薩瓦匝德瓦，大羅匝瓦萬得即噶瓦拜則（國王赤松德贊時西藏著名三大譯師之一）於前弘時期翻譯並校對審訂。

《親友書》今天已經傳講圓滿了！本來，後面部分我想像《入菩薩行論》一樣，講得稍微詳細一點，但最近事情比較多，所以講得很簡單，可能有些道友不是特別滿意。假如時間比較充裕，很多頌詞中的道理我也能發揮一點，但是因為時間關係，今天簡略地講完了。很多道友也認認真真地學習了，百分之八九十的人都發願背誦，這是值得歡喜的事情，也是你們對諸佛菩薩作法供養。

本論學習結束之後，接下來將為大家安排學習《前

行》，同時輔以修五十萬加行。如果你們沒有修加行，聽聞再甚深的法，也絕對不可能證悟。當然，像恩扎布德、布瑪莫扎那樣的根基，不用修加行也可以，但現今是末法時代，你們也應該清楚自己的根基。所以，我第一步要求修加行。這次由我本人親自帶修，這也是許多道友多年盼望的，今年因緣才得以成熟。（可報名「加行組」）

或者，依聖者對法王如意寶的授記，與他老人家結緣的人，均可往生極樂世界。而所謂的「結緣」，即是念滿藏文阿彌陀佛名號[106]一百萬遍，或者漢文「南無阿彌陀佛」六百萬遍，如此定會往生淨土，這也是法王如意寶多次擔保過的。（可報名「淨土組」）

此外，我們還要傳講《現觀莊嚴論》和《般若攝頌》等法，有能力的人可以參加學習。（可報名「聞思組」）

希望每個道友根據自己的實際情況，決定今後的學習方向，不要聽一兩堂課就得少為足。我個人來講，至今二十多年了，聽法和學法一直沒有間斷過，只要自己有一口氣，就想通過這種方式度過分分秒秒。最近我們這裡的發心人員也會給大家做一些安排，希望你們不要退下去，否則，我的確無法用其他方式來救護你們。

龍樹菩薩親友書講記

---

[106]炯丹迪得因夏巴 札炯巴央達巴 作波桑吉滾波奧華德美巴拉 香擦洛 巧多嘉森且奧。（頂禮、供養、皈依出有壞應供正等覺無量光如來。）

有些上師對我們的聞思修行非常支持，有些上師也不一定，但對我來講，不管別人怎麼看待，只要自己發心清淨，就會勸大家好好地修行。將來一旦各方面因緣具足，我打算針對那些條件具足[107]的學員，傳授一些相當甚深的密法。但若連加行都沒有修，那聽密法可能有一定困難。

這次講授《親友書》，我個人認為比較圓滿，這也許是我今生中最後一次傳講，也許是你們第一次也是最後一次聽聞。回顧我自己的聞思歷程，在上師如意寶面前聽的很多法，是第一次，也成了最後一次。我雖然不能與上師相提並論，但從傳承的角度來講，都是大同小異的。你們對自己的傳承、法脈一定要重視，不要認為學習佛法很辛苦，花費錢財、精力、時間不值得，這種想法是不對的。

在今後的一兩年中，希望大家對三個組的學習踴躍參加，你們若能完成五加行，或者念滿六百萬遍佛號，那我死了也不後悔。當然，有些人早就修完了五加行，但可能你只是數量上過關，質量上卻無法保證。今天我遇到一個道友，她說：「我數量上已經圓滿五加行了，但我當時是初學者，剛剛學佛，所以好像一點質量都沒有，現在有機會重新修，我真的非常歡喜！」

外面很多道友雖然很忙，但只要按照我們的安排，

---

[107]圓滿參加《大圓滿前行引導文》的學習、按質按量完成加行任務、發誓嚴守密乘戒、獲得相應灌頂，並對密乘具有極大信心。

應該沒有太大問題。而我們學院的道友，除了身體特別不好的以外，一般來講，兩年中完成這兩件中的一件應該可以。如果是特別精進的人，在兼修加行、淨土的同時，還可以參加聞思組的學習，當然，這只屬於利根者、精進者的範疇。一般的人，包括我們的發心人員，在這兩年中，看能不能跟我一起修加行？

我以前確實修過五十萬加行，但是質量比較差，為什麼呢？因為基本上沒以菩提心攝持。現在自己雖不敢說有菩提心，但至少懂得怎麼樣發願、怎麼樣觀想，從道理上比較明白。而在當時，我每天想的都是：「別人已經修了多少萬，我如果再不修，就跟不上了！」以這樣一個目標來鞭策自己，五加行只是簡單的數量累積，離修法的完成標準有著天壤之別。

因此，帶大家實修一些佛法，是我下一步的計劃，如果這個計劃圓滿，對自他都有利益。當然，假如你實在不願參加，佛法也是隨緣的，我們不會強迫任何人，但希望大家能再三權衡，解脫應該由自己來掌握！

二〇〇八年八月三十日

定稿於喇榮

第二十課

《親友書》思考題

第1節課

1、《親友書》的作者是誰？他有什麼樣的功德？了知作者功德後，對你學習本論有哪些幫助？

2、按照古大德的要求，聽法者、傳法者分別應具備什麼條件？你欠缺什麼？今後會怎麼做？

3、有些法師講法時詼諧幽默，而有些法師則詞句拙劣，假如你是聽法者，你會選擇哪一位？為什麼？

第2節課

4、佛陀的教誨具備初、中、後哪三善？你對此有什麼體會？

5、名詞解釋：四魔　六隨念　十善業道

6、怎麼樣修持六種隨念？如此做有什麼功德？

7、種什麼樣的因才能得生天界？衡量一下自己，你有把握嗎？你平時是怎麼做的？

8、我們辛苦積累的財富，為什麼要布施出去？請從今生、來世兩個角度進行分析。

9、你現在守的是什麼戒？如何讓它具備四種功德？為什麼要守持清淨的戒律？

第3節課

10、什麼叫做六度？請分別解釋各自法相及其果報。什麼時候才能真正圓滿六度？

11、宣講布施度時，為何布施的對境只提到了父母？孝順父母有什麼必要？會獲得哪些功德？你是一個孝子嗎？平時如何對待父母？

12、八關齋戒有哪些戒律分支？它具備什麼特點？是在家人還是出家人的戒律？

13、守持淨戒的違品，有哪十三種煩惱？請一一說明。你相續中有什麼煩惱？打算如何斷除？

第4節課

14、持戒的同品是什麼？為何一定要具足它？你平時是如何行持的？

15、有些人沒有遇到佛法之前，造過許多墮惡趣的重罪，如此是否沒有解脫的希望了？為什麼？請舉一則公案進行說明。

16、請從因的角度、果的角度分別闡述：修安忍的必要性。

17、眾生的心千差萬別，請以比喻說明大致有哪三種？善法方面、煩惱方面應當如何對應？你自己屬於哪一種？

《親友書》思考題

第5節課

18、眾生的語言，歸納起來有幾種？請具體闡述，並以比喻一一對應。你應該選擇哪一種？為什麼？

19、眾生的今生來世，各自有什麼明暗差別？分為哪幾種形式？請舉例說明。

20、請以芒果為喻進行分析，眾生內心與外表的不同類型。你屬於哪一種？明白此理對你有什麼幫助？

21、為了避免對異性產生不正當貪念，作為一個在家居士，應當如何守護根門？請從各個角度加以剖析。

22、面對形形色色的外境誘惑，我們要如何守護這顆動搖不定的心？你平時是怎麼做的？

第6節課

23、請以比喻說明未護根門的過患。佛陀如何讚歎護根門者？你周圍的道友中，誰防護根門做得最好？他平時是怎麼做的？

24、欲界眾生最貪執的是什麼？你對此有哪些體會？應當怎麼樣斷除？若不斷除有什麼禍患？

25、要想對治世間欲妙，最有力的竅訣是什麼？修持它有什麼功德？請具體闡述。

第7節課

26、作為一個修行人，就算你沒有其他功德，至少

龍樹菩薩親友書講記

也應具備什麼功德？為什麼？

27、在本論中，作者教誡如何斷除世間八法？有人認為：「不被八風所動，是出家人很高的境界，在家人根本做不到。」這種說法正確嗎？請說明理由。

28、有些人為了孝順父母、供養上師而造惡業，你怎麼看待這種行為？如果你周圍有這種人，你打算如何勸阻他？

29、現在有些貪官無惡不作，但他們家庭事業樣樣順利，而有些人修行非常好，卻一貧如洗、重病纏身，這是否說明業因果不存在？為什麼？請談談你自己的體會。

30、什麼叫聖者七財？你具備哪些？你是修行上的富翁，還是生活上的富翁？你認為哪個更重要？

第8節課

31、能毀壞自己名聲的有哪六法？請詳細解釋。並對照自己觀察，看你具備哪幾種？今後有什麼打算？

32、「財富」的含義是什麼？什麼才叫真正的財富？明白這個道理，對你有何啟示？

33、為什麼說財富越多越痛苦？請以比喻說明此理。在什麼樣的情況下，擁有財富不會成為痛苦之因？

34、作為一個男居士，應取和應捨的女人分別是哪幾種？假如在一起生活的女人並不賢惠，那你應該怎麼辦？

《親友書》思考題

第9節課

35、作為一個修行人，在飲食方面有什麼要求？你平時是怎麼做的？

36、我們每天應當如何安排自己的時間？樂於睡眠會有哪些過失？

37、什麼是四無量心？它分為哪幾種？為什麼說修持它的功德非常大？

38、色界四禪有哪些天？怎麼樣通過修持寂止，分別轉生到四禪中去？作者教誡我們修四禪，是為了讓我們轉生到天界去嗎？

39、無論善法還是惡業，其輕重界限是什麼？請詳細說明。如果你不小心殺了生，其果報將會怎樣？為什麼？

第10節課

40、修禪定的過程中有哪五種障礙？請一一說明。為什麼說它是特別可怕的一種道障？

41、要想獲得出世間智慧，必先圓滿哪一道的功德？如何才能圓滿？你具備其中哪些功德？

42、什麼叫世間正見？如果不具足，則會有什麼後果？你對這一點有何感觸？

43、什麼叫出世間正見？請詳細闡述它的內容。修持它有什麼殊勝功德？

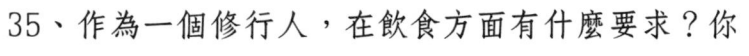
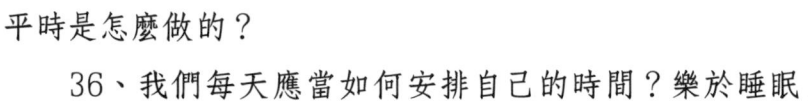

龍樹菩薩親友書講記

第11節課

44、怎麼樣通過抉擇無我，摧毀二十種薩迦耶見？明白這個道理，你有哪些收穫？

45、五蘊的來源是什麼？外道有何不同說法？請一一剖析。按照佛教的觀點，對此又如何解釋？

46、我們為什麼不能照見無我實相？請詳細分析其障礙，並以比喻進行說明。

47、有些人依止一位大德後，認為依靠上師加持，自己肯定能往生淨土，從此就高枕無憂了。你對這種現象如何看待？請說明理由。

48、要想獲得真實的解脫，佛陀所指明的必經之路是什麼？該怎麼樣修持？你對此有哪些體會？

第12節課

49、作者教誡我們如何思維壽命無常？請依據科判從四個方面進行分析。你對此有何體會？平時是怎麼修的？

50、古人言：「一年之計在於春，一日之計在於晨，一家之計在於和，一生之計在於勤。」你對這句話有哪些感觸？

51、現在人口不斷膨脹，城市裡的人密密麻麻，為什麼佛經中還說轉生為人非常困難？困難到什麼程度？我們有了這樣的人身後，應當如何利用它才合理？

《親友書》思考題

第13節課

52、什麼叫四輪人身？請詳細說明你具不具足這四輪。

53、善知識在修梵淨行的過程中起什麼作用？什麼樣的善知識才應依止？請引用教證說明。

54、在什麼情況下，我們沒有修行佛法的機會？你是這樣嗎？

55、為什麼說親怨是不定的？明白這個道理，對你有哪些幫助？

第14節課

56、為什麼說我們漂泊輪迴的時間已經夠久了？懂得這個道理，對你產生出離心有什麼幫助？

57、現在很多人喜歡爭權奪利，那權利是否可靠呢？為什麼？

58、世間人最執著的就是感情，那感情是否可靠呢？為什麼？

59、什麼樣的生活才真正快樂？有些人認為天界最快樂，於是希求天人的福報，這種想法正確嗎？請具體剖析。

第15節課

60、明白輪迴罪大惡極之後，我們應當做些什麼？

為什麼？

61、地獄分為哪幾種？為什麼要了解地獄的痛苦？

62、眾合地獄、黑繩地獄、無灘河、劍葉林中分別有什麼樣的痛苦？我們平時應當如何憶念？你造過墮入地獄的業嗎？今後有何打算？

第16節課

63、你聽到經論中對地獄的描述後，有什麼感覺？你相信地獄如此痛苦嗎？為什麼？

64、所有的痛苦中，最大的痛苦是什麼？所有的安樂中，最大的安樂是什麼？請說明理由。

65、關於地獄的痛苦程度，有些人想像不出來，你能否用比喻說明一下？世間上的任何一種痛苦，是否能與地獄的痛苦相比？為什麼？

66、為什麼說地獄的受苦時間很漫長？地獄眾生何時才能從中解脫？

67、地獄眾生的痛苦是如何產生的？應當怎麼樣遣除？你平時是否行持過？

第17節課

68、旁生分為哪幾類？牠有什麼樣的痛苦？轉生為旁生的因有哪些？我們作為佛教徒，應當怎樣以悲心來維護所有的動物？

《親友書》思考題

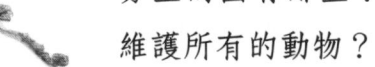

69、請歸納說明餓鬼有什麼痛苦？這是什麼因所感召的？受報的時間有多長？

70、餓鬼就是世間人所說的「鬼」嗎？如果受到鬼的侵擾，你會如何對待？

第18節課

71、很多人行持善法，目的就是為了升天，到天界享受無與倫比的快樂。這種做法正確嗎？為什麼？

72、天人在臨死之前，會有哪些明顯的死相？請一一說明。

73、為什麼叫做「非天」？他們有什麼樣的痛苦？非天屬於六趣中的哪一道？經論中有何不同的觀點？

74、為了避免一再地流轉輪迴，我們應當如何精進？請以比喻形象地說明。

75、內道與外道所許的涅槃有什麼不同？我們如何修行，才能得到究竟涅槃？

第19節課

76、我們什麼時候才能獲得七覺支？什麼叫做七覺支？與七輪寶如何一一對應？我們凡夫人有必要修持這七種覺支嗎？為什麼？

77、智慧和禪定之間是什麼關係？外道與內道在這方面有何差別？你是怎麼樣修持的？

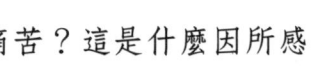

龍樹菩薩親友書講記

78、什麼是十四種無記法？佛陀對這些問題置而不答，是因為它沒有意義，還是因為對方並非法器？請說明理由。從中你學到了什麼？

79、有些人不相信自己有來世，如何才能斷除他的邪見懷疑？請具體說明。明白這個道理後，怎麼樣斬斷輪迴、脫離生死？

80、通達十二緣起有哪些功德？你自己對此有何體會？

81、什麼是八正道？請一一解釋。你的相續中有這些功德嗎？為什麼？

第20節課

82、八正道為什麼立為「道」呢？通過修持八正道，可以獲得什麼智慧？為什麼說這種智慧涵攝了佛陀的所有教言？

83、大小乘的經論中都說，在家人遠遠不如出家人，那依靠在家身分是否可以解脫？請說明理由。你對此有何想法？

84、在藏傳佛教中，有些大成就者有妻子兒女，對此現象你如何看待？為什麼？

85、佛教中各種修法浩如煙海，短暫的人生中不可能一一修持，我們希求解脫者應該怎麼辦呢？請引用教證進行說明。

86、我們學完《親友書》之後，應當如何迴向？假如實在不會迴向，那最好怎麼做？為什麼？

87、通過學習《親友書》，你最大的收穫是什麼？接下來你有哪些打算？怎樣具體落實到實際行動中？

龍樹菩薩親友書講記

蓮花塔

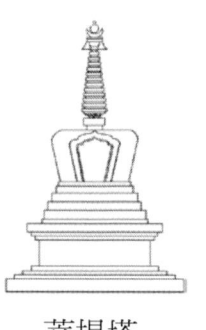
菩提塔

轉法輪塔

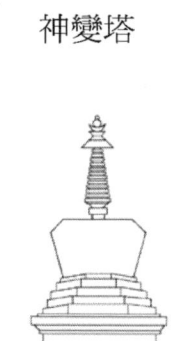
神變塔

八大佛塔

天降塔

和合塔

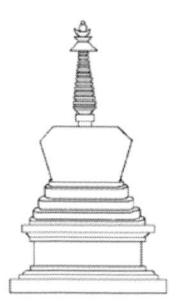
尊勝塔

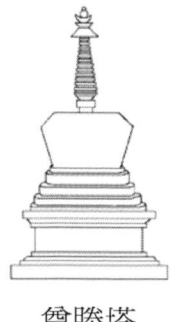
涅槃塔

《親友書》思考題